茂田井武（一）

幻想・エキゾチカ

挿絵叢書6

中村圭子 編

皓星社

退屈画帳　茂田井武

薄暮通り魔の景

夕暮れの空を妖怪が飛び、家の屋根にも魔の手が生える。家並みの不気味な暗さとは対照的な、紫に輝く空……この世とあの世の境目が出現したような光景。

小菜園

大正 11 年『新青年』に挿絵を描き出した茂田井は、同誌の作家・小栗虫太郎宅に寄宿した。「退屈画帳」は小栗家の生活を記録した絵日記とも言えよう。

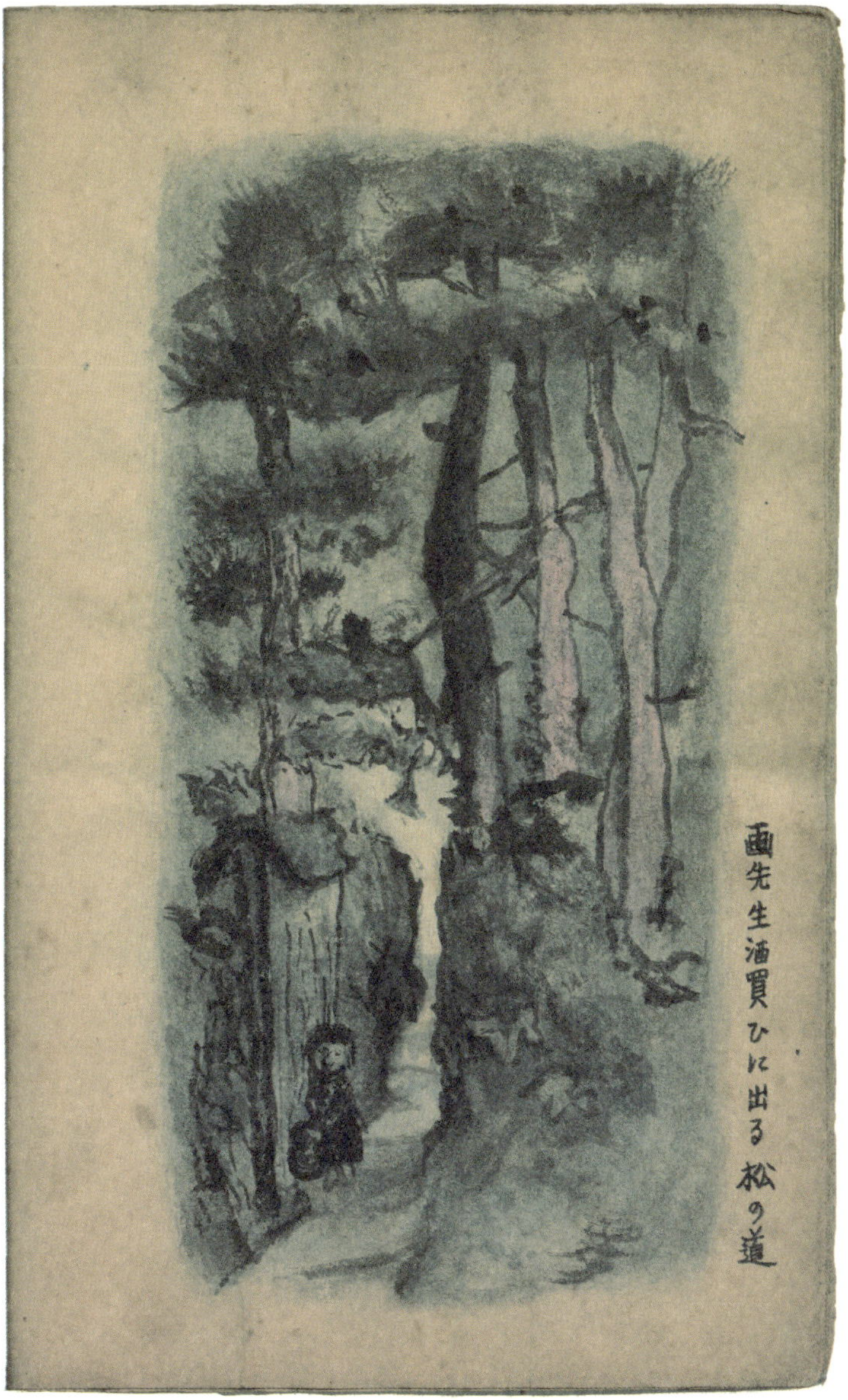

画先生酒買ひに出る松の道

画先生とは、茂田井自身のことか。「子どもたちは『おにいちゃん、おにいちゃん』ってうちの一員としていてもらいました」（小栗とみ聞き書き*より）

＊『月刊絵本』1976 年 10 月、すばる書房

E孃作　童謠（お化峠）

（[redacted]お化達に手紙を配達する郵便配達夫の歌へる）

（大意）

昔支那には桃源と云ふ処があって人の知らぬ山奥で世の轉変をよそに長閑に暮す村人が居たと言ふが丁度それとは反対[redacted]に今、都の風に吹き散らされたお化共は深山の隅っこに世をしのびつゝ辛くも其日を送って居る。ところでどうしたはずみか其処へも時々手紙がゆく。お化共は解りもしないのに互ひにとり合ふばかりにしてひっくり返して読む真似をし　そして　さも嬉しさうに放笑する。

童謡　おばけ峠

東洋音楽学校　二年　小栗栄子《おぐりえいこ》

おばけ峠に日が落ちて
夕日が赤く映える頃
お上《のぼ》りさんの飛脚屋が
頭にちよんまげちよいとのせ
あつちをむいてはきよろ〳〵
後むき〳〵スタコラサ
峠の茶屋が見えるのに
なんと淋しい晩度《ばんたび》やろな
おや〳〵あつちで笑つたよ

大きな〳〵かしの木が
枝をひろげてウッハッハ
小さなたぬきがちょろ〳〵と
赤い舌をぺろ〳〵
あれ〳〵どこかで聲揃え
　ウッハッハのヘッヘッヘ
そこで臆病の飛脚屋さん
なんまいだのブル〳〵
なんまいだのブル〳〵

新月桶の中

小栗の妻・とみが水を汲む場面。「これは私ですね。水道はありましたが、まずいって言って井戸の水を汲んでたんですねえ。」（小栗とみ聞き書き*より）

＊『月刊絵本』1976 年 10 月、すばる書房

茂田井武（一）　幻想・エキゾチカ

序

大正昭和期挿絵画家の画業を撰集する「挿絵叢書」が刊行される。

さしえ、と平仮名でしるせば、あるいは物語に寄り添うような優しさが感じられるかもしれないが、「さす」の語は、指さす、差し挟む、突き刺す、などにも連なる。先の尖った異物を突き入れる、凶暴さを持った言葉である。挿絵が原作を歪める、挿絵が読者の自由な想像を阻む、という議論をしばしば耳にするのも、いわば刺客に対する警戒の現れかもしれない。

だが物語や想像力という得体の知れぬエネルギーが、歪められ、阻まれることで力を失うものでもあるまいし、むしろ、挿絵によって物語が生命を与えられ、挿絵によって読者の想像力が翼を持ち、挿絵の刺激で作家もまた新たな物語を創造する、そのような多重の刺激の交響する文化システムの中にこそ私たちは生きているのであって、それは豊かで、幸せなことであるはずだ。

挿絵を刺客とする比喩を続けるならば、倒すべきさまざまな敵があるように、刺客の側にもそれぞれに個性的な輝きがある。挿絵が原作の従属物ではなく、独立した芸術であることは既に共通理解となっていよう。だがその芸術性とはいかなるものか。

時代を彩った名作挿絵については、今日、各画家の画集や挿絵全集に収録され、我々はそれを静かに鑑賞し、至福の時間を味わうこともできる。しかし挿絵のみを単独で見る時と、小説を読みながら挿絵を見る時とでは、私たちの視線の動き、頭脳や心の動きはまったく異なるはずだ。そして挿絵が刺客であるならば、真に刮目すべきは敵を前にしたその一瞬ではないか。

「挿絵叢書」の挿絵は、可能な限り発表当時のレイアウトに近づけ、小説とともに収録されるという。これに加うるにデジタル技術による鮮明化は、小説と絵とが出会う瞬間を読者の前に現出するだろう。また「挿絵叢書」は、必ずしも傑作小説集を目指さず、あくまで挿絵の魅力を堪能しうる作品を選び、時として文章の梗概化などによるバランス調整も行うと聞く。これも挿絵を主役に据えるための演出と言えるだろう。

挿絵を主役の位置に据えることは、しかし必ずしも物語を背景に追いやることにはなるまい。再び挿絵という言葉に戻るならば、「挿」という漢字は手偏に苗の会意文字で、大地に苗を植える姿を表す。植えられた苗は大地を養分として成長し、花を咲かせ、実りをもたらす。その実りをもたらしたものが大地なのか苗なのか、豊穣の秋には渾然もはや分明ではなかろう。

浜田雄介（「新青年」研究会）

目次

〈巻頭特集〉退屈画帳　茂田井武　2
童謡　おばけ峠　小栗宗子　6
序　浜田雄介　10
かいやぐら物語　横溝正史　15
血蝙蝠　渡辺啓助　37
生不動　橘外男　69
「滝夜叉」憑霊　髙橋鉄　87
月下の亡霊　西尾正　115

極東　小栗虫太郎　137
髑髏笛　桜田十九郎　179
広東珍探記　骨董迷路　茂田井武　219
広東珍食記　竜虎大会　茂田井武　227
国際骨牌師　茂田井武　233
猫町　江戸川乱歩　243
〈挿絵ギャラリー〉猫島物語　林耕三　255
茂田井武の生涯　中村圭子　260
暗い幻想とエキゾティシズム　末永昭二　280

かいやぐら物語

横《よこ》溝《みぞ》正《せい》史《し》

われ月明《げつめい》の砂丘にまろびて蜃気楼《かいやぐら》を観たり、楼上に一女仙《にょせん》ありてわれにくさぐさの恠《あや》しき物語などなしけり

——西洋赤縄奇観——

狂気を意味する lunatic なる語《ことば》は luna（月）という語からきているのだそうである。西洋人の考えかたによると、あの青白く澄んだ月光というものは、一種、神秘玄怪な作用をもっていて、あまり長くこの光にさらされていると、精神錯乱を起し、さまざまな奇怪な幻像に悩まされた揚句、遂《つい》には発狂するに至ると信じられているのである。わたしがこれからお話しようとする不可思議な物語も、あるいはこの例《たとえ》に洩れず、月光の醸しだした怪

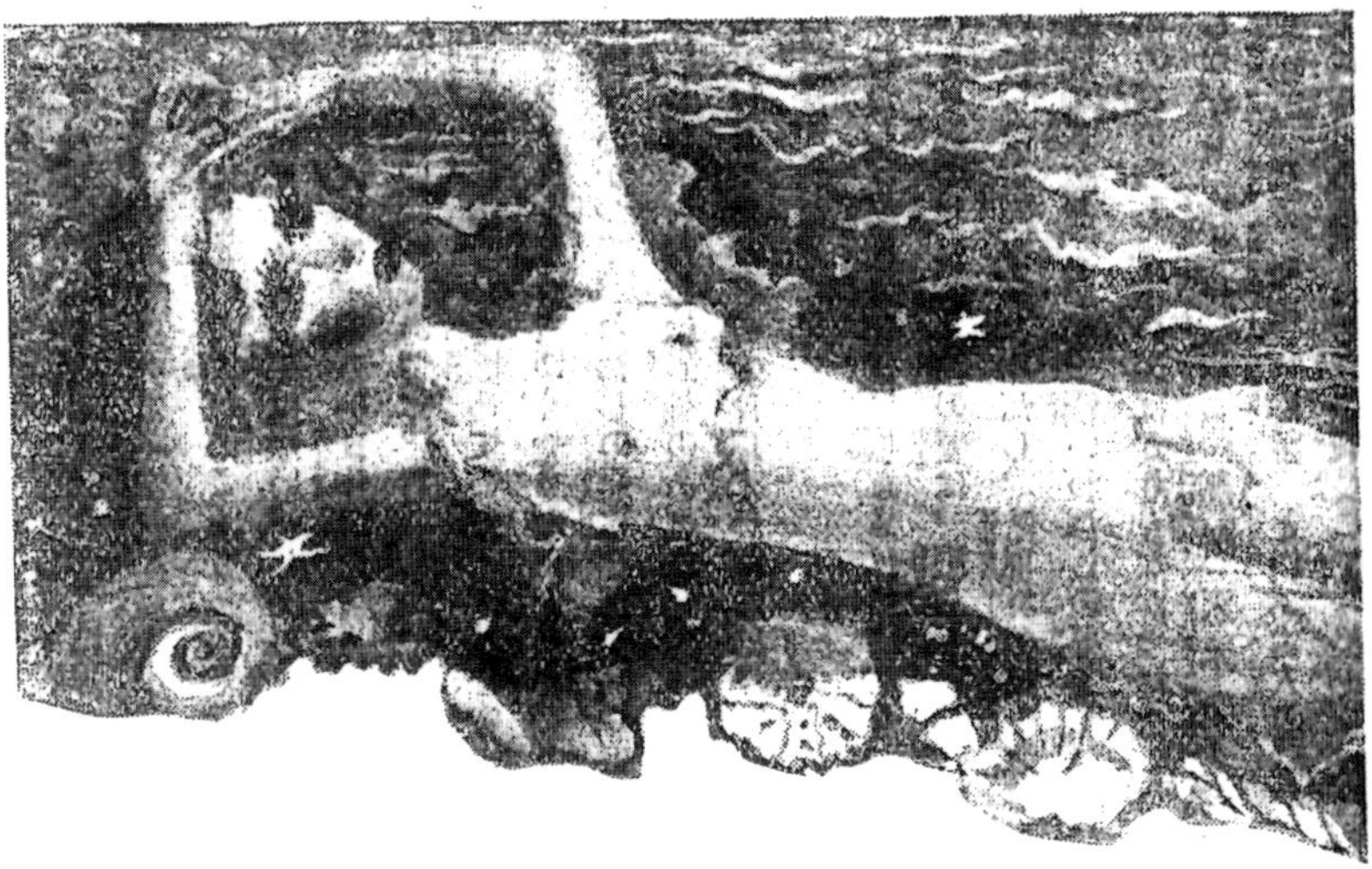

しい幻《まぼろし》であったかも知れない。少くともその時、わたしが一種奇妙な、つまりいうところの lunatic な気分に支配されていなかったとは、断言することができないのである。
その時分わたしは、ある南方の海辺に傷ついた体を養っていた。その年の春の終りごろより、ふと安定感を喪《うしな》ったわたしの神経は、梅雨《ばいう》から夏にかけて、まるで研ぎすました剃《かみ》刀《そり》のように異様に尖り、ささらのように荒れくれて、ほとんど生きているのが耐えがたいような倦怠を覚ゆるに至った。わたしは終日外出することもなく、深く雨戸をとざした座敷のなかに、ひとり閉じこもって、さまざまな妄想や恐迫観念に脅やかされながら、あるにかいなきその日その日を送っていた。わたしの心臓はしばしば薄い胸隔を押し破って、

今にも外に跳び出しはしないかと懸念される程、激しい、不規則な鼓動を打つのだった。じっと寝台《ベッド》の上に仰臥《ぎょうが》したまま、その心臓の鼓動を数えていると次第にそれは全身にひろがっていって、やがて足の爪先から頭髪の尖端まで、脈々として激しい、乱調子な動悸を打ちはじめるのだった。わたしは書を繙《ひもと》き物を思いて、終夜一睡もしないで暁《あかつき》に至ることが稀ではなかった。食欲は極度に減退し、体から最後の肉の一片まで削ぎ落されてしまった。わたしは文字通り、骨と皮ばかりになって、しかもなお、生への執着と死の恐怖にさいなまれていたのである。

遂に医者は断乎としてわたしに転地を命じた。わたしもほとほと病《やまい》に倦みはてていたので、思いきって医者のこの忠告に従うことにした。親切なわたしの友人たちはこれを聴くと、温暖な南の海辺に、恰好の空別荘を見つけて、そこをわたしの療養の地と定めてくれたので、秋のはじめ頃よりわたしは、人里はなれた孤独の境地で、医者の定めてくれた日課を鉄則として、厳重な規則的生活をはじめることになった。医者はわたしのために、読書の時間と、散歩の時間を極端なまでに制限してしまったので、わたしは一日の大半を砂上に絵を画《か》いては消し、画いては消しするような、物憂い、やるせない日課によって時間を数えてゆかなければならなかった。それでも力《つと》めてこの日課を遵守したおかげで、二ケ月ほどのうちにわたしの体は眼に見えてよくなって来た。わたしはもう、以前《まえ》のように取りとめもない不安に脅えながら、心臓の音に心耳《しんじ》をすましているようなことも少くなり、肉もいくらかつき、頰に紅味《あかみ》もさして来たように思えた。しかしそれにもかかわらず、なおかつ、あの不愉快な発作が突如頭をもたげては、わたしの散歩を妨げることが少くなかった。散歩はわたしの好まざるところではない。しかし闇中の独居に慣れたわたしの神経には、明るい日中の直射光線は、ともすると耐えがたく強い刺戟であった。ある日の午後、わたしは薄陽の下に佇《たたず》んで海のうえを眺めていた。すると突如として足下の砂がザラザラと崩れてゆくような不安とともに、蒼い濤が一面に脹《ふく》れあがって、わたしの体に襲いかかって来るような幻覚を感じた。わたしは恐怖のあまり、思わず砂の中に頭を突込んでしまったが、その日以来わたしは、日中の散歩を日没後に置きかえた。

わたしはまた屢々《しばしば》不眠に悩まされねばならなかった。孤独なひとり寝の枕に通う濤の音は、眠ろうと苛立てば苛立つほどわたしの神経を掻きみだし、防風林の梢《こずえ》を渡る風の音は、しばしば雨かとばかり、浅いわたしの夢を駭《おどろ》かした。わけても雨の夜の寂しさはいうばかりもなかった。わたしは終夜転輾《てんてん》しながら、秋夜長《あきのよながし》、夜長無眠天不明《よながくしてねむることなければてんもあけず》、耿々残燈背壁影《こうこうたるざんとうのかべにそむけたるかげ》、粛々暗雨打窓声《しょうしょうたるあんうのまどをうつこえ》。という古人《こじん》の詩を思い出し、はてはまどろみかねる秋の夜長に倦み果てて、寝間着の上に羽織を重ねると、狂気の如く深夜の海辺にさまよい出ることもあった。その頃の天気ぐせとして、浜辺は毎夜深更から暁にかけて白い霧が立ちこめた。霧はわたしの頭髪《かみ》を濡らし、頰を湿し、襟を潤したが、頭の熱したわたしには却ってその方が気持がよかった。さくさくと湿り気を帯びた砂を踏み崩す音も、いきり立つわたしの神経には爽かにひびくのだった。砂上三十分の散歩は、平地の二時間にも相当するというが、そのせいか間もなくわたしは、ぐったりと疲労を感じてくると、辛うじて暁までの短い眠りをむさぼることができるのであった。

その晩もわたしは、こうしてあてどもなく深夜の砂浜にさまよい出ていた。珍しく霧のない晩で、膠礬水《どうさ》を引いたような目の詰んだ明藍色《めいらんしょく》の空には、満月に近い月が白く澄んでかかっていた。それがあまり清く、あまり明かなので、ほとんど球状をなしているとは信じられないくらいで、叩けばボアーンと音のしそうな、薄っぺらな円盤か何かのような気がした。そういえば表面に見える薄白い斑点なども、銅羅《どら》に彫ってある模様かなんぞのように見られる。古代支那人《しなじん》の空想はこの月の中に兎《うさぎ》とともに蟾蜍《ひきがえる》を棲ませているのだが、果していずれが兎で、いずれが蟾蜍であろうか。砂丘の上を見れば、ちょうど水路凝霜雪《すいろそうせつをこおらす》という句の通り、水のように真白に燻っていて、その上に散らばっている大小の貝殻類が、一際白く、螺鈿《らでん》を鏤《ちりば》めたように銀色に輝いている。海のうえにもほとんど濤らしい濤は見られなかった。この海を鏡《かがみ》ヶ浦《うら》というのは偶然ではない。全く研ぎすました一枚の板であるかのように、青く柔かに、粘着力をもって盛りあがっていて、手で掬いあげれば、そのまま水銀のように玉となって、ころころと転がりそうな気がするのである。ただ岸の方には幾分波があって、月光をうけた波頭《なみがしら》が無数の黄金の小蛇のように、チロチロと楽しげに戯れている。

わたしはふと砂丘のうえに腰をおとすと、しばらく放心したように、この雲母刷《きららずり》の風景画を眺めていた。風は甘い潮の香を含んで、いくらか濡れているようであったが、少しも冷くはなかった。砂の中に指を入れてみると、表面はひやりとしていたが、中の方にはまだ昼の余温《ほとぼり》が残っていた。その余温を楽しみながら、何気なく掌《て》のなかで砂を弄《もてあそ》んでいると、その時ふと、どこからか微かな笛の音が聴えてきた。それは恰《あたか》も二枚の貝殻を擦り合わせるような、キイキイとした、鋭い、単調な音色であったが、それにもかかわらずじっと耳を傾けていると、思わず気が滅入って来るような、やるせない響きを帯びている。わたしはしばらく、かつ絶え、かつ続き、咽《むせ》び泣くが如く嫋々《じょうじょう》として砂丘を匍《は》って来る笛の音に、聴くともなく耳を澄ましていたが、そのうちに耐えがたい寂寥《せきりょう》と、胸をかきむしられるような悲愁とに誘われた。

吹笛秋山風月清《ふえをふくしゅうざんふうげつのきよきに》　誰家巧作断腸声《たがいへかたくみにだんちょうのこえとなす》
風飄呂律相和切《かぜはりょりつをひるがえしてあいわしてせつなり》　月傍関山幾処明《つきかんざんにそうていくところかあきらかになる》

何人《なんぴと》がかくの如き風流をもってわが胸を傷ましむるかと、半ば怪しみ、半ば駭《おどろ》きながら、わたしは砂丘を下って笛の音の方へちかよって行った。わたしは余程足音に気をつけたつもりであったが、それでもこの風流人のすさびを、心なく妨げることを防ぐことはできなかった。足下に崩れる砂の音を聴くと、その人は突如として笛を吹くことを止めて振りかえったが、その姿を月光の下に正視したときには、わたしの驚きの方が余程大きかった。思いがけなくもその人は女だったからである。わたしは自分の不《ぶ》躾《しつけ》を後悔しながらこう云って謝った。
「お邪魔でしたかしら。あまり笛の音が見事だったものですから。……どうぞ御遠慮なくお続けください。」

「いいえ、笛ではございませんの。」

女はそう云って夜目にもしるき黒い瞳を、にっと微笑ませながら、右の掌をひろげてみせたが、そこには桜の花弁《はなびら》のようなうす桃色の貝殻が二片《ひら》のっかっていた。その時の女の様子をわたしは一体どういって形容したらいいだろう。砂の上に無雑作に横坐りになった彼女は、全身に水のような月光をまとって、ボーッと琥珀《こはく》いろに濡れ輝いているように見えた。そして彼女が身動きをするたびに、月の雫《しずく》が破片《かけら》となって、あたりに飛び散るように思える。わたしはその寒いような、一種異様な美しさに、思わず肌着の下で戦慄した。

「これをこうして二枚合せて吹きますと、ああいう音がしますの。吹いてみましょうか。」

女は怖れを知らぬ性質とみえて、人懐《ひとなつ》っこい調子で誘《いざな》うように云った。

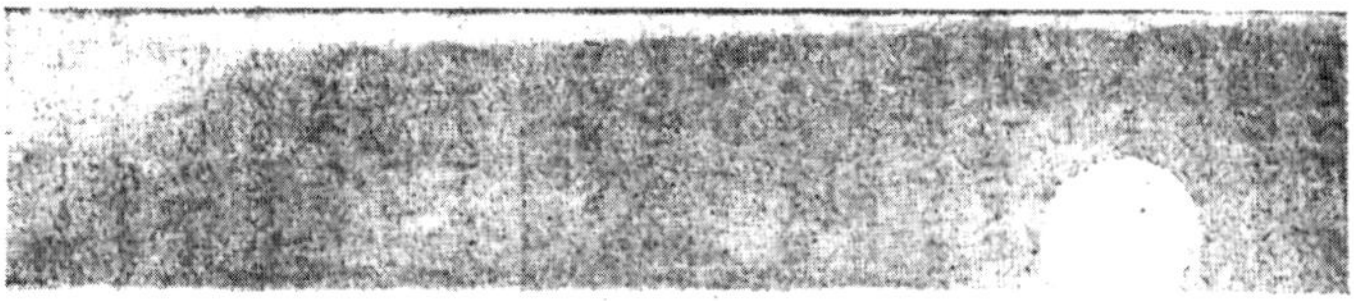

「どうぞ。」

女はふたたび貝殻を口に当てて吹きはじめる。笛の音は砂丘を越え、海を渡り、遙か月の世界まで達《とど》いたであろう。わたしは女の傍《そば》に坐《ざ》して恍惚《こうこつ》として耳を傾けていたが、まるでそれは地中海を航行する水夫たちを、海に誘わずにはおかぬという Siren の唄の如く、物憂く、遣瀬《やるせ》なく、わたしの腸《はらわた》を掻きむしるのであった。

「いかが?」

しばらくして女はふと笛を吹くのをやめると、こちらを向いて嫣然《えんぜん》としてわらった。わたしはその時、はじめて彼女の貌《かお》を正視することができたのである。女はまるで西洋紙のようにつるつるとした卵色の貌をしていた。そしてあの黒い、特徴のある瞳には、驚くほど長い睫《まつげ》がかぶさっていて、それが非常に味のふかい陰翳を貌全体にあたえている。唇《くちびる》はいくぶん受口で、それが、妙に蠱惑的《こわくてき》な情感をそそる。頸は片手で握られるほど細い。着物の色はよくは、わからなかったが、月光の下でみた限りは、それは清楚な青磁色であるらしかった。どうかするとそれが、月の光のなかで昆虫の翅《はね》のようにきらきらと、薄く、しなやかに光って見えることがあった。

「ありがとうございました。そういう風に貝殻を吹くというのははじめてです。貝殻を聴くということなら知っていましたけれど。」

「貝殻を聴くのですって？　それは一体どういうことですの？」

女はちょっと駭いたように、黒い瞳をあげてわたしの貌をのぞきこんだ。

「それはね、こうして貝殻を耳に当てると、濤の音が聴えるというのですよ。」

女はそれを聴くとふと、風琴《ふうきん》のような声をあげてかすかに微笑んだ。

「どうかしましたか。」

「あら、御免なさい。その話ならずっと前に、やはりあなたのような方から、聴いたことがあるものですから。」

「そうですか。」わたしはちょっと含羞《はにか》みながらいった。「この話は外国の偉い詩人によって書かれてからというもの、いろんな詩や小説に引用されているのですから、誰でも知っているのです。」

女は無言のまま、砂をつき崩しながら遙かな、遠い沖合に眼をやっていた。卵色の頬にぽっと紅味がさし、特徴のある黒い瞳が星のようにきらきらと瞬いている。わたしたちの周囲は、まるで水銀燈にでも照らされたように隈なく晴れわたっているのだが、ずっと向うの方にはいくらか霧があると見えて、黛《まゆずみ》いろに突出している岬の鼻のあたりには、漁船の篝火《かがりび》が不知火《しらぬい》のように、蒼く、にじんだような色に燃えているのだった。風も幾分出て来たのであろうか。濤の音がさっきより高まって来たようだ。

「何を考えていらっしゃるのですか。」

「あら。」

女は夢からさめたような瞳《め》をしてにっこりと微笑《わら》った。

「今のお話でふと、その人のことを思い出しましたの、あたしに貝殻を聴くことを教えてくれたその青年のことを。……構いませんでしたらお話しましょうか、その人のことを。……それはとても哀れなお話なんですの。」

「ええ、どうぞ。」

わたしの連《つれ》は笛のように音を立てて、甘い潮風をすった。それから美しい蠶《かいこ》が糸を吐くように、次のような話をはじめたのだった。月光が女の横顔を滑って、彼女が話すとき、そこに燐光《りんこう》のような怪しい隈を作り出したのを、わたしはハッキリ憶えている。


その青年というのは、ほら、向うに、暗い、小さな洋館が見えるでしょう、この辺ではあれを化物屋敷だと言っていますわね。ほほほほほ、全くそうかも知れません。でもその時分にはまだそんな評判はありませんでしたの。青年はしばらく、あの洋館にたった一人で暮していましたのよ。

医学生だとかいう話でした。年齢はそう、その時分二十三か四だったでしょうね。どうしてそういう学生が、ただ一人こんな寂しい、海辺の洋館に孤独な生活をしていたかといいますと、それはね、その人もあなたと同じように健康を害していらしたのですわ。いいえその人の病状は、とてもあなたとは比較にならないほど悪かったのです。

たとえば、学校で屍体の解剖なんかするでしょう、胃の内容物を検べたり、盲腸をきりとったり、肝臓を剔出《てきしゅつ》したり、そうかと思うと、ドロドロとした肉いろの瘡《もがさ》を切開して、まるで美しい西洋花の標本をでも作るように、アルコール漬にしたり、……そういう事ばかりしているうちに、その人の神経は少しずつ狂って行ったらしいのです。鋭いメスが、ぐさりと屍体の肉の中につきささる時、どうかするとその人は、まるで自分の体が抉《えぐ》られるような苦痛を感ずるのだそうです。

だんだんその人は、解剖の時間が怖くなって参りました。いえ、解剖が怖くなって来たばかりでなく、メスを見ることさえがその人を恐ろしがらせたのです。そしてそれが次第に昂《こう》じてくると、メスばかりではなく、メスに類似したあらゆる尖ったもの、鋭いものがその人の神経をつつくということでした。たとえば窓ガラスが割れて、ギザギザとした破れ目が、陽に光っているでしょう、そういうものを見ただけでもその人は真蒼《まっさお》になるのだそうです。そうして、こんな物が怖しいということが、さらにまたその人を怖がらせるのですわ。というのは、その人の血筋には、代々発狂者があるとかいう話で……現にその人の兄さんという人も、少し以前に気が変になって自刃《じじん》したのだという話なんですの。その人がにわかに死体や刃物を怖れだしたというのも、つまりこういう事件があったかららしいんですわ。

とうとうその気の毒な人は学校を休学しなければならなくなりました。そして医者や友人の熱心な勧告に従って、この海岸へ半ば狂いかけた神経を養いに来ることになったのです。

こちらへ来てからというもの、それでも大変調子がいいように見えました。甘い潮の香と、紫外線に富んだ日光と、新鮮な肉類や、野菜や、それからいつも単調で、物憂いような静けさや、そういうものがその人の体に大変よく作用したと見えるのですね。二三ケ月もするうちに見違えるほど血色もよくなり体重も殖え、それに何よりも嬉しかったことは、今まで頭のうしろに鉄壁でもかぶさっているような感じが、全くなくなって、秋晴のようにカラリとした気分がすることとでした。こういう良好な状態が、態度や言葉つきに現われないはずがありませんわね。その人は日増しに陽気になり、気軽になり、今まで疎すっぽ挨拶もしなかった村の人にも、どうかすると、こちらから口を利いたりすることもありました。そうかと思うと、また朝早く浜辺へ出て、地曳網《じびきあみ》の手伝などをして、にこにこと喜んでいることもございましたの。

これを要するに、その人の神経は次第に恢復《かいふく》の域へ足を踏み入れていたのに違いありませんわ。おそらくもう三四ケ月もこういう状態がつづけば、その人はきっと昔のような健康を取り戻すことができたに違いないと思われるのです。

ところがちょうどその時分、もう一人この村へ新らしくやって来た人がございました。東京の有名な資産家のお嬢さんで、その時分年齢は二十一でした。髪の黒い、卵色の貌をした、眼の人一倍大きい、ちょっと見たところでは、別に弱々しそうでもありませんでしたけれど、近くへ寄ってよくよく見ると、静脈のういた薄い皮膚のいろといい、少し長すぎると思われるような睫《まつげ》といい、小鼻の肉の薄さといい、どこかやはり病人じみて見える令嬢でした。あら？　何ですって、大変あたしに似てるとおっしゃるの。ほほほほほ、そうかも知れませんわね。

令嬢は軽い呼吸器病を病んでいるのでした。医者の診断によると、それはまだ極く初期の、全く心配のない程度の症状で、この海辺で半年も気楽に遊んでいれば、充分、元気な体になれるだろうとのことでしたが、それでもやっぱりその宣告は、令嬢の弱い魂《たましい》を打挫《うちひし》ぐに充分なほどの強い衝動《ショック》だったのです。そして、男女《ふたり》あなたも多分、すでにお察しの通り、この令嬢と青年とは、いつしか懇意になりました。そして、男女の仲は急に進行してゆきましたが、と思うと間もなく、この人たちの間に、一緒に死のうという約束が成立ってしまったのです。

こう申しあげると、話があまり突然なので、さぞびっくりされるでしょうね。全く人間というものが、こんなに簡単に死にたがるというのは、まるで嘘のような話ですが、しかしこれは全く真実《ほんとう》の話なのです。実際よくよく考えてみれば、この人たちの間にはちっとも死ななければならぬというような、差迫った理由はないのです。しかし、あなたがたがお考えになって、無動機ということは、彼等の死を引き止める力には少しもならないのです。人間は時によって、全く何らの理由なしに死ぬことがあります。いえいえ、人間の死に一々その動機を考えなければ納得できぬ人々こそ却って間違っているのかも知れませんわ。ましてや、この令嬢や青年のように、恋を恋するように、死を恋する年頃の人々の考えは、とても世間並みの考えかたでは解釈しきれないかも知れませんわね。

——それでは万事お委《まか》せください。決して失敗のない手段を考えて御覧にいれますから。

かなり詳しい打合せの後、青年は決然としてそう申しました。その時分、この青年の頭脳《あたま》は、突如訪れた熱情のために、またいくらか狂いかけていたのでしょう、そういいながらじっと令嬢の瞳を覗きこんだ眼のなかには、相手をちょっと寒がらせるような、そういう光があったということです。

さてその自殺の手段ですが、これは青年のお手のものの薬を選ぶことにしました。できるだけ苦痛が少く、できるだけ失敗の少い薬を、青年はその豊富な薬剤の知識の中から撰択することになり、やがてそれらの準備万端がととのいました。そしてある日二人は仲よく、しめきった洋館の一室に、安らかなその体を横《よこた》えると、かねて青年の用意しておいた薬を半分ずつ呷《あお》ったのです。二人とも少しも死の恐怖や、孤独の悲哀を感じませんでした。そして、青年は非常に注意して薬を撰択していたので、少しの苦しみもなく、二人とも眠るようにあの世とやらへ旅立つことができた……ように見えました。いや、少くとも令嬢に関する限りは、その薬は理想的に働いてくれたのです。

ところが、それから数時間たって、そう、ちょうど真夜中ごろのことでしたろうか、青年はふとこの戯れの死から目覚めたのです。まあ、この時の青年の駭《おどろ》きはどんなだったでしょうかねえ。傍《そば》を見ると、令嬢はまるで美しい人形ででもあるかのように、安らかな貌をして死んでいます。触ってみると胸も腹も完全に冷くなって、どんなに手を尽しても、もはやどうにもならないことが、そこは専門家だけに、青年の眼にはじきに分りました。しかも、どちらかといえば、令嬢以上に死を切望していたはずの青年の方は、無残にも冥府《めいふ》の鬼から締出しを喰ってしまっているのです。

あたしは詩人でも小説家でもありませんから、あまり管々《くだくだ》しく、その時の青年の心持ちを推測するのは止しましょう。ただ簡単にいって、それから数時間のあいだは、青年にとって最も恐ろしい生と死の争闘でした。青年は海へ身を投げて死のうとしました。ナイフで頸動脈を切断しようとしました。それから、梁《うつばり》に帯をブラ下げて首をくくろうとしました。しかしどの方法にも失敗してしまったのです。昔の人はこういう場合のことを、大変上手に言ってますわねえ。つまり青年の体からは全く死神が離れてしまっているのです。

夜明けごろ、青年は疲れたような、興醒めたような表情《かお》をして、白けた気持ちで美しい令嬢の死体を凝視《みつ》めていました。そうしているうちに青年は、なぜ自分は死ななければならぬ理由があるのだろう、考えてみれば死ぬなんて随分馬鹿らしいことだ、このまま生きていたってちっとも不都合なことはないじゃないか、と、そういう風に考え出したのです。こうなってはもうとても死ねるものではございませんわ。

全く青年が考えた通り、そのまま彼が生きているということに、ちっとも不都合なことはありませんでした。なぜといって、令嬢と青年とのあいだが、それほど進んでいようなどということは、ちっとも村の人たちは知りませんでしたし、その前日、令嬢が青年の住んでいる洋館の門をくぐったところを見ていた人は、一人もありませんでしたから。……それに青年の様子と来たら、家の中にそんな恐ろしい秘密を持っていようなぞとは考えられぬほど、朗《ほが》らかで、愛嬌がよくて、元気なのです。第一、令嬢の住んでいた貸別荘の方で、付添いの乳母《ばあや》や女中が、令嬢の姿が見えないのに騒ぎ出した時も、一番になって心配し、いろいろと奔走《ほんそう》していたのもこの青年なんですからね。

令嬢の捜索は数週間にわたって熱心に続けられました。しかしその結果は全く徒労に帰してしまったのです。そのうちに、令嬢の所有品の二三が、潮に濡れて浜辺に打ちあげられたのを絶好の口実として、結局彼女は、病身をはかなんで投身自殺を遂げたのであろうということで、この捜索は烏《けり》になってしまいました。

この悪賢い青年は、こうして完全に世間を瞞着《まんちゃく》することができたのですが、ではそのあいだ令嬢の屍体はどうなっていたかというと、それは依然として、締めきったあの一室のベッドの上に、まるで観音様のように恭々《うやうや》しく安置されてあったのです。ああ、人々が一眼でもこの部屋の中を覗くことができたら！　人間というものが、あんな完全に二つの仮面を使いわけることができるというのは、まことに駭くに耐えない話ではありませんか。外ではあんなに愛嬌よく、あんなに元気に振舞っている青年が、一度この部屋のなかに閉じ籠ると、たちまちその眼の色からして変って来るのでした。

青年の熱い涙は日ごと夜ごと、令嬢の頬を濡らし、唇を潤し、そしてその白い手足に注ぐのでした。青年はいくどもいくども令嬢の屍を抱き、およそ次のような意味のことを、訴えるようにくどくどと掻き口説《くど》くのでした。

――おお、美しい私の恋人よ。われわれは何という不倖せなことでありましたろう。われは一緒に生きることを許されなかったばかりか、一緒に死ぬことすらできなかったのです。何という無慈非《(ママ)》な、そして絶対的な手によって、われわれは隔てられてしまったことでしょう。しかし、私はもうあまり歎《なげ》くことを止めましょう。それによく考えてみれば、私一人が生き残ったということは、それほど悪いことではなかったかも知れないのです。なぜといって、われわれ二人が一緒に死んでいて御覧なさい。どんなに乱暴な、そして冷酷な手によってあなたの体が瀆《けが》されるようなことがあったかも計りがたいのです。私がこうして、一人生き残ったのも、きっとそういう穢《いま》わしい手より、あなたのその美しい体を守れよという、神の御心であったかも知れません。さらば私の美しい恋人よ、私は聖母に仕えるように忠実にあなたに侍《かしず》き、あなたの体を護りましょう。今後、私以外には何人の眼も、何人の手も、あなたの体に触れることはないでしょう。そしてあなたは永遠に、美しく、安らかに、私の手に護られて、このベッドの上に眠りつづけることができるでしょう。……

この約束を守るために、青年は白粉《おしろい》や紅《べに》や黛をもって、令嬢の貌を美しく化粧してやりました。そしてどうにも仕様のない二つの眼のためには、青年はわざわざ町まで出向いて、有名な眼科医のもとから、二つのガラスの偽眼《いれめ》を買って来ると、それを令嬢の眼に入れてやりました。死顔を化粧するということはこの国でも珍しいことではありません。歌舞伎の若い女形などが死んだ場合には、大抵こうして最後の薄化粧をしてやるのです。ただ、偽眼をしてやるということだけが、青年の思いつきでしたが、これとても彼の創案ではなく、外国ではこういう場合、多くそうするのだということです。むろん、あの固い、潤いのない、無機的なガラスの眼のことですから、とうてい肉眼のようなわけには参りませんでしたけれど、それでもなおかつ、あの濁った、薄ぼやけた死人の眼よりは、どれくらいましだったか知れないと、手術ののち青年はひそかに満足の微笑をもらしました。なるほど、小麦色の肌色化粧をし、ガラスの眼をじっと見開いている令嬢の貌は、生前と同じくらいの美しさに輝いているように見えました。

しかし、これはほんの二三日だけのことで、そうしているうちに間もなく令嬢の体は、いかに献身的な愛情を捧げている青年にとっても、耐えがたい程の臭気を放ちはじめました。青年はむろん、審美的見地から言っても、この臭気にはほとほと困《こう》じはてましたが、さらにそれよりも彼がおそれたのは、この臭気によって彼の秘密が発見され、ひいて彼の崇拝措くあたわざる偶像が奪取されるような破目になりはしないかということでした。そこで彼は散々頭脳を絞った揚句町へ行って蒼朮《そうじゅつ》や白檀《びゃくだん》やその他いろいろな香の高い線香の類を買ってくると、それを日となく夜となく火桶《ひおけ》の中にくすべ、そして無智な村の人々には、書物の虫のつかぬように整理しているのだと言い触らしました。幸い村の人々はこうして巧みに欺くことができましたけれど、しかし欺くことのできないのは昆虫の鋭敏な嗅覚なのです。蝿《はえ》はまるで大軍の如くこの小さな西洋館めがけて押しよせ、間もなく窓ガラスという窓ガラスは、真黒になるほどその眷属《けんぞく》どもによって埋められてしまいました。しかしこれらの苦闘も少しの間で、やがてそれが終ると、そこには完全な平和がやって来たのですわ。ああ、今こそ令嬢の体は、永遠に変ることのない、美しさと安らかさの中に、青年の手に残ったのです。その顔はいくぶん骨ばり、その手はいくぶん細くなりましたけれど、それでも昔の美しさを失ってはおりません。青年は今こそ自分の大芸術が完成したような、誇らしさと満足とを感じたのでした。

やがて、冬去り、春逝き、夏はててふたたび秋がめぐって参りましたが、その年はとても気候が不順で、いくにちもいくにちも雨が降りつづきました。雨ははまひるがおの花を散らし、コスモスの花を打ちくだき、諸所に洪水《みず》さわぎを惹きおこしましたが、やっとこの雨があがって、幾日ぶりかで輝かしい太陽を仰ぐことができた時には、あの小さい洋館の扉《と》は、もはや長い間、ひらかれることはなかったのです。村の人が怪しんで、むりに扉をこじあけて中へ入ってみたのは、それから二三日後のことでしたが、その時青年は、まるで糸のように痩せ細って、ベッドのうえに死んでいました。しかもその青年の傍には象牙のように白く晒された白骨がもう一つ横《よこた》わっていたのですが、みるとその落ち窪んだ醜い眼《がん》窩《か》のなかには、一双《そう》のガラスの眼が宝石を鏤《ちりば》めたようにしっかりと喰い入っていて、物憂い秋の日ざしのなかに、きらきらと冷たく輝いていたというのです。……

いつの間に霧が出たのであろう。わたしたちの周囲には、乳灰色の水滴が厚い層をなして渦を巻いているのだった。

「ねえ、この話にも一つの教訓があるとはお思いになりません?」大分たってから女はそう云った。

「つまり人間というものは生きている間が花なのですわ。死んでしまえばどうなるか知れたものじゃないのです。その令嬢が生前、どんなにつつましやかで身を持すること謹厳《きんげん》であったにしろ、死んでしまえば、青年の思慕の対照となって、醜骸《しゅうがい》を白日の下に曝《さら》すことをどう防ぎようもなかったではありませんか。」

わたしはすぐには答えなかった。わたしはその時霧の中におぼろげな月の所在をさがしていたのである。この女はわたしに教訓を垂れるつもりでこんな話をしたのであろうか。

わたしは何か言おうとして振りかえってみた。しかしそこにはすでに女の姿はなかった。何やら得体の知れぬ朱鷺《しゅろ》の渦が、靄《もや》のように激しい速度で旋回しているのが見えたきりだった。わたしはしばらく呆然としてこの靄を凝視《みつ》めていたが、ふと見ると、女の坐っていたあとの砂丘の上に、何やらきらきらと光るものが二つ落ちているのに気がついた。礫《こいし》かと見れば礫でもなく、貝殻かと見れば貝殻でもなかった。わたしは怪しみながらそっと身をこごめてそれを拾いあげると、左の掌のうえに載せてみた。そして琥珀いろの弱い月光の中にすかしてみて、初めてそれが、世にも精巧にできている二夥《か》のガラス製の偽眼であることに気がついたのである。

血《ち》蝙蝠《こうもり》

渡辺《わたなべ》啓助《けいすけ》

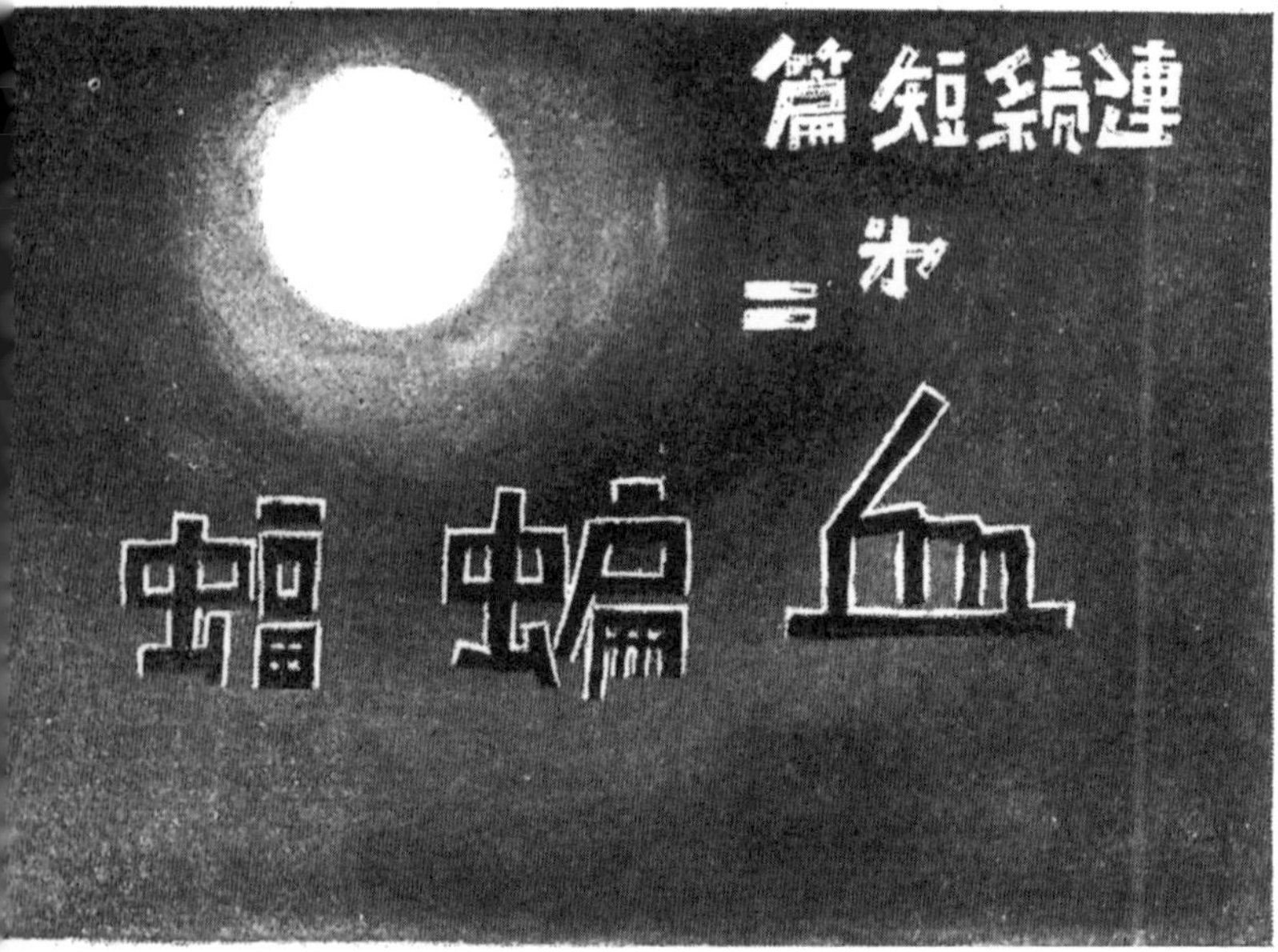

1

カタリと後《うしろ》で物音がしたように思った。

少年玉之助《たまのすけ》は、コンクリの底冷えのする廊下の真ン中に立ち止って、ぶるッと背筋を震わし暗闇を見詰めた。

今晩は、どうも一昨日《おととい》の晩や昨晩《ゆうべ》と、勝手が違うようだ。

どんなに静かな真夜中だからと云って、物音の絶対にしないなんてことはない。昼間には昼間の物音があるように、深夜には深夜それ自身の性質に相応《ふさわ》しい特別な物音が潜んでいるものだ。

夜風の吹き過ぎる音かも知れない。

寒気のために凍み割れる壁の音かも知れ

ない。
　林の中で夜鳥《よどり》のネボケた啼き声かも知れない。
　その他、いろんな、すぐとはその理由の判りかねるささやかな物音、いわば、それあるが為に、いっそう夜の深さがしんしんしん……と感じられると云ったような微かな物音が遠く近く聞えるのである。玉之助

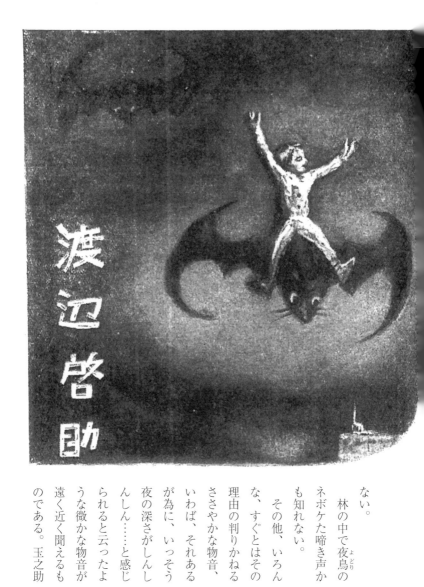

は、そう云う種類の物音は、大抵慣れてるし直感で危険のないものであることを知っている。だが、今夜は、前晩《ぜんばん》のような大胆な自信が伴わなかった。今のカタリと云う音さえ、いつもなら気にも止めずに聞き流してしまうに違いないのだが、今夜は、それがまるで何か常ならざる事件によって引き起された物音であるかのように、へんに冴えて玉之助の神経に浸み徹《こた》えたのである。

彼は、今夜で引続いて三晩、この小学校の校舎に忍び込むのだが、前の二晩は、外便所と教室をつないでいる渡廊下《わたりろうか》の昇降口から這入り込んだ。丁度、そこの扉《ドア》の錠前が、いいあんばいに壊れていたから、実に楽々と這入《はい》ることができたのである。――が、今夜はそうはいかなかった。そこの扉は、ちゃんと修繕が行き届いていていくら力を罩《こ》めて押しても駄目だった。

そこで、玉之助は、中庭の花壇の方から、宿直室のある第一館は敬遠して、第三館、第二館と建物の周囲を一巡して、どこか適当な這入口《はいりぐち》はないかと探し歩いた。ところが第二館の末端の教室の窓硝子《まどガラス》が一枚、御誂《おあつら》い向きにポコリと割れていて、月がなく曇り空であったが、闇に慣れた眼はすぐそれに気がついた。土台の三和土《たたき》から窓縁《まどぶち》まで、玉之助の身長を遙かに越した高さであったが、彼は苦心してやっと攀《のぼ》ることができた。植込みの茂みが一杯日陰を作っていたから万が一にも見つかることはないと思ったか、そこから這入り込むにはなかなかの努力だった。硝子の割れ目から手を入れて、差込錠《さしこみじょう》を引き抜くのも手際よくいかなかった。前晩のように、スーウッと忍術を使うみたいに音もなくはいれなかった。手甲《てのこう》を傷つけたりジャケツの衣嚢《かくし》に入れておいた手提電燈が窓枠につかえたり、その為に、少し汗を掻き、呼吸が弾んだ。

中へ這入ってからも妙に親しみ憎《にく》い闇を感じた。忍び込む時のドキンドキンした動悸はすぐ静まったけれど、いつもと手順の違ったことが、なんとなく不気味であり、その感じが後まで、ずうっと身体のウゴキに絡みついていて、このガランとした空ッぽの校舎を、前の晩のように、ハキハキと我物顔に、のし歩く気安さがなかなか湧いて来なかった。目に見えない力でそうッと抑えられてるような気がした。その為に時々立ち止って、じいっと後の闇を見透かすことをせずにいられなかった。

第一館の玄関の壁には大時計がかけてあったが、今夜はそれが止っていた。その時計は、実にハッキリと深夜の冷気に滲み透る金属的な美《い》い音色を持ってることは、昨夜《ゆうべ》も一昨夜《おととい》も玉之助は聞いて知ってるのだ。今夜これが止っていることも、気になることの一つだった。


いったい、何の為に、玉之助が、この真夜中の校舎に忍び込むかは、普通人の常識からは了解に苦しむことではあるが彼としてはただアソビに来るにすぎなかった。

いや、ただ、夢をみるために来るのかも知れない。

誰でもが例外なしに、その幼少年期を費す小学校なるものについて、玉之助は、何の経験も記憶もなかった。別にそのことを、ひどく哀しいとも恥しいとも、彼は思っていなかったが、ただ非常に物足りなく虚ろな寂しさを感じていた。その為に、小学校に対する特別強い憧れと好奇心とを持つようになった。

彼は今でも相当年齢《とし》を喰った少年《こども》になっていた。これまで学齢児童であったにもかかわらず、小学児童になり得なかったのは主としてその当時の彼の境遇によるものであった。彼はどこで生れ、誰の子であるかさえハッキリ知らなかった。母親だけは近藤《こんどう》ミサと云って、ついこのあいだまで彼と一緒に満《まん》洲《しゅう》国《こく》の黒河《こくか》にいた日本芸妓《げいしゃ》である。彼はこの母親と共に支那《しな》満洲を転々流浪し、彼女が黒河で最後の呼吸《いき》を引取ると、玉之助は、ある日本商人の手に託されて内地に連れかえられ、彼女の妹である近藤タキの許へ預けられた。

近藤タキはこの町の旅館兼料理屋業玉真館《ぎょくしんかん》の仲居をしていた。東京近郊と云っても、この町の辺は、まだ武蔵野《むさしの》の林や、流れが、あまり都会の触手に掻き廻されずに残っていて点在する家屋の間に広々とした耕地がなだらかに続いていた。玉眞館は非常に忙しいわけでもなかったが、閑《ひま》すぎるほどでもなかった。この町は表面は静かだが、表面の静けさなどではなかなか物を判ずることはできない。——つまり人間の住む世界の裏側にはいろいろ複雑な動きがあると見え、玉真館にも結構お客の気忙《きぜわ》しい送り迎えがあった。

そう云うお客のひとりが、近藤タキに玉之助を預けていったのだ。彼女は非常に困惑し、死んだ姉に対して無闇と腹を立てたけれど、結局こうなった以上、彼女が玉之助を何とかしなければならぬ最後の人間だと悟ると、玉真館の女将《おかみ》に泣きついて、玉之助に適当な働き口が見付かるまで、玉真館の旧館の方の、今は全く使っていない行燈《あんどん》部屋にしばらく置いて貰った。

タキは、この少年を見て「ナンテ可愛げのない子供だろう」と思った。「せめて片眼《めっかち》でもなければネ」と嘆息《たんそく》を吐いてその青《あお》ンぶくれの栄養不足の顔をしみじみと眺め入った。よほど幼少の頃だったと見え、どうして片眼を潰してしまったかは彼自身も知らなかった。その剝身貝《むきみがい》のような白眼《しろめ》が、タキには、姉の汚らしい生活と関係があるように見えた。

「幾つだえ」と訊くと「十五だ」と答えた。

「じゃ、学校はもう終えたんだねえ」と云うと頭《かぶり》をふって、「そんな暇はなかった」と当り前のことのように、片方の瞳をキョトンと澄み返らせてタキを見た。

「それじゃ、とても年期なんかに使ってくれるとこはないよ。学問がなくちゃ」

「だって、あっちじゃ、僕、働いていたんだよ」

「フン、大方、乞食か、カッパライでもしてたんだろう」タキはそう突慳貪《つっけんどん》に云わずにいられなかった。

姉のミサが上海《シャンハイ》のフランス租界でラシャメンをしていて、月三百ドルからの収入があるなんて四五年前に手紙で云って来たことも、みんなデタラメだったに違いないし、何一つ信用できないことばかりと思ったが、玉之助の片方の眼をみると不思議に「この子はこれで、案外正直もんだよ」と云う気がして来るのであった。もっともこの子の云うことはむしろ嘘であった方がいいような陰気な世界のことばかりだった。

玉之助は、旧館の行燈部屋に引き籠って出て来ないことが多かった。これはタキが、堅く「本館《おもて》の方に姿を見せるんじゃないよ」と彼に釘をさしておいたからでもあるが、旧館の庭にさえ、役目の庭掃除の時でもなければ降りて来なかったし、風呂掃除、便所掃除など自分があてがわれた仕事が済むと、決して階下《した》になどぐずぐず付いてはいなかった。ノソノソと二階の行燈部屋へ潜り込んだきり顔を見せないのである。

タキとしては、その方が結局、気楽だった。自分の一人きりの姉が、上海で、札束の中に埋まってるような贅沢な暮しをしているんだと、朋輩《ほうばい》にこれまで云い触らして置いた手前もあって、こんな貧乏ったらしい陰気臭くって可愛げのない子供が姉の独り子だと分り切ってしまってすっかり肩身の狭い思いをしているのだから、できるだけ、みんなの目に触れない所に匿《かく》れていて貰いたかったのも無理はない。一度、この町の理髪業組合長をしている清容軒《せいようけん》の親方に使って貰えるかどうかコッソリ見て貰ったら、玉之助の手をとってみて、「こう指が固くっちゃ第一剃刀《かみそり》が使えないや、むこうじゃ相当苦労したんだろう。それにおタキさんの前だが、お互いに客商売だからこれじゃ」と云って片眼を瞑《つぶ》ってみせた。それから一層、タキは気を腐らして、玉之助の姿を人に見せるのを憚《はばか》るようになった。

しかし、玉之助としては、妙に人の眼色《めいろ》を窺い、周囲に気兼ねして引込んでいると云う風にも見えなかった。むしろこの行燈部屋が気に入って、独居を人知れず楽んでいるのではないかとさえ、時々行ってみるタキの眼に映るのであった。

「へんてこれんな子だネ、少しは庭にでていい空気を吸うとか、体操でもするとかしなよ」と、いくら荷厄介《にやっかい》でも、ふと肉身らしい情愛めいたものを感じて云ってみるんだが、当人は却ってありがたくもなさそうな生返事《なまへんじ》をするばかりだった。

実際、この行燈部屋は少うし誇張して云えば、陰々と妖気が立ち罩めているのじゃないかと思われるほど暗く、煤《すす》ぼけていたし、剝げ落ちる壁を、古い宿帳の木紙《かみ》で貼り支えている有様で、昔の行燈部屋と云っても、今ではそれ以下の、もう全くのガラクタの置き場にしか使っていない部屋である。壊れた椅子や炬燵《こたつ》、茶箱、襤褸《ぼろ》の這入った行李《こうり》、古雑誌古新聞の束、そんなものがゴタゴタと積み重ねてあって、たった一つの、船室の覗き窓ほどの小さな窓を、それ等のガラクタが覆い蔽《かぶ》してあるので、廊下側の唐紙《からかみ》を閉め切ってしまうと、光線がまるで這入らなくなるから、ホントウの暗闇と云ってよかった。

こう云う場合タキはガラリと唐紙を引きあけて部屋の中へ這入っていっても、外光に慣れた眼の調節がつかなくなってすぐには玉之助の存在がわかりかねる。――大方外へ出ているんだろうと思うのだけれど、試みに「玉之助や」と呼びかけると「なあに――伯母《おば》さん」と否《いや》にハッキリした声で闇の中から答えるのだ。

タキは、そんな時、なんて依古地《いこじ》な子だろうと、しんから情けなくなり、玉之助の襟がみを攫《つか》んで、まるで湿ッぽい襤褸でも引き出すように、ズルズルと縁側の明るい陽ざしの所へ引張って来て曝《さら》してやりたいような気持に駆られるのである。

「いくらお前のお母さんが夜の商売の女だったからって、そんな暗闇の中に蚤みたいに潜り込んでいなくたっていいじゃないか」

そう云われると、玉之助は、煌《きらめ》く日光の明るさを片眼で眩しがって、オドオドしながら声だけはへんに落着いて「僕はこうしている方がいいんだよ、明るい所へ出ていって皆んなから匪賊《ひぞく》の子みたいに揶揄《からか》われるのは敵《かな》わないからね。別に伯母さんに面当《つらあ》てになんかしてるんじゃないんだ。僕は暗闇の中で、ぼんやりいろんなことを空想してる方がずっと楽なんだよ」

「この子は変態だよ」

そう云いながら、タキは、その行燈部屋の中を見廻す——縁側の明りがぼんやり射し込んでゴミッぽい部屋の中に敷き放しの寝床がある。

「オヤ、お前豆ランプを点けていたんだろう」枕元には、明かに石油の匂《におい》のする豆ランプが、たしかに、今しがたまで灯《つ》けてた格好で置かれてある。きっとガラクタ物の中から見つけ出して来て適当に利用しているんだ。

「だいそれたことをするんじゃないよ。もし火事でも出かしたらどうするンだい」

「大丈夫、僕、そんなヘマはやらないさ。僕だって時々本を読むんだよ。今、佐賀之夜桜《さがのよざくら》猫騒動を読んでいたんだ」

「そんなもの、明るい所で読めばいいじゃないか」

「ウン、だって僕は、この豆ランプの黄色に暈《ぼ》けた明りの方が好きなんだもの」

こう云う次第で、タキは、この玉之助のもってる偏屈で風変りな性質が少しずつ判りかけて来たのであるが、このタキにも、どうしても気づかなかった奇妙な癖を玉之助は持っていた。――それは深夜、この部屋を抜け出して夜歩きをする不思議な性質だった。

昼間だって、玉之助のことで少しでも気を使うのはタキ独りであったけれど、一歩、行燈部屋を出ると、ジロリと玉之助を眺め廻す人間ばかり多いような気がして、それに第一、明るい日光からして、彼の皮膚には強過ぎるように思われるのであった。

夜になると、彼のことを注意するものは、この世界に誰一人としていなくなるのだ。玉真館は旅館兼料理屋だから、夜はタキも本館の方へ行ったきりで、旧館の方へ顔を見せることなどは全くないと云ってもよい。夜になれば玉之助の、昼間はだらしなく崩れていた体が、キュウッと引緊まり、いきいきと力づき、昼間の彼とはガラリと変った敏捷な子供になるのだ。

彼は行燈部屋から猫のようにヒッソリと脱け出すと、家並の軒下の陰に沿うて、東京からずうっと続いてる坦々《たんたん》たる舗装道路を、トツトツと歩いてみるのだ。彼の運動靴のゴム底を通して、カンカンに凍てついた路面の冷たさが、骨の髄まで滲み徹《こた》える。けれど、それは一種凛烈《りんれつ》な快感さえ唆《そそ》るのだ。彼は夜盗《やとう》が必ずしも物取りの目的でのみ夜歩きするのではないような気がして来る。あの人達《ひとだち》は、きっと昼間は他人《ひと》から蔑まれたり嫌われたりする醜い容貌や悪い性質があって、その為に小さくなっていなければならない。夜になると、彼等は、昼間の運動不足を補ったり、誰憚ることのないのうのうとした気持になってみたい為に、家から脱け出して来るのだろうと思わざるを得なかった。夜の中には、そんな風に不幸な人を誘い出す不思議な匂《におい》が、ほのぼのとにおうているのが感じられた。もっとも恐怖がないわけではなかった。しかし恐怖の漠然たる影の中には、人を遂《お》い追《の》けるものもあるが、人を惹きつけ、誘い込まずばいない不可解なものも潜んでいるのだ。

前二晩は月夜だった。月光は太陽とは違って、光とも思えないほど水っぽく冷え冷えとして皮膚に刺《し》みる。玉之助は、蒼白い満面を皎々《こうこう》と月光に照らし出されながら、鋪道を外れて、楢《なら》や欅《けやき》の落葉しきった疎《まば》らな雑木林の中へ這入っていった。彼は雑木林の向側に、小学校の校舎を見た。この校舎はこのひっそりした部落にとっては分不相応なほど立派な近代的なコンクリートで、三年ほど前に落成した建物であった。月光を一面に浴びて空高く、夜気《よき》の中に、アルミニューム色に浮び上ってるその偉容はまるでお伽噺《とぎばなし》の王宮のようにさえ玉之助の眼に映ずるのであった。

玉之助はあの中にぜひ這入ってみたいと云う希望を抑えることができなくなった。玉之助は学校に上らなくても、一通りの読み書き算術位のことは、いつ憶えるともなしに憶えたけれど、彼の憧れていたものはそう云う形や記号だけの物ではなかった。不幸にして自分だけは知らないが自分ほどの年頃の者なら誰でも知りつくしている小学校というものの内容《なかみ》について、その中にコンモリと盛り上ってる楽しげな空気について、並々ならぬ激しい好奇心を日頃から抱いていたのだ。生徒も先生も全く居なくなってしまった真夜中の教室や廊下をあちらこちらと彷徨《さまよ》い歩いてみたい――そう思い続けながら、真正面の空に浮び上ってる校舎の夜景を眺めてると、もう矢も楯もならない誘惑にそそのかされるのであった。しかし、独りであの校舎の中へ忍び込むことは、いくぶん怖くも思われた。けれどそれは激しい好奇心に較べると物の数ではないように見えた。いったい好奇心の対象となるものは常に幾らかの不気味なものを含んでいる――いや不気味であればこそ、覗かずにはいられないのだ。

校舎は三棟、いずれも東西に長く建てられて第一館二館第三館と前後して並んでいた。この三棟が西側において渡廊下で連絡されていたから恰度《ちょうど》、アルファベットのEの字の形に校舎の全景ができていた。第一館の西端には宿直室があって、その窓だけがポツンと赤らんでいた。他は全く灯影《ひかげ》が絶えていた。学校敷地内の一隅に校長住宅があったが、これもヒッソリしていた。

外観はなるほど童話の王宮のように立派に見えたけれど近寄って見ると、ところどころ傷んだり剝げたりしていた。請負仕事のために手抜きの所もあるらしく、東側の昇降口の扉の錠前がもう利かなくなっていて、一昨日の晩、そこから難なく忍び込むことができたことは前にも述べた通りである。それが病みつきでとうとう今夜で三晩立て続けにこの真夜中の学校にやってくるのであった。

第一夜は教室を一つ一つ覗き歩いた。人気のないガランとした教室の様子も、あの王宮のように輝いて見えた外観から想像されたものとは大分違っていて、整然と並んだ机の列が墓場の石碑のような不気味な静けさを持っていた。けれど玉之助には充分珍らしいものに見えた。彼はなんとなく得意であった。

それらの机の列の間を往ったり来たりした。机の中には、屑鉛筆や硯《すずり》や紙挟みや湯呑などが這入っていた。机の中を手探りした時、玉之助は不注意にも、湯呑の一つを床に取り落してしまった。さすがにその割れる音は、吾知らず耳を覆いたくなるほどハッキリ冴え切った響《ひびき》をコンクリートの壁に反響させたけれど、また森《しん》と静まり返って玉之助のギョッとして立止まった吐息だけが聞えるばかりだった。

玉之助はまたピタピタと深夜の教室内を歩き出した。湯呑を割ってから、不思議な落糞着が出て来たようであった。それから教師用の椅子を壁際に引摺《ひきず》っていって、それにのると壁上《かべうえ》に貼り出された児童の御清書《おせいしょ》や図画の上にみんな丙丙丙《へいへいへい》とイタズラ書きをしてやった。

屋上体操場にも上った。屋上ではさすがに寒風が吹いていた。彼はコワゴワ上り口から頭を覗かせて、体操場を見渡した。そうしてると急に運動したい欲望に襲われた。そこで彼は降りしきる月光を細々と砕き散らしながら、精一杯ラジオ体操をした。体操と云っても玉之助のは、ただやたらに手足を振り廻わすだけの事でいわば乱舞であった。この屋上体操場は月夜の浜辺に似ていた。涯《はて》もなく真白に続く砂地のように見えた。彼はラジオ体操の歌のうろ憶えの節を自己流に力をこめて歌いながら半狂気《はんきちがい》のように飛び廻った。それが歌らしくもなくキャアキャアと云う風に聞えていた。月影の障《さえぎ》るものとてもない屋上に一点の黒影《しみ》を印しながら彼は蝙蝠《こうもり》のごとくにパタパタと駈け廻った。そうせずにはいられない何物かがここにはあった。――月光に酔うた為かも知れない。じっとしてるとゾクゾクとしみ入る寒気を振り落す為かも知れない――いや、ひょっとすると、やっぱり、何となく襲いかかる夜の恐怖、と云うよりは、この建物全体のもつ不気味な陰々たる圧力をヒョコリヒョコリと意識せずにいられないためにそれから逃れる為の行動であったかも知れないのだ。

不慣れな運動に夢中になった為、比較的体力の弱い玉之助はすっかりヘタヘタになって屋上の胸壁に凭《もた》れかかった。

ハアハア息を切らしながら、玉之助が下を見下ろしていたその姿勢は、ただ疲れを休めるだけのものであったから、下に何かあったか気に留めて見ようとしなかったのも無理はない。遙か真下の運動場の地面には建物の投影がクッキリと印されていた。その影の末端から少し離れて、じいっと上を見あげてる大人が一人立っていたのには玉之助は全然気がつかなかった。それは約三分ばかりの間であったが、少年の注意を惹かないうちに、かの人物は建物の黒影内にスタスタと歩み去ってそのまま校舎の中に吸われてしまった。以上は玉之助の忍込み第一夜のことである。当夜の宿直日誌には麗々《れいれい》しく

(月光《ゲッコウ》特《トク》ニ美《ウツク》シ。

巡視《ジュンシ》三回《カイ》、異状《イジョウ》ノ認《ミト》ムベキナシ)

と誌《しる》されてあった。

第二夜は第一夜に比較すると遙かに気が落着いていた。恐怖感もずうっと薄らいでいた。一々教室を覗き歩くようなことはしなかったが、廊下の帽子掛に児童が忘れていった学帽が一個遺っているのに目を留めた。玉之助はそれを冠って、硝子《ガラス》窓に近々と自分の顔を押しつけるようにして映してみた。あい

にくと、その帽子は、下級生のものであろう——玉之助には大分キツかった。どちらかと云うと頭でっかちで青ンぶくれの彼の顔には、一向似合わなくて一種異様な滑稽感を催《もよお》させるものではあったが、薄《うす》朦朧《ぼんやり》と硝子戸に浮び出た彼の姿は必ずしも小学生に見えないこともなかったので、彼は内心得意であった。そうして、パタッ、パタッ、と底冷えのする廊下に、ゴム底の靴音をひびかせながら、通り魔のように、第二館から第三館へと抜け、さらに、前晩と同様屋上体操場へ行って運動をやり、再び階下に姿を現した。

彼は、第三館の教授用具を保管してある備品室に這入ってみた。これは、第一夜に気がつかずにしまった部屋である。地球儀、地理模型、各種掛図類、理科教具、剥製鳥獣類、各国風俗人形——そう云った類《たぐい》のものが周囲の壁に沿うてズラリと並べられてある。中央の空間《あきま》には作業用の大卓子《おおテーブル》が置いて

あった。もっとも、こう云う風景が、一目でわかった訳ではなく、玉之助は、カーテン越しに、この備品室の闇の中に微かに溶け込んでいる仄青《ほのあお》い月の光を便りにして、手触りで一々物品の正体を確めて歩いた。汽船の模型でもあろうかと思って近々と瞳を寄せながら、撫でてみると、南洋産の大蜥蜴《おおとかげ》の剥製で、すぐ鼻先に硝子の眼玉がキラッと光っているのに気がついて、思わず後退りをした。いや、それよりも玉之助が心臓の氷《こお》る思いをしながらも、じいっと惹きつけられずにいられなかったのは人体模型であった。

それは大型の硝子箱に収められたまま、中庭に面した窓際に立っていた。それがほとんど等身大に近

い人形だと、玉之助が気がつくと、彼は横手のカーテンを引き開けて月光の明るみに曝した。サッと一《ひと》刷毛《はけ》の月光が流れ込んだその時、チラリと見た瞬間には、その人形が頭から鮮血を浴びてるように映じたが、よく見ると、人形の半面は皮を剝いだままの状態が示され、血管網や筋肉の配置が、赤剝《あかは》ぎにされた人間さながらの生々しさで、まざまざと目に迫って来た。たとい、コワイ物見たさとは云え、それに吸いつけられるように見詰めていたのだから、玉之助も、第一夜に比して大分胆が据って来たと云わねばならない。

しかし、あまりにこの人体模型に見惚《みと》れていたために、この夜も第一夜と同様、あの得体知れぬ人物が、玉之助の身近に息を潜めて立っていたことには、全然気がつかずにしまった。身近も身近、玉之助がたった今、五寸ばかりカーテンを引き開けたその窓の外側に、じっとして立っていたのだ。もちろん窓の腰はかなり高かったから、その人物の全容を認めることはできなかったけれど、この人物の冠っていた中折帽《なかおれぼう》の山の先端が、カーテンの裾に、くっきり黒々と映し出されていたはずである。それに玉之助の目が留っていたら、いかな玉之助でも、第三夜も引続いてこの校舎に忍び込む冒険をあえてしなかったかも知れない。

さてその第三夜であるが、玉之助としてはかの不可思議な人物の存在に気がついていなかったのだから、第二夜よりもさらに一段と大胆になれたはずであるのに、それどころか、第一夜よりも一層神経過敏になってしまったことは、この物語の冒頭に一寸示して置いた通りである。これと云うのも、おそらくこのコンクリートの建築物の、表面の童話めいた華麗さにも似ず、結局人間の住む所には、影の形に添う如くに付き纏う一種の悪霊――そう云うものが玉之助の心身にようやく働きかけて来たためであろうか。とにかく、玉之助は、第三夜に至って、それも帰りかけようとした間際に、例の不思議な人物の存在にやっと気が付いたのである。しかも前二夜に較べて最も発見し憎い状態にあったにもかかわらず、かの人物を認めたのだから、玉之助の神経が、よほどヒリヒリと鋭くなっていたことが判るのである。

玉之助は、この宵も、屋上体操場に上っていった。しかし月も星も見えなかった。パタパタと寒夜の屋上を駈け廻ってみたが、いつものように吾を忘れる調子は出て来なかった。彼は屋上に建ってる国旗掲揚塔の台石に腰をおろしてフーッと息をついていた。その時、ギャアと云う筆にも口にも表わせない不快な、戦慄を感じさせる声をきいたように思った。人が殺されたら、あんな凄じい厭《いや》な声を出すかも知れないと玉之助は思った。けれど玉之助のいた位置は、それをハッキリと確信するには、幾重にも隔てられた場所にあった為に、まさか、ほんとうに、階下で、たった今、殺人が行われたのだとは思い込めなかった。何だかわけのわからないけれど、とにかく尋常一様な響きでないことだけが神経に絡みついたのである。――彼はその消えていった奇怪な物音に引込まれるようにソロソロと階段を下りていった。

例の教授用具の並べてある部屋に這入った。カーテン越しに射し込む月光も今夜はなかったから部屋の中は闇が一杯に立ち罩めていた。その代り彼は今夜、手提電燈を用意して来たのだが、それがあいにく、電池が切れかかっていて甚だ頼りない薄い光だった。今にも絶え入りそうな赤い絹糸ほどの光で照してみると、標本その他教具がいずれもヒッソリと温和《おとなし》やかに立ち並んでいて、格別変った風《ふう》にも見えなかった。この校舎の全建築に浸み渡ったと思われるあの物凄い悲鳴は、ひょっとしてこの部屋の人体模型が発したのではあるまいかとの、幻怪な想像に囚われ、玉之助はそうっと人形の硝子箱の中を覗き込んだ。もとより前の晩と何の違いもなかった。それにもかかわらず、彼はこの部屋、いやこの学校の建築物全体にキュッと吸い込まれるような寒々とした気魄を感じたのである。彼はそれに対抗するようにしばらく闇の中に突立っていた。電池が全く尽きて無用になった電燈は、中央の大卓子に放り出したまま、足に力をこめて立っていたのだがその力がスウーッと足元から三和土の上に消えて行きそうになるのであった。彼は、急に怖くなって、そのまま教室の外へふらふらと出て行こうとした。その時、彼は扉近くで危く滑って転がりかけたのである。どこからか実験用の油でも流れ出していたのであろうか――ヌラリとした液体に足を取られて、どしんと扉に体をぶっつけたのである。イケねえ、今夜は何もかも調子が違うぞ、と玉之助は激しく動悸をおぼえたのであるが彼が滑ったそのヌラヌラしたものが、まさか人間の生血《いきち》の滴りであるとは、真暗闇では考えも及ばなかった。ましてこのヌラッとしたものとあの絶叫とを思い合わせてみるなどは、とてもできなかった。しかし何とも形容のできない不気味なものがこの建物のコンクリの壁や天井からもやもやと湧き出して来て玉之助の身辺を寸一寸《すんいっすん》と押し包むべく迫ってくる気配を感ぜずにはいられなかった。彼はバタバタと駈け抜けるようにして第三館を出た。

（先刻《さっき》、忍び込んだ硝子窓からまっすぐ逃げ出そう、もう一刻も居る気はしない）しかし、その途中、廊下の壁一杯にと焦りながら掛けられた大鏡にふと注意を惹かれた。ゆきずりに、ひょいと側の壁に手を触れたと思ったら、そのヒヤリとした感じで、そこは壁でなくて鏡であることがわかった。鏡と云うものは不思議な吸引力を持ってるものである。理髪店の前を通り過ぎる時、誰にしてもチラリと自分の姿が鏡に映るのを横眼で引掛けて見ずには通り抜けられないような魔力に引かされるものだ。殊《こと》に、真夜中の鏡などは、コンパクトほどの手鏡であっても、それを覗き込むとひょっとして自分の人相がガラリと変って映りやしないかとなるべく見まいと努力するものだが、それだけ一層見ずにいられない強い誘惑を感ずるものだ。玉之助は大鏡の前に凝然《じっ》と立ち止ってしまった。真暗闇の中の鏡なんか、黒板同様、何も映りようもないものだが、玉之助は眉をくっつけるばかり顔を突き出して凝《じ》っと見詰める。

——何か微かに映ってるらしい、イヤ、やっぱり自分の顔がうつってるぞ、鼻だぞ——闇と云っても、月齢から云うと満月近い時分だから、やっぱりどこかに一抹の仄明《ほのあか》りが漂うていると見え、瞳をこらすと、物の影形が、実に朦朧とではあるが、映っているのに気がつく。けれど、その途端、玉之助はギョグッと息の詰まるような戦慄をおぼえた。彼の顔は、頰の横側に、前方の運動場への降り口が映っている。そこの扉は下半分は板だが、上部は硝子の嵌込みになっている。その扉の前方は、碍《さえぎ》るもののない広々とした運動場だから、微かながらも外の仄明りが這入ってくるとすれば、この扉の硝子越しである。

——だから、この扉の鏡に映っているとしても不思議はないはずだが、よく注視するならば、その扉の内側に、ピッタリ硝子に背をくっつけて立ってる人間が映っていることだ。何しろ、すべてがあまりに朦朧としていて、映っていると云えば映っているような、映っていないと云われるとそうだとも思えるような――ただ玉之助の片眼からの鋭い視力が、まるで鏡の面《おもて》から無理に搾り出すようにして探り当てた影形！――そうしてそれに付き纏う奇怪な悪霊の姿！

玉之助は両手でペタリと鏡面に吸いついたまま金縛りに会ったように動けなくなってしまった。背後《うしろ》の硝子戸に吸いついているかの人物の姿も決して動こうとはしなかった。

森閑《しんかん》と万物音を絶した深夜のこのひと時、聞えるものは玉之助の荒い息づかいばかりだが、玉之助の耳には、かの奇怪な人物のじっとこちらを覗っているような呼吸が、底冷えのする夜気を通して犇々《ひし》と迫って来るかに思われた。玉之助はもはや堪えられなくなって来た。ワアーッと泣き出したい衝動をそれでも辛うじて抑えながら、体を少しずつ横這いにずらして、鏡の端から壁伝いに動いていって、壁の終りが中庭に面した窓の所に出ると、差込錠を引き抜くと一緒にドサッと自分の体を冬枯れの灌木《かんぼく》の上に投げ落した。

2

玉之助の逃げていったのを確めると、その人物は静かに硝子戸を離れて、手にしていた電燈を点けた。

そうして、第一館の西端の宿直室の方へ歩いていった。しばらく中の様子に耳を傾けるように宿直室の扉の前に佇んでいたが、やがて扉を強く叩いた。

「沢木《さわき》君、沢木君、ちょっと起きてくれないか」そうすると中から案外早くこれに応ずる声が起って、扉の鍵をガチャガチャ云わせていたが、色の白い、と云うよりは、むしろグッと蒼褪めた宿直員沢木訓《くん》導《どう》の顔が現われた。沢木は独身で理科関係の文検を受けるべく勉強中の男だが、その勉強の都合からか、この一週間ほど、他の職員の宿直をも引受けてずうっとこの宿直室に泊り続けているのである。

「なんだ、起きていたのか」

「あ、校長先生でしたか――イヤ、起きてたと云うわけじゃないんですが、一睡《ひとねむ》りして醒めたら頭が冴えちゃって」

「フン……」そう云って校長と呼ばれたその脊の高い痩せぎすの老人はジロリと相手の顔を一瞥した。

「じゃ、知ってるね」

「何をですか」

「キャッと云う女の悲鳴をさ」

「女の悲鳴！　イヤですよ、夜夜中、脅しちゃ。冗談でしょう」

「冗談を云いにこの夜更けにわざわざやって来られるかね――もっとも広いからな、いくら目が醒めていても宿直室にいちゃ聞えんだったかも知れん。しかし、とにかく、今しがた賊《ぞく》が這入って、犠牲者が一人できたんだ」

「犠牲者？」

「ああ、儂《わし》の家内が殺られたんだ。信じられないって顔じゃね。儂も信じたくない。しかし、事実、艶《つや》子《こ》は第三館で血塗れになって殺されているんだ。儂はこの眼で見たんだからね。幻《まぼろし》とは考えられん」

沢木は、すっかり怯えて、ガクリと膝を折って崩れたいのを辛うじて支えていると云う様子だった。

「君、君の顔は真っ蒼じゃよ。家内を殺された儂の方が却って落着いてるくらいじゃないか——とにかく何とか処置をつけんことにはどうもならん。——まあ現場まで一《ひと》まず行ってみよう」

沢木はとても見に行くだけの勇気を持ち合せていないって表情をしたが、老校長に促されてやっと蹤《つ》いて行った。

「電燈《あかり》をもっと差出して見給え、ホラ、廊下にゴム底の血型がついているだろう——これが第三館の備品室へ近づくにしたがって益々濃く明瞭になる。賊は第三館から第二館に出て窓から逃亡したのじゃ」

沢木は次第に落着いて来たようだった。賊の残していった一切の痕跡を一つも見逃すまいとするように、手提電燈を翳《かざ》して、そこら中を探り廻した。老校長は歩きながら、手短に彼が兇行《きょうこう》を目撃するまでの経路を語った。

「君も知ってる通り、今日は本校で「結核から見た日本」って講演があったが、儂は、その講師や町の連中などと玉真館で一夕の宴を張っていたわけだが——そうだ、君は当直だったからこの方には出席しなかったね。僕は、それが終ってからさらに講師を送って次の講演地の×町まで行く予定であったので、家内にも、今夜は晩《おそ》くなるから×町の友人の所へ泊るつもりだと話して戸締を厳重にして早く寝るように云って置いたのだ。ところを宴会場に行ってから、俗に云う虫の知らせかナ――酒は一向旨くないし、妙に家のことが気がかりで、とうとう講師を送ってゆくことは他の連中に任せて、自分だけ独りで帰って来た。もっとも二次会に這入っていたのだから帰って来たのは一時近かった。校門に這入って宿直室の窓下を通って、自分の住宅の方へ行きかかったところが、第三館にキラッと灯影《ほかげ》が閃いたのを見た。誰かいるらしいと思って北側の昇降口の方へ廻ると、そこが開け放しになっていたから僕はコッソリ忍び込んだ――そうしてまざまざと見たのじゃ。ああ、ここだ！」

沢木達の立ち止まった所は備品室の前であった。扉をあけると沢木は呻《うめ》いた。

「なるほど甚《ひど》い血だ！」

扉の敷居から溢れ出ようとするのが辛うじて食い止められたままで、その時は既に固りついていた。電燈で照し出してみると、その血溜りから泳ぎ出るように明瞭な足痕が付いていた。中へ這入ると、夏に応接室で使用する簀戸《すど》付きの衝立《ついたて》がここに蔵《しま》い込まれてあったが、それが、アルコール漬の標本瓶を並べてある戸棚の前に人の通れるくらいの間隔を置いて立っていた。艶子夫人の屍体はその間に仆《たお》れていたのである。

「だが、僕は不思議に思うのは、静に家で睡って居るべき艶子が、何だって、こんな時分にこんな場所にやって来たかと云うことだ」

沢木の顔は、いっそう血の気なくなって、夜目《よめ》にも白紙のように見えたが声は落着いて底に熱っぽいものが罩めていた。

「その事なら――私はある程度まで推定がつきます。多分一時近く奥さんは突然宿直室へ御見えになりました」

「何ンだって――女の身で、男の宿直室に夜更けにやって来るなんて少し不謹慎じゃないかネ」老校長は苦々しくそう云った。

「私も失礼ですが、そう思いました。しかし奥さんはああ云う開け放しな風変りな方ですから別にむずかしくはお考えにならなかったんでしょう。（どうも睡れないから、催眠薬があったら少しちょうだい）と仰言《おっしゃ》いました。で、私は医療室の薬室箱から、錠剤になってるのを紙に包んで御渡し致しました。奥さんは寝衣の上にコートを着ておられましたが私から紙包を受けると伊達巻《だてまき》の中へ押込まれて、そのま（さよならッ）って元気よく仰言ってパタパタと廊下にスリッパの音を響かせながら行ってしまわれました。私は風邪気味で夜風に触るのが臆劫だったので、校長住宅も同じ構内なんだからお送りするにも及ぶまいと考えて、ただ宿直室の前から第三館まで見通しになっている廊下に立って、奥さんの持ってるチラチラする電燈の灯影が廊下の端まで行きついてその角を曲ったのを見定めると安心して自分の部屋の中へ這入ってしまいました。その角を曲った所が御承知の昇降口なんですから校長住宅までそこから三十秒とかからないはずですね。それでもう奥さんが御宅にお帰りになったも同然と、私が考えたのですが、そのわずか三十秒の間が、思えばこんな恐しい結果を生んだ訳なんです。私の考えでは、奥さんは第三館の角を曲った途端、パッタリ賊と顔を見合せるようなことになった。奥さんはそのまま追い込まれるように備品室に這入ってこの衝立の陰に隠れた。——そこを賊の為に一刺《ひとさし》殺られたのではないでしょうか」

「ウム——大方そんなことかも知れん——実は、儂がここに来合せたのは、彼女《あれ》が殺される直前じゃった」

「エッ——じゃ、校長先生はその犯人を見られたんですね」

「見た。——何にしろ、闇の中だったからハッキリと正体をきわめたわけではないが、朧《おぼろ》げながら見ることは見た。犯人が家内を殺すところも見たし、逃げてゆくところも見た。犯人は第二館の硝子窓から飛びおりて逃げたのじゃ。それに犯人はいろいろな証拠物を残していって居る。——第一、ここの卓子の上には犯人の手提電燈も置いてあるし、足痕も指紋も到る所に残ってるはずじゃ——」

その時、沢木は、闇の中で分らなかったが、熱湯を飲み込んだような激しい表情をした。

「じゃ——先生は、奥さんの殺されるのをただじいっと見て居られたのですか」

「見ていましたとも。何しろこの老骨じゃ助けようにも、犯人は小男《こおとこ》ながら、よほど兇暴性の男らしく、全く手が出なかった。儂はただ壁に吸いついたまま一部始終を見てるばかりじゃった——しかし、今から思えば、助ける手段は全然ないこともなかった。自分自身を棄ててかかれば、たとい相手が少々手剛《てごわ》くとも何とかできたろう。しかし、あの時、フッと助けたくないような妙な気持が自分の心の中に雑《まじ》ってるのに気がついた」老人の言葉の中にはゾクッとするような冷たいものが罩っていた。

「ハハハア――沢木君、儂がどんな表情をしてこんなことを云ってるか詮索がましい目付をしたところでこの暗闇じゃ判《わかり》っこあるまい。でも、儂は顔色一つ変えずに云うことができるのじゃ。儂は彼女を助けたいと思うと同時に助けたくないとも思った。儂があまりに自分に不似合な若い美しすぎる妻を持ったことが自分にはあまりに重荷になって来た。彼女が殺されるものなら殺された方が自分はどんなにか気が楽だろうと思ったのじゃ、儂は残忍な心になった。彼女《あれ》が、衝立の簀戸越しに刺されて

「ギャッ」と絶叫した時、儂は自分が刺れたような痛みを感じたけれど儂は動かなかった。彼女は美しい毒虫《どくちゅう》じゃった。見給え、ホラ、死んでもなお男心を噛む美しさが消えもやらず残っているようじゃ……」

なるほど、手提電燈の幻めいた光の輪の下に、艶子夫人の死屍《しかばね》は、その脂肉《あぶらみ》の多い羽二重《はぶたえ》のように薄光りする真白な肌を寒々と曝し出して、何かしら凄まじい情欲的な美しさがあった。彼女が倒れる時、ガラガラと後の棚からアルコール漬の標本瓶が落ちたのであろう。欠け瓶の中から蝮《まむし》のようなものが、彼女の盤広《ばんぴろ》な胸の上にダラリと落ちていた。目をそむけたい、と云うよりは、ぐっと惹きつけられずにいられない芳年風《よしとしふう》の彩色画を現わしていた。

「ハハア——沢木君、君は、いやに見惚れているじゃないか、君などは道心堅固《どうしんけんご》じゃから、こう云う女とは関りあいはないものの、将来もあることだ。こんな女に可愛がられると身の破滅じゃぞ——オヤ、

君はひどく慄《ふる》えているね、どうしたんだ。さあ、とりあえず電話を警察に掛けておこう」

そう云って老校長は、ギュッと沢木の手を摑んだ。

電話は宿直室にあった。宿直室の皎々とした電燈の輝きの下で見ると、二人とも、どうにも隠し切れない、残酷感をそそるまでに蒼ざめ切った顔色をしていた。

老校長は受話器を外した。

「こちらは××学校です――たった今、殺人事件が起ったのじゃが、エエ――そう、儂の家内が殺られた訳で――ナニ、強盗じゃないです。犯人――犯人はですな」

老校長はそう云いさして、受話器を耳に当てたままの顔を横向けて、側《かたわ》らの沢木をジロリと見た。そうしてそのままの恰好で、継ぎたした。

「犯人は沢木訓導です。今、宿直室で神妙においでを待っています」

ガチャリと受話器をかけた老校長の眼は妖しく光ってギラギラと鬼気に燃え立っていた。

「沢木君、儂は何もかも知ってるのじゃ――きょうは始めっから儂は宴会などには出なかった。まるで、定仏《じょうぶつ》できない魂魄《こんぱく》のようにウロウロと校舎の内外を見張っていた。君と家内との関係も儂にはよくわかっていた。浮気な艶子の褪《さ》めかかった愛情を君が必死になって追いかけていた最近の消息も知っていたのじゃ。今夜、儂の外泊するのを知っていた君達が、その愛情のもつれを解決する為に備品室で会合したことも判っている――君がああした兇行を敢てしながら、それをカムフラージュするのに非常に都合のいいものがあったことも知ってるのじゃ、不思議な少年が、きょうで三晩、引続いてこの校舎に忍び込んだ。しかし、この少年は、蝙蝠のように校舎内を飛び廻るだけの無邪気な少年に過ぎんのじゃ、君もこの事は具《つぶさ》に観察していた。君は今夜外部からの侵入の痕跡を明瞭に残すために、昇降口の扉の鍵は修繕しておいて、教室の窓硝子の方を一枚ブチコワして外から差込錠を脱けるようにしておいた。果して少年はそこから這入り込んで来た。沢木君、僕は家内を憎んでいた。自分の手で彼女を殺すことのできる力も意志もなかった。しかし殺したいほどの憎悪感を持っていたことは事実だ。だが、儂は、同時に彼女を殺すことのできる人間をも憎まずにいられなかった。まして、あんな少年をその罪の中に引き込もうとした暗い心はいよいよ憎まずにいられなかったのだ」

——その頃、玉之助は例の行燈部屋でうつらうつらと暁《あかつき》の浅い眠の中へ落ちていた。

生《いき》不《ふ》動《どう》

橘《たちばな》外《そと》男《お》

生《いき》不《ふ》動《どう》

橘外男

一

北海道《ほっかいどう》の留萌《るもえ》港……正確に言えば、天塩国《てしおのくに》留萌郡留萌町であろうが、もちろんこんな辺陬《へんすう》の一小港などが諸君の関心を惹いていようとも思われぬ。

札幌《さっぽろ》から宗谷《そうや》本線稚内《わっかない》行に乗って三時間、深川《ふかがわ》と云う駅で乗り換えてさらに一時間半、留萌本線の終端駅と言えば頗《すこぶ》る体裁よく聞えるが、吹雪《ふぶき》の哮《ほ》え狂う北日本海の暗い怒濤《どとう》の陰に怯えながら瞬《またた》いているような侘《わび》しい漁師町と思えば間違いはない。

十余年前の一月半ばのある寒い日の夕方、私はここへ行った事がある。何のためにこんな北の端れの小さな港町などへ態々《わざわざ》行って見たのか、今考えて見てもハッキリとは覚えていないが、大体その時北海道を旅行して歩いたと云うのが別段これぞと云う目的があったわけでもなく、いよいよ私も北海道を去って東京へ出ようと決心していた頃であったから、その時分気心の合っていた札幌の芸妓《げいしゃ》で君《きみ》太郎《たろう》と云う廿一《にじゅういち》になる自前の妓《こ》と、しばらく人眼を避けて二人だけになりたい一種の逃避行なのであった。

だから行く先きなぞはどこでも構わない。ただその時その時の気任せに、なるべく人眼に付かない辺鄙《へんぴ》な静かな場所ばかり飛んで歩いていたようなものでもあった。

その時も、大晦日《おおみそか》を眼の前に控えた暮の廿五六日《にじゅう》から札幌を発って、有珠《うす》、登別《のぼりべつ》、音威音府《おといねっぷ》、名寄《なよろ》と言った、いずれも深々《しんしん》と雪に埋もれて眠ったような町々ばかり、今にもまた降り出しそうに重苦しく垂れ込めた灰色の空の下を、これと云う定めた計画《もくろみ》もなく旅を続けていた。お互に別段、そう熱を上げて夢中になっていたと云うのでもなかったが、さりとて一思いに他人になってしまうだけの決心も付かず、ただ何となくズルズルと、一日でも長くこうして一緒に暮していたいような気持が、金のなくなるまでまだまだこんな旅行を続けているつもりなのであった。

……が、まあ、そんな事なぞはどうでもいい。何も君太郎の事を書こうと云うわけではなかったから。そんな余計な穿鑿《せんさく》なぞはどうでもいいが、ともかく私達が留萌の港に着いたのは夕方の五時頃ではなかったかと思われる。北海道の原野はもう蒼茫《そうぼう》と暮れ果てて雪もよいの空は暗澹として低く垂れ下っていた。

そして町は停車場前の広場から両側の堆《うずたか》く掃き寄せられた雪の吹き溜りの陰にチラチラと灯《ともしび》を覗かせていたが、私達はもちろんこんな淋しい港町なぞに一人の知り人があったわけでもない。提灯を翳《かざ》して迎えに出ている番頭に連れられるまま駅前の丸源と云う三階建てのこの辺としてはかなりの宿屋に案内せられた。

ともかく一風呂暖まって、丹前《たんぜん》に寛ろぎながら、夕餉《ゆうげ》の膳を囲んでゆっくりと飲み始めたのであったが、こんな辺陬な駅への区間列車なぞはこれでおしまいだったのであろう。汽関車の入れ換え作業でもしているのか、機関庫と覚しいあたりからは蒸気を吐き出す音と一緒に鈍い汽笛の響きが、雪を孕《はら》んで寂然《ひっそり》とした夜の厚い空気を顫《ふる》わせて、いかにも雪深い田舎《いなか》の停車場らしい趣きを伝えて来た。

そんな空気の中で私と君太郎とは、さっき女中の焚き付けて行ったストーヴにどんどん薪を抛《ほう》り込みながら、炬燵《こたつ》の上で熱い奴を酌み交していたが、もう十日の余《よ》もこうして場所を換えては飲み汽車の中では飲みして酒に爛《ただ》れ切った喉には今さら変った話があると云うでもなければ酒の味が旨いと云うのでもなく、いい加減に切り上げて、各々床に潜り込んでしまった。そしてさあ、時間にしてどのくらいも経った頃であったろうか。

二

ふと私は、ただならぬ表の騒がしさに夢を破られて、俄破《がば》と跳ね起きた。沈々《ちんちん》と更け行く凍て付いた雪の街上を駈け抜ける人の跫音《あしおと》、金切り声で泣き叫ぶ声、戸外《そと》からは容易ならぬ気配を伝えて来る。

てっきり火事だと私は直観した。子供の時分から、火事と聞くと一応飛び出して検分して来ぬ事には、どうしても気の納まらぬ性分であった。況《いわ》んや、こんな知った人もない一小都邑《しょうとゆう》！　風はないようであったが、旨く行って町中総舐めの大火にでもなってくれればありがたいぞと念じながら、私は丹前《たんぜん》の上にしっかりと帯を締め直していると、眠っているとばかり思っていた君太郎が、重そうな丸髷《まるまげ》の下から、パッチリと眸《め》を開いた。これもさっきから表での騒がしさに眼が醒《さ》めていたらしい。

「火事だって云うと、こんな所へ来てまで飛び出すのねえ。方角も知らずにいて、迷子にでもなったらどうするの？」

と微笑んだが、

「そんな恰好をして、風邪でも引かないように気を付けて頂戴！」

と夜具《やぐ》の襟に頬を埋めて眩しそうに薄眼をしながら言った。

その内に、宿屋の者も起き出たらしい。ガラガラと大戸の開《あ》く音がしたが、途端に、

「あらあら、大変だ！　大変だ！　どうしましょう、番頭さん！　早く来てくださいよう！　早くさあ！」

と、涙ぐんだ甲高い女の叫びがした。

私は、大急ぎで階段を駈け降りて、有合せの下駄を突っ掛けたが、一足躍り出した途端に思わず固唾《かたず》を呑んで、釘付けになった。

街路の上、人の腰の高さ程も雪は踏み固められて、そこが冬中の通路となって、カチカチに凍り付いていた。そして家々の軒の脇には、屋根までも届くくらい、掃き寄せられた雪や吹き溜りの雪が小山のように賑やかに林立していた。その高い通路の上を今、こけつ転《まろ》びつ、小山の陰になって見えつ隠くれ

つ、全身生不動《いきふどう》のように紅蓮《ぐれん》の焔《ほのお》を上げた三人の男女が、追いつ逐われつ狂気のようになって、走り狂っているのであった。

そして廻りを囲んだ人々は、火を揉み消そうとして、家から担いで来た蒲団《ふとん》を往来に投げ出すやら、座蒲団を持ってこの三人を追い駈けるやら、必死になって口々に何か呶鳴《どな》り合っている所であった。

しかも焔に包まれた三人が雪崩を打って転がり込んで来る向う側の店々では、家に火の付くのを恐れて慌てて戸を閉め出すやら、未だかつて私は、生まれてこれ程の凄まじい光景を見た事がなかった。夜眼にも仄白い雪の街路を転がり廻っているこの紅蓮の焔の周囲を遠巻きにして、黒い人影は右往左往にただ混乱し切っていた。

幸いに、私の佇《たたず》んでいた所からは家数《いえかず》にして五六軒許《ばか》りも離れていたから、こちら側へ転がって来る危険はなかったが、私の側に震えている女達は、生きた心地もなく身悶えしながら、

「早く、どうにかして！　あ、早く消して上げて！　あ！　ああ！」

と身も世もなくおろおろ声を振り絞っていた。

その間にも、組んず解《ほぐ》れつ、焔の塊《かたま》りは互に往来を逐いつ転げつしていたが、私にもようやく朧《おぼ》ろ気ながらに、この場の様子が飲み込めて来た。走り狂っていると思ったのは私の見誤りであった。

男一人と女二人、全身火焔《かえん》に包まれた年若い娘の火を揉み消そうとして、これも火焔に包まれた年増の女が必死に追っ駈けている。そのまた女を追って火焔を上げた男が、女の火を叩き消そうとして狂気

のように苛《あせ》っている。火の玉が三つ巴《どもえ》になって、互に追っ駈け合っているのであった。そしていずれも烈しい焔を全身から放った火達磨《ひだるま》のような恰好で、組んず解れつ街路を転げ廻っている。無残とも凄惨とも評しようのない地獄絵のような場面なのであった。

三

私も夢中で宿屋の中へ駈け込んで、帳場から座蒲団を搬び出そうとしたが、もうその時には、奥から男衆達がどんどん蒲団を担ぎ出す所であった。

「幸《こう》さん！　確かりしなよう！　もう大丈夫だあ！　今医者様が来るでなあ！　すぐに医者様が来るでなあ！」

「お内儀《かみ》さん！　大丈夫だぞう！　妹さんは助かったぞう！　気を確っかり持ちなせえよう！　大丈夫だから確っかりしなせえよう！」

喧騒の中からは、口々に勢いを付けている声が入り乱れて耳を打って来た。そして佇んでいた女達が堪まらなくなったのであろう。ワッと泣き出す声や啜《すす》り上げる声が、一時にそこ此処《ここ》から湧き起って来た。

そして私が、歯の根も合わぬくらいガタガタと胴震いしながら、搬び出される蒲団の後についてまた表てへ飛び出した時には、もう廻りにいた人達が、やっとの事で躍《おど》り蒐《かか》って蒲団蒸しにして三人の火を揉み消した所と見えた。ジリジリと皮膚の焦げる何とも言えぬ異様な腥《なまぐ》さがプウンと鼻を衝いて、人垣と人垣の間や往来に散らばった土嚢《どのう》のような蒲団の隙間から、ガヤガヤと黒い影が大声に罵《のの》り合っていた。

それでもやっと助かったなと人事ならず私も吻《ほっ》としたが、丁度その時であった。ギャッ！　と悲鳴とも付かず絶叫とも付かぬ異様な叫びが挙がると同時に提燈の光りが慌しく飛び退いて私の眼前に立ちはだかっていた人波が一時に崩れ立った。

その人雪崩に危うく突き倒されそうになって、身を替《かわ》した途端、崩れ立った人垣の間から私は、見るべからざる物を眺めてしまったのであった。それは往来の、丸められた蒲団の下からムクムクと起き出した女が――ボロボロに焼け焦げた着物の恰好から、私も確かにそれを年増の方の女だと見たのであるが――突然に泳ぐような足取りでフラフラと立ち出でて、二足《ふたあし》三足《みあし》歩ゆみ出したかと思う間もなくたちまち、パッタリと倒れて、

「いけねえ、いけねえ！　もうみんな助かってると言うのに！　お内儀さん！　動き出しちゃいけねえじゃねえか！」

と叱り付けるようにして、その後から一人の男が大急ぎで蒲団を拡げて追っ駈けて行く所であった。

時間にして、わずか五秒かものの十秒とも経たぬ瞬時の出来事なのであったが、私の生涯忘れる事の

できぬ映像を焼き付けられたのは、立ち上った時のそのお内儀さんの顔であった。頭髪も眉毛も皮膚もすっかり爛《ただ》れ落ちて、頭の皮が剝がれてしまったと見えて顔頭《かおあたま》の区別もなくただベロンとノッペラポウに腫れ上って、もう視覚も失われていたのであろう。あらぬ方《かた》へ向ってフラフラと踏み出した、その刹那《せつな》の顔であった。

思わず私は、眼を閉じた。しかしそれも瞬間！　倒れてパッと上から蒲団が被ぶせられたと見ると、怖いもの見たさで一遍崩れ立った人垣はまた犇《ひ》し犇しと廻りへ取り囲んで行った。方々から啜り泣きの声が一層烈しく湧き起った。

「あねえになっても、やっぱり妹さんの事が気に懸ると見える。なむあみだぶ！　なむあみだぶ！　お内儀さん、案じる事はねえだぞい！　お前《めえ》さんの一念だけでも妹さんは屹度《きっと》助かるぞい！　なむあみだぶ！　なむあみだぶ！」

と口の中で唱名《しょうみょう》を称《とな》えているお婆さんもあった。

私はその夜着いたばっかりで、妙な抑揚のある土地の言葉に馴染みがなく、人々の叫ぶ言葉の意味がよくわからなかったが、恐らく医者や病院の名を口々に呼んでいたのであろうと思われる。振り翳

される提燈の灯がますます殖えて、巡査や医者も駈け付けて来たらしく、人出と喧騒は刻一刻とその度を増して来

た。懐手《ふところで》をしていた私の手に、突然袖口から金氷《かねこおり》のように冷めたい物が触って来た。場合が場合だけに思わず竦然《ぞっ》として振り向いたが、そこには君太郎が大きな眸に涙を一杯溜めて、訴えるように私を振り仰いでいたのであった。

「見てたのかい？」

と聞いたら、

「ええ」

と睫毛《まつげ》をしばたたいたが、

「助かるでしょうか？　どうかして助けて上げたいわ」

と潤んだ声で呟いた。

無言で頷きながらふところの中で君太郎の華奢《きゃしゃ》な手を握り占めていたが、私もこの時程君太郎をいとおしく感じた事はなかった。

この世の中と云うものは、何時《いつ》思いも掛けぬ災難が降り掛かって来るかわからぬ、一寸先きは闇の世界だから、なまじっか、野心なぞ起さずにもう東京へもどこへも行かないで、どこか北海道の涯へでも行って君太郎と一緒に世帯を持って生涯を送ってしまおうかと、胸の迫るような感慨に打たれたのであった。

そして、今手を握り合って佇んでいる君太郎と私との関係が芸妓とお客とか、芸妓とその情人《じょうにん》とか言ったようなものとはどうしても考えられず、私にはまるで頼り所ない、妹の手でも曳きながら、この厳粛な人生の出来事を凝視《みつめ》ているような心地がしたのであった。そんな思いを胸一杯にたぎらせながら、私はそこに茫然と突っ立っていた。

「もう運ばれて行ってしまったわ。さあ、はいりましょうよ。ね」

と、不仕合せな人達の方へしゃがんで掌《て》を合せていた君太郎に促がされて、私もようやく座敷へ戻って来たが、酷寒北海道の真夜中は恐らく零度を五六度くらいは下《さが》っていたろうと思われる。

今までは気も付かなかったが、部屋へ戻って来ると一時に寒さが身に徹《こた》えて来てブルブルと胴震いがして、急には口もきけなかった。しかも口がきけなかったばかりか、もう眼が冴えて、床へ潜り込んでもなかなか眠れるものではなかった。ただ眼先きに散ら付いて来るのは、たった今のあのフラフラと立ち上った時の顔も頭も区別の付かないノッペラポウなお内儀さんの姿ばかりであった。

「……どうしても眠れないわ。ちょいと！　起きてくださらない？　ね、起きてお酒でも飲んで話してましょうよ」

と、これもいったん床へはいった君太郎がムックリ起き上ったのを機会《しお》に、私も蒲団を離れてしまった。

ごうごうと音だてて燃え盛っているストーヴの合間合間に耳を澄せると、表てはまだざわめいて、階下でも起きて話しているらしく、まだみんな異常な出来事の昂奮から落ち付きを取り戻していないらしい様子であった。

そしてやっと酒の仕度を整えて来た女中は、真っ青な動悸の静まらぬ顔をして、

「飛んだお騒がせをしましてん」

と自分が粗相でもしでかしたかのように、謝まった。

四

この女中に聞くと、怪我人達はすぐ側の池田《いけだ》病院とか云うのへ運ばれて行ったが、三人共全身焼爛れて到底命は取り留め得なかろうと云う事であった。

発音の聞き取り憎いこの地方の浜言葉《はまことば》であったから、明瞭にはわからなかったが、すぐ七八軒先きの向い側の小さな時計屋の亭主とお内儀さんと亭主の妹との三人で、夜業《よなべ》をやっていながら不図《ふと》した粗相で傍《かたわら》に置いてあった揮発の大缶《おおかん》に火が移って、三人共頭からその爆発を浴びてしまったと云うのであった。亭主がお内儀さんの火を揉み消そうとせず、お内儀さんが亭主の妹の火を消そうともせずまた妹が兄の火を揉み消そうと苛《あせ》らないで三人共、それぞれに自分達の身体に付いている火さえ消そうと努めたならば、まさかあんな大事《おおごと》にもならなかったであろうが、あんまり夫婦兄弟の情合の深いのもこう云う時には善し悪るしだと云う風な事を、まだ震えの止まらぬらしいこの女中は、幾分腹立たしそうに朴訥《ぼくとつ》

な言葉で話してくれた。すんでの所火事になり掛かったのをその方だけは隣りの乾物屋《かんぶつや》の親父《おやじ》とかが揉み消してしまったと云う事であった。

「まあま、お酌もせんどいて、えろう済まん事してしまいましたけん。冷えて拙《まず》うなりましてん？」

と、女中は気が付いて銚子《ちょうし》を取り上げたが、別に酒がそんなに飲みたい気もしなかった。

「いいよ、いいよ、自分でするから」

と女中を返した後で、冷えた盃を持ったままメラメラと燃えしきるストーヴの焔を眺めながら、通り魔のような夜前《やぜん》の出来事を考えていると、

「世の中なんて、何時どんな災難が降って湧くかわからないものねえ、やっぱりあたし、東京へなんか行って出世して貰わなくてもいいわ。こっちで一緒に暮しましょうよ。人の命なんて何時どんな事になるかわからないんですもの」

とふだんの勝気にも似ずしみじみ感じたように、しかし幾分甘えた口調で君太郎が言った。が、それでも私が無言でストーヴをみつめて考え込んでいると、ふと気を変えたように、

「明日発つ時、その池田病院とか云うのへ、一寸玄関だけでも見舞って行きましょうね。そうして置けば、後まで嫌な思いが残らないで済みますから」

と、しんみり言った。

「ああ、そうしよう！　そうしよう！」

と、私も賛成した。君太郎に勧められるまでもなくそうでもしなければ、今の私にも到底このままでは、この惨たらしい記憶に幕が降ろせそうもないのであった。丸髷には結っていても一見誰れにでもすぐそれとわかる君太郎なぞを連れてそんな所へ顔出しをするのはいかにも人の不幸の所へ心ない遊蕩児《ゆうとう》の気紛れな仕業《しわざ》と人に取られるかも知れなかったが、思う人には何とでも思わせて置いて、明日はぜひそうして置いてからこの留萌の町を去ってしまおうと考えていたのであった。

床へはいって見たり、ストーヴの前へ座を占めて見たり、そして東京へ行くとか行かないとか、ポソポソと二人でしゃべり合ってとうとう私達は一晩眠らずじまいであった。

翌《あく》る朝この妙な因縁の町を発つ時には、もちろん病院の門口《かどぐち》まで私達は見舞に行った。停車場から二三町足らずの距離であったが、町の世話役らしい人々が多勢詰め掛けて、病院の入り口はごった返していた。そしてそこには私達の泊った丸源の亭主もいたが、眼敏《めざと》く私達の姿を見付けると大急ぎで飛び出して来た。

「飛んだご迷惑をお掛けしまして……またどうぞお懲りなく、ぜひお近い内に」

と頭を下げた。それに連れてその辺にいた人々も何かは知らず頭を下げた。

「到頭《とうとう》いけませんでした。一人残った妹の方も、つい今し方息を引き取りました」

と亭主は身寄りの者にでも話すかのようにしんみりとそう言った。

わずかばかりではあったが霊前《れいぜん》へ供えてくれるように頼んで置いて、逃げるように私達はまた停車場へ出て来たが、身を切るように寒い朝の町はしいんとしてまだ人っ子一人通ってもいなかった。もちろんまだ札幌へ引揚げようと云う気持も起らずさりとてこれからどこへ行こうと決めていたわけでもなかったが、ともかくやっと汽車が動き出して外《ほか》に相客《あいきゃく》もない二等車の中でガチガチ震えながら、段々遠ざかって行く国境の連山《れんざん》の裾にこの不思議な思い出の町を眺めていると、やっと私にも昨夜からの気持が納まって人心地が徐々に付いて来るような気持がしたのであった。

五

……あれからもう十何年かになる。私はやはり君太郎の留めるのを振り切って東京へ出て来たが、もうそれっ切り彼女には逢わなかった。このごろ人伝てに聞けば、彼女は今では札幌見番《けんばん》でも一二を争う大きな芸妓家《げいしゃや》の女将になって、最近では裏の方に新築を始めて、料理屋も始めるらしいと言う噂さであったが、私はこの昔馴染を想い出す毎《ごと》に、何時でも決まって忘れ得ぬ留萌の不思議な一夜を思い出さずにはいられなかった。

そして、留萌の悲惨な出来事を想い出しさえすればきっと決まって美しかった君太郎の俤《おもかげ》を懐かしく想い出す。今年の夏あたりは、ぜひ札幌へ行って、一度その後の彼女にも逢って見たいと思っているが、逢うのはいいがまたあの時の話が出るかと思うと、それ丈《だけ》はしみじみ逃げたいような気持がする。

「滝夜叉《たきやしゃ》」憑霊《デモニヤック》

高橋鉄《たかはしてつ》

秘めた蜜月

この事件を憶《おも》い出すと、久門《ひさかど》学士は今でもひとりで顔を赧《あか》ら

「滝夜叉《たきやしゃ》」憑霊《デモニヤック》

高橋　鉄
茂田井武　画

める。まったく、その日ほど「精神病医の危機」を感じたことはなかった。

「久門先生。とても美しい患者《クランケ》です。私、驚きましたわァ！」

そう取次いだ看護婦を、つまらんことをいう奴だと苦々しく思いながら、ひょっくり応接室へ入って行った。その途端にハッと一呼吸《ひといき》止まってしまった。

臈《ろう》たけた美人画から今抜け出たばかりの人のようにボーッと、真白な壁際に佇《たたず》んでいる盛装の女性、それが診断を受けにきた藤野美貞《ふじのみさだ》に違いなく、付添いの老婦人とその妹らしい若い女が、乱れた襟元や裾をキチンと直してやっていた。

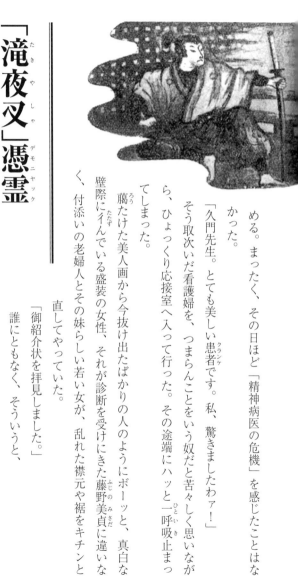

「御紹介状を拝見しました。」

誰にともなく、そういうと、

「久門先生でいらっしゃいますか。あたくし、妹の棚橋美魚子《たなはしみなこ》でございます。」

緑色のワンピースをきた若い娘が直截《ちょくさい》に挨拶した。

いかにも女医を志しているような、しっかりした態度である。

彼女がN女子医専に学んでいる関係から、そこに教鞭をとっている久門の学友松沢《まつざわ》が紹介してよこしたのだった。

「やあ」久門学士も同学の親しみで気軽く「松沢君の手紙では、なんですか、姉さんは御結婚なさってすぐ、精神病《プシコーゼ》が出た模様だとか云って来ましたが」

「ええ、困りました」

美魚子はわずかに顔を曇らせて姉をみた。その視線に従いて久門も眼を移した。

美しい患者は、おっとりと、飾窓《ウインド》の華麗な衣裳人形のように立ったままでいたが、輝くばかりに白い顔だけをふいいと彼へ向けると、しなやかな手を静かにあげ、三味線《しゃみせん》を弾く様子をし初めた。まるで、彼をからかってでもいるとしかみえない、無慚《むざん》な姿である。

久門は思わずゾッとした。こういう場合には馴れてはいるものの、相手があまりに匂やかなのが恐しかった。それで、ただ頷いて眼をそらすと、老婦人に向って、

「腰を掛けさせて上げて下さい」

「はあ」老婦人はおどおどして、「さ、美貞さん、すこォし憩《やす》ませていただきましょうね」

と、椅子を押しやった。

患者は魂もなくボンヤリと腰をおろして、

「伯母《おば》さま、早く歌舞伎へ参りましょうよ」

と空《くう》に云った。

「ええ、ええ。でもネ、まだ時間があるでしょう?……ですから、もう少し、こちらにお邪魔してましょうね」

そうなだめてから老婦人は苦しげに微笑んで一礼した。

久門は妹の方に訊ねた。

「躁暴症状《トブズヒト》はあるんですか」

「ええ、それで一昨日、実家へ帰って参ったんです」

「ずっと前から幻覚《ハルチナチオン》などがあったんじゃないですか」

「いいえ、すべての症状《ジムプトーメ》が、新婚旅行中に起ったようなんです。一番初めは蝦蟇《がま》の姿《ビルド》がみえるといいだしたんだそうですけれど」

「がまの?――あの、蛙ですか」

「ええ」

久門は、艶々《つやつや》しい百合のようなこの女性と醜怪《しゅうかい》な蝦蟇とを思い較べてドキリとした。

「で、結婚されたのは、いつ頃なんです?」

「丁度半月程前でした」

厳格過ぎる教育を受けてきた処女が結婚の異常な刺戟から心の均衡を喪《うしな》ったりすることがよくある、
それであろうと彼はひそかに眉を顰《ひそ》めて、

「結婚は正常《ノルマール》なものでしょうね」

「ええ半年ばかり婚約期もありましたし、当人同志の理解もあったと思います」

「失礼ですが――」対診するときの気組みに似たものを感じながら彼の問は峻嶮《しゅんけん》になって行った。

「遺伝《ヘレディテート》について何か伺えませんか」

するとその美魚子という娘は急に凛として、刃向うように顔を振上げ、

「あたくし達の父は自殺しました！」と言い放った。むしろ誇らしげに宣言でもするかのような語調である。「でも、お断りしておきますが、そんなこと、ちっとも病的な素質《アンラーゲ》をつくるものとは思えませんわ」

「いや、そうかも知れませんが――」

久門学士は一寸たじろいだ。この女医学生を笑おしくさえ思えたのである。

「ではとにかく入院なさいますか。その上で、いろいろと診査しますが」

「ええお願いいたします。一番看護の行届くお部屋へ入れていただきたいんです」

「承知しました。多分御都合できるでしょうから」

彼はてきぱきと答えて老婦人の方をみた。不安気に様子をみまもっていたその人はホッとしたらしく丁寧に頭を下げてから、

「ではネ、美魚子さん、あなたからもよくお願いして、今夜は一晩だけ、あなたもお姉さまの傍《そば》についていてあげるんですよ。明日になったら伯父様も藤野さんもみえるはずですからネ」

そう云うと、今度は美貞の顔をのぞきこんで、

「明日は藤野さんも来られますからネ、おとなしく――」

その言葉が終らない中《うち》に、美しい患者は腰掛けたまま、なよやかな身体をクルッと壁の方へ向けてしまった。そして突然ふくらみを帯びた幽婉《ゆうえん》な声で、お浚《さら》いでもしているように唄い出した。

〽それ五行子《ごぎょうし》にありと云う。かの紹興《しょうこう》の十四年。楽平県《らくへいけん》なる陽泉《ようせん》の。昔をここに湖水《みずうみ》の。水気盛んに浩々《こうこう》と。澄めるは昇る天津空《あまつぞら》。雨も頻りにふる御所《ごしょ》に。解語《かいご》の花の立姿《たちすがた》。

すらりとした襟足はほのぼの白く凝脂《ぎょうし》にうるんで、人を酔わす肌の匂いをはなち、優しい細肩《ほそがた》をつつんだ着物がやるせなく呼吸《いき》づいている。

まぶしさを押切ってその後ろ姿をみつめていた久門は伯母の夫人に眼をそらし、

「あれは何の唄ですか」

「はあ、アノ、常盤津《ときわづ》なんでございますよ。此娘《これ》は、昔お稽古に通っていたものでございますから」

「ははは。トキワヅ……ですか。お好きだったんですな」

「よほどこの唄が気にいったとみえまして、この頃《ごろ》はこればかり唄っておりますが――」

「何ていう唄ですか」ちらッと眼を光らせた。

「アノ――」老夫人は一寸口籠《くちごも》ってから「外題《げだい》は、忍夜恋曲者《しのびよるこいはくせもの》と申しますが――」

「え?……忍び寄る――?」

「はあ。忍夜恋曲者……」

「なるほど」

彼はじっと考え込んだ。

変った行為には必ず、隠れた無意識的な意図が潜んでいるというフロイドの分析的法則に思い当ったのである。

結婚――発狂――恋――か?

が、患者は無心に、声を一際細々と張って唄いつづけた。

〽アア申し。様子いわねばお前の疑い。私ゃ都の島原《しまばら》で。如月《きさらぎ》という傾城《けいせい》でござんすわいなア……

こうして藤野美貞は、G――精神病院南病棟の特別室九号に入れられた。

彼女の父は、駿南《すんなん》土地会社の専務であったが、文書偽造及び背任罪の嫌疑で拘留されるが否や自殺してしまった。彼女が七歳の時である。その後すぐ一家は伯父の家に引取られたのだけれども、彼女が女学校一年に入ったばかりで母も死去し、妹の美魚子と二人きりになったのだ。そして今度、満蒙炭田《まんもうたんでん》会社の経理課長藤野氏の長男真一《しんいち》と、半年間の婚約期を経て、盛大な華燭の典を挙げたという訳であった。

——もちろん、今の彼女には何も判らなかった。記銘力、記憶力も薄らぎ、指南力は喪失しきっているらしい。

「貴女の名前は?」

そう訊くと、困ったように、美しい眸《め》を瞠《みひら》いて、

「あたくしの本当の名をきかせてくださいまし」ととり縋《すが》りそうにするかと思えばまた急に「いいえ、いいえ。決してきかせないでくださいね」と、釣鐘草《つりがねそう》のようにうなだれた。

「では、ここはどこ?——判りますか?」

「嵯峨《さが》や御室《おむろ》……じゃあございませんの? ホホホホ」衒奇《げんき》的な勝ち誇った答えだった。

そして、妄想的に、反響的に、荒廃した心の孤独に閉じこもってしまうのである。久門学士はカルテに、精神乖離症《シゾフレニー》、既往症《きおうしょう》ナシ、初経《しょけい》十四年三ケ月——等と記入しながら、仄《ほの》かな陰鬱を感じて行った。

彼が分析的病理学上信じているところによれば、精神乖離症《シゾフレニー》(旧来の精神病学でいう早発生痴呆症《プレコックス》)とは生きて行こうとする生命力《リビドー》を外界から引上げて生理心理的機転のため只管《ひたすら》、内なる自我《エゴ》に隠棲してしまう病症である。そして患者藤野美貞こそは喪失した恋愛のためか、あるいは、本能的に禁制《タブー》していた処女性を破棄したためか女性獣に堕して行く現実から逃れて、脳を連絡する紐帯を心理的に断ち切った人間の一人に違いない。

蜜月《みつげつ》の秘密だ。どんな女性でも、いつかは誰かに夢の衣《ころも》を引裂かれる悲しみだ。——久門はそう思い

めぐらしながらも、目の前の空間に、美貞のなよやかな肉体が、ぼんやりと芳《かぐわ》しい霧のように浮かんでならなかった。それがなにかしら憎々しかった。

しかし、もしあの女性が精神乖離症《シゾフレニー》になりきっているとしたら、もちろん精神分析的診療を受けつけはしない。そして、自分は手を引くのだ。否、とにかく、新郎なる人に会って、一言でもいい、秘められた蜜月——それが病気の誘因となったはずの秘事を剔出《えぐりだ》さなくてはならない。そうすれば、従って、彼女の他には誰にも滅多に窺《のぞ》けない瑰琦《かいき》な空想世界も知れてくる！

彼は、ひとり寂《せき》として、夜の医務室に居ながら、心の中で哮《さけ》びをあげた。——女神のように清浄な女の魂《たましい》にも、時として饐《す》えた女怪が淫靡《いんび》な蜱《だに》のように喰い込むという化身《メタモルフォーゼ》の謎には思いも寄らず……。

〜将門山の古御所に……

久門はその夜、宿直を押《お》ッつけられてしまった。そして夜半《よなか》の二時近く、ふいに思い立つと、鍵束を握り巡廻に出掛けたものである。

所々に五燭の電燈をつけた長い廊下を次々と歩き廻る。奇怪な寝姿の精神病者達を見廻って、彼の足は南病棟へ入って行った。

そこは富める敗残者達を収容した八畳の特別室が並んでいる。九号室もここだ。

彼は波立つ心を抑えつつ、各室《へやべや》の障子に切り明けられた覗き穴をかすめて九号室に近づいた。そして、漸《よう》やく九号室の障子の前に立ったとき、彼の身体はギクリと立ちすくんでしまった。

美貞は、ひとり茫乎《ぼんやり》と、寝床に座っている！　その両側に美魚子と看護婦の蒲団があるのだが、二人とも健康な娘の寝息をして眠ってしまっている。

と思う内、なにかの幻でもみえるのか、天井をジッと瞶《みつ》めていた美貞は呻《うめ》くように呟き初めた。いや、呟くというよりは低く低く叫ぶのである。

「お父さま！……お父さま！……あたし、どうしたらいいでしょうか？……滝夜叉《たきやしゃ》の一念はどうしたら……どうしたら報われますか。お父さま！　なにか仰有《おっしゃ》ってくださいまし！——ネ、教えてくださいまし、お父さま！」

そして、白い毛布に突伏《つっぷ》すと、長襦袢《ながじゅばん》の朱色《しゅいろ》の大花弁《だいかべん》を波打たして身悶《みもだ》えした。

怕《おそろ》しいばかりの不可思議な蠱惑《こわく》に、久門は喘ぎを感じた。と、またも、美貞は狂った者の気まぐれで、いきなり顔を上げうららかな微笑を浮かべたまま低い唄声になっていた。

〽大宅《おおや》の太郎《たろう》は目を覚まし。将門山《まさかどやま》の古御所《ふるごしょ》に。妖怪変化《へんげ》すみかを求め。人倫を悩ます由。……〽申し光国様《みつくに》。……〽嵯峨や御室の花盛り。浮気な蝶《ちょう》も色稼ぐ……〽思えば無念と如月《きさらぎ》が。歯を喰いしばる忍び泣き。……〽ホホホホホホ。何の私が泣くものぞ。泣いたと云うは。オオそれそれ。可愛い男に別れの鶏鐘《とりがね》。後朝《きぬぎぬ》告ぐる朝雀《あさすずめ》。雀が啼《な》いたという事いなァ。

長い夢のようだった。彼は我に返ると、しずまりかえった夜気《やき》の中に自分の重い喘ぎだけが耳にきこえて、室内《なか》の女はもう蒲団に白い顔をうずめ、すやすやと眠っている。

万一《もし》ものことがあったら、という緊張で一時にぐったりした。そして、さいなまれたような気持で宿直室に戻ってくると、また飛び起きて標本室の一隅にある書庫へ急いだ。

滝夜叉——? 将門山——? 光国——? 如月——?

あの呟きもあの無心な唄も、なにか彼女の幻想世界に関連しているらしい。そう確信して百科辞典や人名辞典を、ただ一心に漁《あさ》りつづけた。

けれども、夜が白む頃までに判ったのは、天慶《てんけい》の乱をまき起した謀叛者《むほんもの》平親王将門《たいらしんのう》の事蹟《じせき》だけであった。

その努力は翌朝も続いた。が、医員も看護婦も、……精神病院はそんな名詞には全く無関係だった。

そうしている内に、美貞の夫藤野真一が面会に来てしまった。

久門学士は重い頭をしずかに、とぎすまして会った。

薄い頭髪をぺったりわけた小肥りの青年紳士は厚い眼鏡の中から鷹揚な視線を投げて、叮重《ていちょう》に礼をのべた。一瞬にして相手を呑んだ久門は、

「実は診療上、ぜひ貴下《あなた》からいろいろの御事情を伺いたいのです。もちろん貴下が一番あの方のことを御存じのことと思いますから」

そういってみた。

「彼女《あれ》につきましては何なりとも」若い実業家らしくというよりは、若い立派な夫らしい落着き払った態度である。

「で――最初から甚だ失礼のようですけれど、否《いや》、私共も決してそんなことはあるまいと信じてますが、あの方には他に恋愛的な関係はお見受けにならないでしょうね？」

「ええもちろん。もしそんなことがあれば、彼女は非常に生真面目な女ですから打明けてくれたろうと思います。」

「では、全快なされればまたお宅へお迎えになりますね」

「ええ、もちろんですとも！」それは全く愛し切っている熱意のほとばしる様だった。

「なにしろ結婚したばかりでこんなことになったのが可哀そうで……それにまだ――」

真一は云い掛けて、話そうかどうしようかと、何か躊躇《ためら》った。

「……御遠慮なく、御相談ください。それでないと私共の方針にも困りますから」

「ごもっともです。――」心をまとめるように一寸考えてから、頬をさッと引緊めて言い継いだ。「いつか医者の方に御相談したいと思っていたのですが、僕達はまだ、なんと申しますか……事実上の結婚はしていないのです。つまり――」

これは確かに久門をハッとさせた。

「では、貴下方《あなたがた》御夫妻にはセクシュアル生活《レーベン》はなかったとおっしゃるんですか?!」

「ええ」

相手は笑おうとして顔を歪めた。

久門学士の頭の中には、種々な解釈《ドイツング》が欝然《うつぜん》と錯綜した。

すると、あの哀婉《あいえん》な狂女は、初夜に負う心の外傷《トラウマ》によってではない。やはり、他の恋愛関係のためだろうか。それともなにか生理的な欠陥があるのだろうか。しかし、それにしてもあの不思議にまつわる症状は?

……………

藤野氏の打明けた話によると——

新婚旅行に選んだ土地がいけなかったのだ。

列車の中で急に美貞がS盆地へ途中下車して一夜を暮したいというので予定を変更して、薄暗いS旅館に投宿した。

すると、窓から遠い山々を眺めやっていた彼女が

彼を呼んで妙なことをいいだした。
「あそこに小さくお城がみえますわネ。あたし、年中夢で、この景色をみていたんですの。どうしたんでしょう？　まちがいなく、あのお城ですわ。Nの字によく似たあの路も、斜めに流れている川も、そのまんま夢でみましたわ。それが、いつもいつも同《おんな》じ夢なんです。この窓からまァるで額縁の中の絵のように

あの荒城《こうじょう》を眺めていると思うと、すぐもう、あたしお城の石崖の前で夕陽を浴びながら、大勢の田舎の子達と遊んでますの。そうして鬼ごっこをしている中に、あたし、急に……お笑いになっちゃ嫌よ。瀧夜叉姫になってしまってお芝居のように忍術を使って空へ舞い上って行くんです。そうして、眼が醒めますの。まあ、あたし、どうしたんでしょう?」

藤野氏は、神経が昂《たかぶ》っているせいだとなだめたが、その夜はもう「新婚第一夜」どころではなく、気持が悪いと云って美貞は病人のように寝込んだ。

しかも、翌朝、彼女は気も転倒するほどのある事実《こと》を、S旅館の老主人からきき込んでしまった。それは、この地この旅館こそ、彼女の父が捕われたところだったということである。そして、彼女自身も六歳《むっつ》のとき一度、父に連れられてここに泊っていたことがあったのだ。その記憶が、おそらく潜在的に刻まれていて、いつまでも彼女の夢に現れて来たに違いない。

しかも、もっと激しく美貞の心を叩きのめしたのは、藤野氏と彼女とが、いわば仇《かたき》同志だったという事実である。というのは、美貞の父の罪を摘発し起訴した者こそは、藤野氏の父親——当時の藤野検事だったからである。

藤野氏の方は、以前からこのことの輪廓を父親にきかされていた。いや、却って、そのために結婚の決心をしたのである。

十五年前のこの事件を機会にして、藤野検事は実業界に入り、その後も絶えず棚橋家の悲運を気掛りにしていた。そしてついにそれとなく、息子と棚橋美貞の縁談を進めたのだ。

美貞には、結婚後自然に事情が判ってくるだろう、そうすれば真心も通じるに相違ない。それまでは狭い娘心を傷付けないようになにも話さないで欲しい、と彼女の伯父《おじ》に申し入れてあった。

こういう——事情が蜜月のその日に美貞を衝撃してしまったのである。それからというものは、彼女は始終何か思い耽《ふけ》る花嫁になった。そればかりか、二人きりの寝室でも、列車内でも、海辺でも、絶えずひょいひょいいひょいと巨きな蝦蟇がみえるといいだした。

「あたし達が傍へ寄ると、怖い怖い蝦蟇が間へ割り込んで来ます」

そう云い云いして、重苦しい旅行は終って、帰京してきて新居へ移ると、幻覚は益々はげしくなり、とうとう二三日前に、躁暴症状《そうぼうしょうじょう》が始まったのである。

もの凄い音響に驚いて、女中が奥の間へ駈けつけると、部屋一面に豪奢な道具や虹のような衣類を投げ散らし、その真中に美貞が、すっと立ちはだかって、

「相馬の古御所ジャ。滝夜叉の習い覚えし妖術ジャ！……光国そちが命を断つ。覚悟なせ！」

と叫んでいたという。

語り終えて藤野氏は眼を赤く潤ませながら、

「彼女は僕をみると、大宅太郎光国と呼んで睨むんです。しかし、どんなに犠牲を払っても、あの女を、もう一度正気に戻して倖せにしなければ、僕も父も償いができません。いや、第一、僕は、ただただあ

の人を愛しているんです」

「御助力しましょう。――とにかく、あの方が欲するようにして上げるつもりです。だが、……実は、滝夜叉姫とか光国とか云うのはどういうことなんですかネ？　どうも、そういう事情にくらいのですが」

と、久門学士は心に期するところがあって、結論のように云った。

「ア、あれですか。それはつまり、将門の娘が滝夜叉姫で、蝦蟇の妖術によって敵方に復讐をするという芝居の筋なんです。その捕り手にまわって相馬の古御所に忍び寄ったのが大宅の太郎光国と称する役人で、それを滝夜叉姫があべこべに誘惑する訳ですが――」

「あ、なるほど！」

久門は、はじめて、莞爾《にっこり》とした。

羞らう乳房

藤野氏を連れて病室へ入って行くと、美貞は髪を洗ったとみえて長くおさげに垂らしたまま、昔の絵葉書の女のように窓へ凭《もた》れて立っていた。そして何心なく振返ると、

「あ、お前は大宅の太郎！」

そう口走り、小さな紅唇《くちびる》を歯噛みしていきなり手を高く振上げた。伸びやかな白い肱《ひじ》まで露わにして、

なにか投げつけでもするかのような勢いである。

「やはり貴下は隠れていらっしゃい！」

あわてて藤野氏を押しやると、久門はのヶそり立ったままで、

「おや、忍術ですか？」

美貞はくたくたと座りこんで畳《たたみ》に手をつき、

「縛るなら、どうぞあたしの脚を縛ってください！　……だって、あたし、空へ昇ってしまいそうなんですもの……」

と段々甘えるように訴えた。

「ヨォシ、待ってらっしゃい。今縄を持ってくるからね」

真顔で答えた久門は、ジッと付添っている美魚子に軽く眼で挨拶し、廊下へ飛出した。

「あれが化身妄想という症状です」

心もとなく佇んでいる青年紳士に、ゆっくり説明した。

「先刻のお話で合点がいった訳ですけれど、あの方は目下滝夜叉姫に化身しているんですよ。大聖《たいせい》ソクラテスには、一生、神鬼《デモン》が憑いていていろいろ差図《さしず》したそうだが、つまり奥さんは妖姫の霊に同一化し《アイデンチファイ》てる、滝夜叉憑霊《デモニャック》とでもいいますかナ」

…………

そして、それから一週間ばかりは、ただ、抱水クロラールやスルフォナールなどの鎮静薬を与えるだけで放っておいたが、丁度八日目の夕方だった。久門学士は看護婦に回診鞄をもたせて、さも物々しく美貞の室を訪れた。

プルス・体温・血圧などを計り終えると、

「帯をゆるめて上げてください。」付添の看護婦に大声で命じた。

「今日は全身の検査だ」

おとなしく仰臥《おうが》した彼女の清らかな頬に二筋三筋ほつれ髪《げ》がそよいで、青味を帯びるほど澄んだ長い眼はどこかをボンヤリ見上げている。彼はちらッとその顔をみてから、思いきってぐいと胸元に手をかけた。

温かく呼吸《いき》づいている豊かな胸。単衣《ひとえ》、肌襦袢……それをむごく明けると、月下香《げっかこう》の匂いというのか甘い体臭がこぼれて、透《すきとお》るほど白い肌に、ふっくり火《ほ》照《て》って盛り上る双《そう》の乳房をみせた。

聴診器をひねり廻した久門は、さすがに少し上気しながらまたも看護婦に声を掛けた。

「君、障子のところのカーテンを閉めてくれ給え。――実はちょっと婦人科的剖診をしたいと思うんだが。そうして君達立会っていてくれ給えよ。精神乖離症の患者は、全然羞恥心がなくなっているから、却って弱らされるんだ」

そして、消毒液を浸したガーゼで手を拭いながら、美貞の顔をそッとみた。と――

眼をとじている。長い睫毛《まつげ》を影濃く反らせたその眼から、妖しくも、水晶の小さな一粒に似た涙が湧き上って、美しい横顔を、伸びた揉上《もみあげ》の毛の中にスーッと一筋、流れ下った。

それを素早くみやった久門は急に態度を変えて、

「いや、中止しておこう。そして今夜は早く入浴をさせてあげてください」

そう云い残して、さっさと医務室へ帰って行った。そして彼女の伯母の邸宅へ電話を掛けたのである。

「御病人は、ほぼ全快されましたから、明日とにかく荷物を引取りにおいでください。都合によっては、私が御当人をお送りして行きますから。ハハハハハ、なにしろ、お目出度《めでと》うございます。いや、私もあの御病気のお陰で随分勉強になりましたよ。それから、お妹の美魚子嬢に、くれぐれもよろしくとお伝えおきください。」

波の上

翌朝早く、久門学士は美しい患者藤野美貞を自動車に乗せてG精神病院を出た。

美貞は、まるで折りとられた野花のように従順に、彼のいうがままになっていた。

よほど車が走ってから、彼は突然沈黙を破った。

「奥さん。僕はあなた方御姉妹に心から御同情します。しかしあなたもこれでもう満足されて、今後はもっとノンビリとお暮しなさるようにお願いします」

彼女は動かなかった。端正な彫像のように瞬きもせず、顔を俯向けていた。が、いきなりその顔を振向けると、若々しい真剣さを漲らせて、

「先生！」と口を切った。「いろいろと済みませんでした。あたし、お別れする前に一度すべてをお話したいんです。そうして今後のことにつきましても教えて頂きたいんです。どこか人のいないところで――」

「人のいないところで？」

「ええ」

「宜しい、伺いましょう」

そして、一時間ばかり後、二人は人のいないところ――東京港の沖合《おきあい》、遙かな波の上にいた。久門が学生時分に習いおぼえた櫓《ろ》を漕ぎながら、ゆさゆさと波に揺れていた。

彼女達姉妹の秘密はすっかり打明けられたのだ。いうまでもなく、美貞の発狂は偽りだったのである。ほとんど久門が想像していたとおりであった。

藤野氏が接近し出すと逸早く美魚子は両家の関係を嗅ぎ知ってしまった。そして姉に、父の復讐をする手段を綿密に注ぎ込んだのである。知らん顔をして盛大な式を挙げさせた上S旅館へ連れて行き蜜月の旅を苦しいものにしてしまう。そればかりか、最後まで身体を許さず、滝夜叉憑霊《デモニヤック》を現すのだ。

この奇怪な復讐を思いたったのは、以前から美貞が例の不思議な夢を実際に見ていた為だった。（しかし、これは不思議ではない。六歳の時の記憶と、その後に遭遇した父の死と、唄や芝居で見聞した滝夜叉姫に同感した錯綜心理が強く夢に結合されていた訳である。）

しかも、美貞の佯狂《いつわり》が久門学士に観破されたらしいと聞くと、美魚子は、久門氏を誘惑しちゃいなさいと云ったのである。退院されてからも藤野真一などに処女をやるなと云うのだった。万一、妊娠しても大丈夫——というのは、久門も藤野もＡＢ型の血液だからと美魚子は、火を放つように説いたのだった。

この話に、久門も呆然としてしまった。

「僕の血液型なんぞをどうして知ったんです？」

「先生のハンケチを、あたくし無理に奪ってしまったことがありましたでしょう？……妹に頼まれていたもので。おゆるしくださいネ」

「あ、あの汗だらけなハンケチから調べたんですか。こりゃあ驚きましたなア。——だが、僕が見破ったらしいというのは——？」

美貞は真赤になって、切れ切れに話した。

「先生が診察にいらッしゃって、シゾフレニーのくせに食思不振《しょくし》にならんのは変だナア——とおっしゃったことがありましたの。それで、あたくし、あわてて、そのお夕飯から半分くらいしか頂かないようにしたんですけれど、そのことを妹に話しましたら……」

「あのときですか。いや、あれは確かに僕もわざと釣ってみたんです。そして、確実に疑いを濃くしましたがネ」

「先生。本当にお呆《あき》れになりましたでしょう？　でも、あたくし達は、それこそ狂人《きちがい》のように父が恋しくって、藤野の家が憎いんです。それで、もう必死になって……」

「しかし、もう、これで打切りになさいよ。そんな封建時代のような復讐をしたって結局つまらんじゃないですか。ハハハ貴女方にも似合わん。……いや、貴女は滝夜叉姫に幾分似合うかも知れないけれど――」

「あら！」

美貞は、はじめて艶麗《えんれい》に睨んだ。

「や、失敬！――とにかく、あの妹さんまで、仇討《あだうち》思想があるとは驚いたナア。僕でさえたじたじの科学的な策士がネエ」

「でも、あの娘《こ》は決して悪者じゃございませんわ。とても情熱家で優しくって。ねえ、先生。お願いでございますから、今後も美魚子とお交際《つきあい》してやって頂けませんかしら？」

久門学士は櫓を握って、目くるめく夏陽と波の火照りとに包まれながら、なにかしら温かい愛情が近づいたようにポッと赧《あか》くなった。

×

一月ばかり後、秋風らしいものが立ち初《そ》める頃だった。久門と美魚子は土曜の夜を利用して、東京湾を渡る汽船に乗っていた。

見渡す限り真暗《まっくら》で、星座だけが冴え冴えと空一面に散っている。秋気がひえびえと肌にしみる、夜の甲板《かんぱん》だった。

「君の肩は温かいね」

久門は肩に、娘のむっちりした肩を感じながら、素直にいった。

「あなたの肩はゴチゴチと堅くって――」

「痛い？」

「ウウン」

「馬鹿に女らしいことをいうんだね。けれど――君、蝦蟇のビルドが見えるんじゃない？」

「蝦蟇？……アア！　バカね！――あたしはもっともっと攻撃的な幻がみえますわ」

「こらッ！　そんなことを云っちゃいかん！」

「アラ、すぐそんな解釈《ドイツンク》をするのネ。怖いわ」

「怖いのは君の方さ。人のハンケチを調べたりするからネ。だがねエ、僕と君とが結婚したらどうだろう？」

「でも、お気の毒様ですけど、あたしの方には自殺の遺伝があるのよ」

「遺伝なんて十九世紀みたいなことを云っていばるない！　僕こそ、下剋上の習癖《くせ》、分析解剖の習癖、厭世厭人の習癖、女を愛す習癖、何者も恐れない習癖等々みな精神病的素因を充分に子孫へ伝えるかも知れんよ。断種される可能性《プロバビリティ》が充分さ」

「あたし達、今、一体、何を語ってるの？」

久門は一寸狼狽して、鈍く光る夜の波に眼をそらしながらとぼけたように云った。

「つまり、僕が、君に対して生命力《リビドー》を纏綿《てんめん》しようとしているんだがネ――」

「いやに学術的なラヴシーンねえ。つまんないわ」

「あ、そうか。じゃあ、常磐津に翻訳しようか。ええと……そうだ。忍び寄る恋は曲者《くせもの》とはどうです?!」

「いやアん、前のこと云ッこなしよ」

低く甘えた声でそう云うと欄干《クロス》にのせた彼の手を上からギュッと握りしめた。久門は、しばらく歓喜の中に溺れていたが、突然向き直って、

「男と女ッてものは、子供より無邪気な恋愛態度《リーブスフェルハルテン》に耽るもんだネ」

「ばかね！」美魚子は手を離そうとした。その手を今度は彼が固く握りしめ、茫漠たる闇の中でただ二人子供のようにうっとりと揺れていた。

月下《げっか》の亡霊

西尾《にしお》正《ただし》

月下の亡霊

西尾正
茂田井武画

　その家は奇妙に眼立たない所に在った。

　がっちりした鉄門、高い石塀、その石塀の向方《むこう》にさらに高く聳《そび》えた一見病院か旅館《ホテル》のような、窓の並んだ二階建の洋館、――これらの仰々しい貫禄を有《も》った外貌は行人《こうじん》の眼を惹きつけぬはずはないのだが、松本君がこの存在に気付いたのは、今日が始めてであった。

彼がこの路地を好個の散歩道として杖を曳《ひ》いたのは今日が始めてではない。にもかかわらずうっかり見過していたのは、この土地に見馴れた欝《うっ》蒼《そう》たる松林が周囲を↖

↙暗々《あんあん》と取巻いているからであろう。そう云えば鉄門にはかさかさの赤錆が浮き上り、石塀にも部厚な苔《こけ》が根を張って元は確かに赤甍《あかがわら》だったに相違ないスレエト屋根も所々砕《か》け落ちて、黄色い漆喰《しっくい》には宛《さなが》ら児童の描いた地図のような風雨の痕が、鮮やかに滲《にじ》み出ている。窓と云う窓はこと

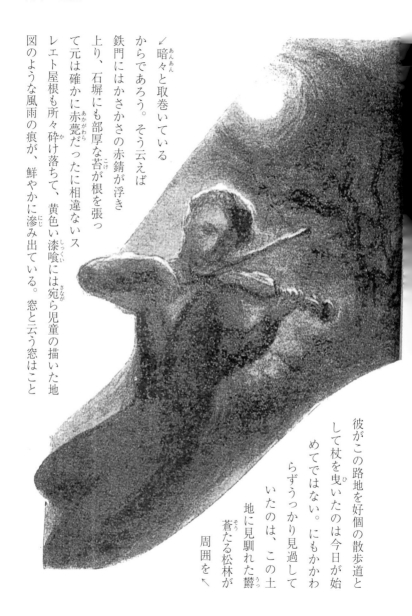

ごとく閉されて、人の顔らしい者の覗いていた試しはない。“House to Let or Sell”（売貸家《うりかしや》）――こう誌《しる》された木札も、どうやら蟲の侵蝕に委《ゆだ》ねられている模様である。松本君は杖を腰に当てがい、しばらくの間、立ち止っていた。

静かである。自分の吐く息と吸う息とが、交互に聴き取れるくらい静かである。波の音が割りに近くで響いている所を見ると、邸内に蔓延《はびこ》る青緑の向方は、直接海なのであろう。好い塩梅《あんばい》に隣家も遠く距《へだた》っている。

松本君はいわゆる「貴族風」に暮している。つまり、喰う心配なしに絵を描いているのだが、もっとも帝展を数回パスしたくらいの腕前は有っている。彼はこの土地に三年住んだ。そして住めば住むほど気に入った。このことと、彼が余り頑健でないと云う理由で、この土地を永住の地に定めようと決心したのである。彼はこの目的の為に適当な売地《うりち》を探し始めた。流行る土地は飽きやすくもある。家付の地面を売って他の地方へ鞍替して行く人士《ひと》も多い。今眼前に発見した家が環境がことごとく彼の要求に適合しているのである。

彼は鉄門の傍《かたわ》らに在る、恐らく番小屋に通じているらしい耳門《くぐり》の扉《ドア》を排した。

左手の庭苑の隅に粗末な亜鉛《トタン》屋根の番小屋がある。西陽が硝子戸《がらすど》を透《とお》し、奥に一閑張《いっかんばり》の机に向って本を読んでいる坊主頭の、木綿絣《がすり》を着た青年が眼に映った。よほど読書に熱中しているらしく来客の気配に気付かない。角張った額に青筋を立てて只管頁《ひたすらページ》の上に鋭い眼を注いでいる。そこには、庭鶏《にわとり》や朝顔の花の鮮やかな図解が、解説的に色刷りにしてある。「メンデルの法則」を勉強しているらしい。「僕が番人です」こう云って現われた青年の顔には、よしそれが擬勢《ポーズ》であったにしても、明瞭《あき》らかに勉強を妨げられた者の露骨な不快があった。

松本君は早速用件を切り出した。

「貸家札が英語で書かれてありますが、一体、日本人には売らないんですか？」

「売らないことはありません」青年の調子は至極ブッキラ棒である。「しかし、この家の由来を知ったら誰だって買う者はなくなるでしょう。ここは、有名な幽霊屋敷なんです」

幽霊屋敷！

「お化けが出るんですね？　面白い。一体、どんなお化けが？」

青年はしかし、すぐ答えようとはせず懐手《ふところで》をしたまま下駄を曳き摺《ず》りながら、先に立って館の方へ歩を運んだ。大理石の円柱に支えられた玄関の平壇《テラス》の傍らに、葉の落ちたジグザグの太い幹を持つ無花果《いちじく》の巨木が二階の窓と摺れすれに、屋根を越して空に突き出ている。その枝振は硬直した屍体が神経癲患者の指のように、醜くドス黒く、鍵型に曲っている。青年は窓を指差し、

「出るのはあの部屋です。月のいい晩、誰もいないあの部屋から、定《きま》って洋琴《ピアノ》の音がして、女の歔欷《すすりなき》が聴える、行って見ると、裾長の白衣《びゃくい》を纏《まと》うた、月の色よりも一層青い女が、窓辺で洋琴を弾いていると云うんです」

「成程ね」松本君は青年の「怪談」に一応の敬意を表明してから、眼前の荒れ果てた庭を見廻した。番小屋の傍らに軒の傾いた厩舎《うまごや》がある。誰か馬に乗る者があったのであろう。雑草の尽きる向こうは案の定、矗々《ちくちく》たる防風林の密生であり、砂丘が緩やかな傾斜《スロープ》を海の方へ描いている。

「先代はどういう人だったの？」

「震災後数年間家村男爵《いえむらだんしゃく》が住んで居られましたが、その後十年程、一度どこかの官吏《かんり》が住んだ切り、誰も住手がないんです」

「ではその男爵夫人が洋琴家《ピアニスト》で、月明《つきあかり》の夜、あの無花果の部屋で非業の死を遂げられたのですね？」

松本君は死人の悲し気な歔欷と余韻嫋々《じょうじょう》たる洋琴《ピアノ》の陰に、眉目秀麗《びもくしゅうれい》な貴公子を瞼《まぶた》に描いた。

「まあそうですねえ。しかしこの怪談の来歴は、一寸《ちょっと》ばかり混み入っているんです。と云う意味は、犯罪が付随しているんですが」

「では男爵が、令夫人を？」

「いや違います。」番人の声は相手の先走りを非難するように強かった。「その男爵自身も奥さんの屍体の傍らで亡くなられていたのです。奥さんは瞭《あき》らかに病死でしたが、旦那様の死因がはっきりしなかったのです。毒を呑んだ形跡はなし、もっとも、何かに脅やかされたように、死顔《しにがお》に途徹もない恐怖の皺が刻まれていたそうですが。ともかく御案内しましょう」

青年はちゃらちゃらと懐《ふところ》中から鍵束を取り出し、せかせかと玄関《ポーチ》の扉を開けた。

松本君はあとに従って屋内を検分した。

二つの屍体が葬られたと云う無花果の部屋というのは噎《す》えた悪臭が魔薬《まやく》のようにじわりじわりと松本君の鼻腔《びこう》に浸透し、窓から覗く畸型《きけい》的な醜木《しゅうぼく》の幹と相俟《あいま》って、一抹の妖気を漂わせていた。早速この古《ふる》家《いえ》を潰掃《かいそう》して、嗜《この》みの画室を建てたいものだ、——とつい先刻までこう考えていた松本君の成算は、いささかその鬼気に魅せられて跡方もなく消え去った。首筋に冷たい風の通り過ぎるのを覚えた彼は、むしろ本能的に緊張の眼《まなこ》を瞠《みは》っていた。

床は絨毯《じゅうたん》が判別できず足の甲を没する程の塵埃で埋まり、窓際に設らえられた天蓋付きの古風な寝室は朽ち、しかも事件後この部屋をあかずの間と怖れて放任していたのであろうか、先代の住人である婦人の家具調度類、例えば珍奇な三面鏡、ハイネ全集のつまった樫の書棚、塗りの剝げたがたがた洋琴《ピアノ》、異臭のする衣裳簞笥《だんす》、等々を大分西に廻った夕陽が薄《うっ》そりと照らし出した。天井からは網を張る怪物が、中央の飾燈《シャンデリア》に伝い下り、不逞な眼をぎょろつかせて不時の闖入者を睨めつけている。

心中の動揺を顕わさない為に、松本君は当然吃《ども》らなければならなかった。

「君の話は真実《ほんとう》なのかね？　つまり僕の云うのは、本当にこの部屋で、そんな怖しいことがあったのかと訊くんだが？」

「本当です」扉の敷居に立って別のことを考えている青年は、依然として冷たくぽつんとこれだけ答え、さらに追究しようとする相手の気配を察すると、すたすた下《お》り口の方へ歩いて行った。

「僕の親父《おやじ》と云うのが、先代出入の植木屋で、男爵の遺した書きものがどこかに蔵《しま》ってあると思いますから、そいつを御覧に入れましょうよ。もっとも、生きていればカンカンになって怒りましょうが、仏様のお陰で、三年来楽な所へ行っていますから」

＊　＊　＊　＊

松本君はこの商売気のない傲慢な番人先生から、瞭らかに外遊の砌《みぎ》り入手したらしい豪華な総革張りのノートを借り受けて帰宅した。

"From my Life"（「我が生活より」）——摺《す》り切れた背皮《せがわ》には、金文字でこう印刷された痕がある。日記帳を兼ねたものであるらしい。頁を返すと変色した紙の上にこれもまた色褪せたインクで大正九年頃からの日常事が飛びとびに誌されてあり、巻尾《かんび》の余白に、ある逼迫《ひっぱく》した事情が彼を駆《か》って認《したた》めさせたのであろう、

「予は正しく正気である。しかも彼奴《きゃつ》の

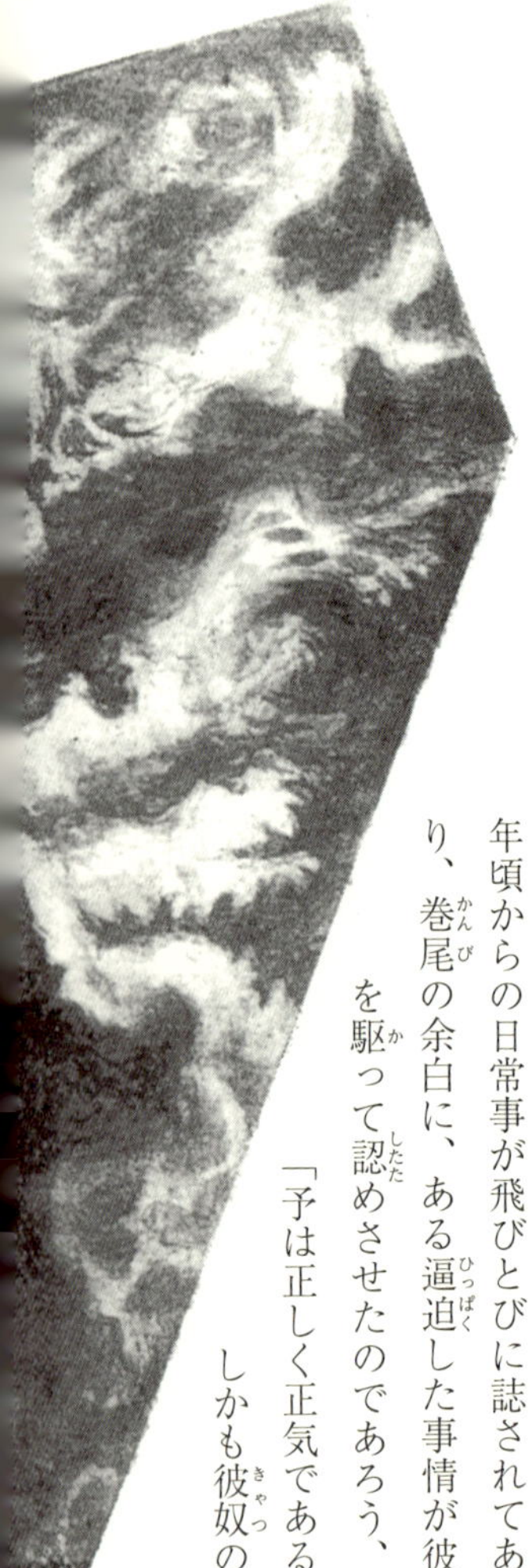

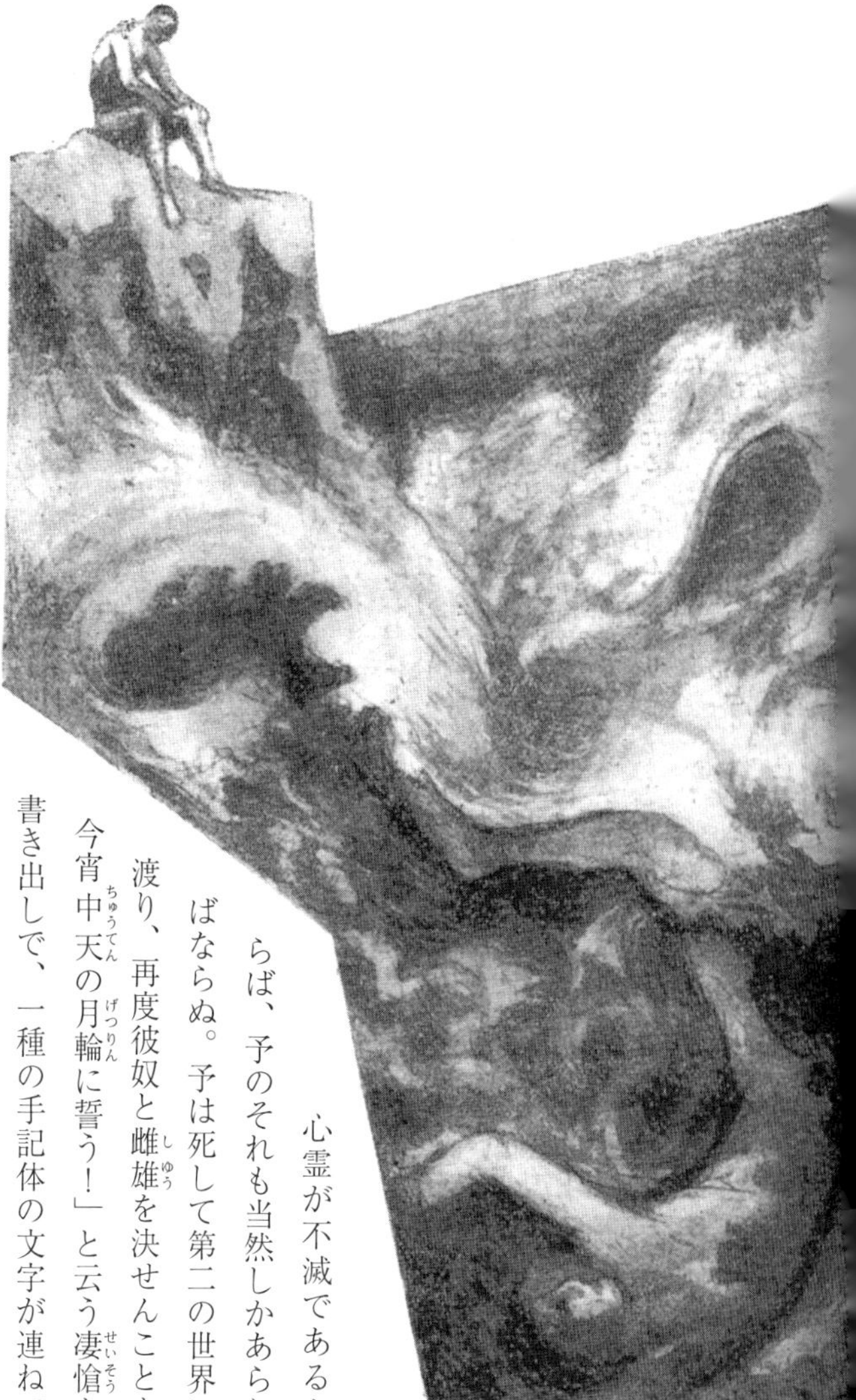

心霊が不滅であるならば、予のそれも当然しかあらねばならぬ。予は死して第二の世界に渡り、再度彼奴と雌雄《しゆう》を決せんことを、今宵中天《ちゅうてん》の月輪《げつりん》に誓う！」と云う凄愴《せいそう》な書き出しで、一種の手記体の文字が連ねてある。これが問題の「書きもの」なのであろう。

作者は常套に倣って左《さ》にその全文を掲げる。

……またどこからかヴィオロンの音が流れて来た。彼奴の亡霊が彷徨《さまよ》っているのであろう。奈々江《ななえ》のピアノとソナタでも弾こうと云うのか。呪わば呪え。予も間もなく貴公の許へ行くであろう。蓋《けだ》し貴公の伴奏で遺書を認めるとは、千歳一遇の好機《チャンス》だ。

想い起す、そもそも予が始めて彼の混血の楽人《がくじん》小城《こしろ》夏太郎《なつたろう》と出会ったのは、大正九年冬、某知人の小宴に招かれた時であった。あれから既に七八年の歳月が流れている。が印象は昨夜《ゆうべ》のようだ。

その頃彼は未だ「無言にして無名」だった。女主人は予に「十九歳の天才ヴィオロニスト、今に屹度《きっと》斯界《しかい》に雄飛《ゆうひ》することを妾《わたし》が保証しますわ。欠点と云えばそれはそれは、清教徒のように堅人《かたじん》過ぎることですの。小城《キャシオ》さん、貴方の恋人は永遠にヴィオロンですのね?」と、彼を引き合わせた。房々《ふさふさ》と波打つ褐色の美髪、黒天鵞絨《くろビロード》の上衣《コート》に緑の衿飾《えりかざり》、夢見勝ちな眼、――彼は一寸長上《ちょうじょう》の予の面前で羞《はに》かむような笑いを洩らした。それは清純そのものの、音楽それ自身のような美しさであった。

盃《さかづき》は砕け、三鞭酒《サンペン》は鳴り、文字通り盃盤狼藉《はいばんろうぜき》の最中にあって乞《こ》わるるままに彼は、整然とパガニイニのソナタの一節を弾じた。技巧と情熱が神秘なまでに渾成完璧を示し、その美わしさは予の心魂《しんこん》を刳った。彼は天才である！　この時予はこう直観したが、果して翌年、楽都《がくと》維納《ウイン》に於ける花々しい初登場《デビュー》によって、もはや彼は無名ではなくなった。

その夜予は偶然予と同地方に住む小城と帰途を一つにした。色黒く鼻低く、醜貌にしてしかも金力によって女色《にょしょく》を漁るより他に何の崇高な恋も芸術も有《も》たぬ予は、車中絶え間なく、眼前の美丈夫《びじょうふ》から息苦しい圧迫を感じていた。

それは強ち《あながち》嫉妬《ねたみ》ばかりではなかったかも知れぬ。なぜならその夜からして予は彼をやがては予の敵になる人物と感じていたから。それは予感だった。ただ漠然たる、がしかし、かなり強烈な強迫観念に似た予感だった。

が、予の予感は、三年の後即ち大正十二年の某夜、実現となって現われた。ここに予等を破滅に導いた天の悪戯《いたずら》がある。

予は彼が父の死を葬う為帰国したとの報を耳にしていたが、よもやあのような場所で再会しようとは夢にも予想し得なかった。横浜《よこはま》のあるいかがわしい茶亭《さてい》、予の情婦エミリアが寝室であった。彼女が漸《せん》時《じ》予に冷淡になり出したのは理由があったのだ。婀娜《あで》やかな灯影《ほかげ》の下に浮気なポルトガル女を膝に抱き擁《かか》えた混血の酔漢《すいかん》こそ、彼の小城夏太郎ではないか。

「キヤシオ！」扉の閾《しきい》に立って余りにも変わり果てた天才ヴィオロニストに唖然たる予は、覚えず大声で叫び掛けた。振り向いた眼にはかつて予の羨望した清い、神秘的な光はなかった。姿態は崩れ、瞼は垂み、彼もまた一介の蕩児《とうじ》に化しているではないか。いかなる運命がこうも烈しい変貌を彼の心身に与えたのであろう？　名声？――いや、彼は無名の頃からして既に令嬢笑婦の群に取巻かれ、しかも芸道精進への堅固な意思に、失恋の痛恨を毒によって解決した乙女もあったではないか。

これをしもジイキルとハイドの二重人格と呼ぶ可きであろうか？　人並優れた才能を有つ者が他面、ことに酒色に弱点を曝露《ばくろ》することを知っている予は、適確にその標本を眼前の小城に見たのであった。「素敵素敵《ブラボーブラボー》！　健康を祝す《ア・ヴォトル・サンテ》！」彼は乱酔に犯された眼を辛じて開らき片手にエミリアを、片手に盃を挙げ、蹌踉《そうろう》として近寄り、「何に、芸術？　ふふ役にも立たぬ芸術なんか、どこかの豚にくれてやったさ！」と世迷言《よまいごと》を喚き、共に快飲《かいいん》せよと慫慂《しょうよう》した。予はただ彼等に鋭い憎悪の一瞥《いちべつ》を与えたのみで、匆々《そうそう》にその場を立ち去った。

エミリアがその夜から、公然と小城の許へ走ったことはいうまでもない。

＊　＊　＊　＊

季節は冬と春を捨て、夏を迎えた。この間、女色にのみ生甲斐を見出す予が、どれ程嫉妬の念に苛なまれて過したことか。収拾のつかぬ空虚を混《まぎ》らす為に、予は一層頻繁に紅燈絃歌《こうとうげんか》の巷を彷徨わなければならなかった。

こうしてとうとうあの朝となった。

予はS湾に沿うて蜿蜒《えんえん》と連なる緑の山道《さんどう》を、寝巻《ピジャマ》のまま垂んだ瞼を持て余しつつ、ロードスターを走らせていた。これは梟《ふくろ》のような当時の予の灯点し頃までの習慣でもあった。吹き抜ける海風は快適だった。予は興に釣られ、次第に小城の住む山林の館に近付きつつあることを忘れていた。予はやがて眼下《がんか》に清海を臨み、遠くに富士《ふじ》を見る地点まで来ると、車を捨て、用意の水着を抱えて小道伝いに、岩の突出した岬へ這い降りて行った。

巌頭《がんとう》に膝を抱いて坐っている先客があった。

近付いて彼が予の恋敵であることを知り、引き返そうとした時、「家村さんじゃありませんか」と先方から気軽に声を掛けられ、退引《のっぴき》ならず進まぬ辞儀を交わさねばならなかった。

彼もまた先夜の酔いを海風で清めているとのことで、第一人格は失せ、永遠に第二の人格、無頼《ぶらい》の徒に成り果てたようであった。

予はただちに水着に着換えた。

「僕も後から行きますよ」

小城の声の終らぬうちに予は岩を蹴った。

水面に泛《うか》び上るまでの時間は纔《わず》かであった。

が、嗚呼悪魔奴、この水潜《ダイビング》りが図らずも次の殺人行為の動因となったのだ。予は右肩に不意打《ふいうち》の疼痛《とうつう》を感じた。予はまさに危うく命を喪《うしな》う所であった。なぜなら予はその瞬間、海底から水面に向って突出している暗礁の存在を知ったから、もし予の位置が右に一尺片寄っていたとしたら、頭蓋は砕けていたのだ。

予は右肩の擦過傷《かすりきず》を気付かれぬよういとも長閑《のどか》な顔付で、小城の蹲《しゃが》んでいる位置と暗礁との一直線上に立泳ぎし、やをらその線を避けて傍らに漂って行った。

「小城さん、快適ですぞ。どうですか、貴方《あなた》もおやりんなっては?」

予の一世一代の名演技だった。全身に浸み入る海水の快感に堪えられぬもののように、眼を細めて呼び掛けた。結果は的中し、やがて彼の白い、長い体が初夏の陽に輝いて巌頭に立った。

跳んだ!――体は二丈余の空間を稍々《やや》斜めに切り、鮮やかな水音を残して水中に没した。

果然、酷たらしく押し潰された小城の顔が、ぽかりと浮き上った。

予は万一の目撃者をおそれ、それ相応の驚き方を示し、体を横抱きに擁えて岸に泳ぎ着いた。それから「おうい、おうい」と、救けを呼んだ。

小城は縡切《ことぎ》れてはいなかった。

周囲は依然、行人の影も映らず、森々たる静けさの中に蟬《せみ》の鳴声と山鳥の点影があるばかりだった。

やがて予は、紫色に膨れ上った両瞼の奥に異様な想念《そうねん》をこめて予を凝視《ぎょうし》する瞳に気付いた。

それは予の胸の隅々まで透視する不思議に平静な瞳だった。予は撫でくだされたように手を離し、身動きもできずになった。

「悪い洒落《しゃれ》だなあ、男爵さん。僕の体に、コルシカ人の血の流れているのを、よもや知らぬはずはないのに。今後貴方の不幸は、すべて、僕の亡魂《ぼうこん》の仕業であると悟ってくれ給え」

混血児の瞳はしかしやがて、暁方《あけがた》の残星《ざんせい》の溶暗《ようあん》するように、光を喪って行った。

この時山道を蹴る靴音に予は慄然とした。

前のめりに駈け寄る者は小城の母に相違ない異国の中年婦人だった。栗色の髪を頭被《ターバン》のように巻き、引摺《ひきず》るような白麻《リネン》の服を纏うていた。

情熱そのもののようなコルシカ女は、狂おしく愛児の屍体に獅嚙《しが》みついた。抱き締め、頰摺《ほほずり》をし、やおら予を見遣った双眸《そうぼう》は、槍のように鋭かった。

「ナツ、ナツ！」

＊　＊　＊　＊

このことがあってから幾許もなくして襲った彼《か》の九月一日の大震狂濤《だいしんきょうとう》は、砂丘を洗い、樹を薙《な》ぎ、海辺の人家を一様に蹂躪し去ったが、予の心魂に巣喰う種々雑多の悪しき想念をもまた、共に渫《さら》い奪って行ったようであった。

予は奇妙に酒色を厭《いと》い出し、人並の平凡な生活の裡《うち》に些細な、節序ある安寧を需《もと》めるようになった。予は東京に仮寓し、縁者の推薦を得て外務省某局に勤務する身となった。

再び歳月は流れた。その流れに伴《つ》れ、過去の心の翳りは泡沫のように消え去り、事後予の境涯は皮肉や、小城の呪言《じゅごん》に叛《そむ》いて、好転また好転を続けて行ったのである。

媒酌によって当時十九歳になる奈々江《ななえ》を娶《めと》ったのは、予の三十六歳の春であった。しかしてこの結婚を記念に、現住の屋敷を新造し、希望をすら抱いてこの土地に舞い戻って来たのであった。

美しい奈々江を得て予の幸福は絶頂に達した。肌は牛乳のように白く、心もまた一点の汚れもない奈々江を、いかに随喜《ずいき》の涙を滾《こぼ》して渇仰《かっこう》したことか。朝は愛馬ユキタカに跨がり、昼はハイネの詩を誦《しょう》し、夕《ゆうべ》はショパンを弾ずる天来の美女を、このむくつけき両腕に抱擁し得ることの幸福！　三月半年は文字通り夢のように過ぎた。なれど嗚呼、その陶酔の覚めやらぬ裡、亡霊の手はまず妻の上に延びた。

夕餐《ゆうげ》のある宵、妻は常と変らぬ天真爛漫な口調で云った。

「I岬の岩の上に、この頃毎朝立っている方は誰方《どなた》でしょう？」

この問に予は漠然たる不安を覚えた。

「暁方にそんな所をうろつく者は、多分漁師か釣師だろう」

と、予は応じた。

「いいえ！」奈々江は予の軽蔑的な口調に反抗するように強く否定し、やがてその瞳は、夢見るように空間を瞶《みつ》めた。「漁師とか釣師とか、そんな粗野な人ではございません。栗色の髪の、白い、女のような手にヴァイオリンを持った、混血児《あいのこ》のような貴公子で、――」

予は覚えず眼を瞠《みは》った。が、ただちに平静に返った。

「ふふん、不良の徒か浮浪人だろう。」

「そうして、その方はどう云う訳か、一言もものを喋らないんですの。私がユキタカを岩に繋いで、平時《いつも》のように歌を唄いながら歩いて行

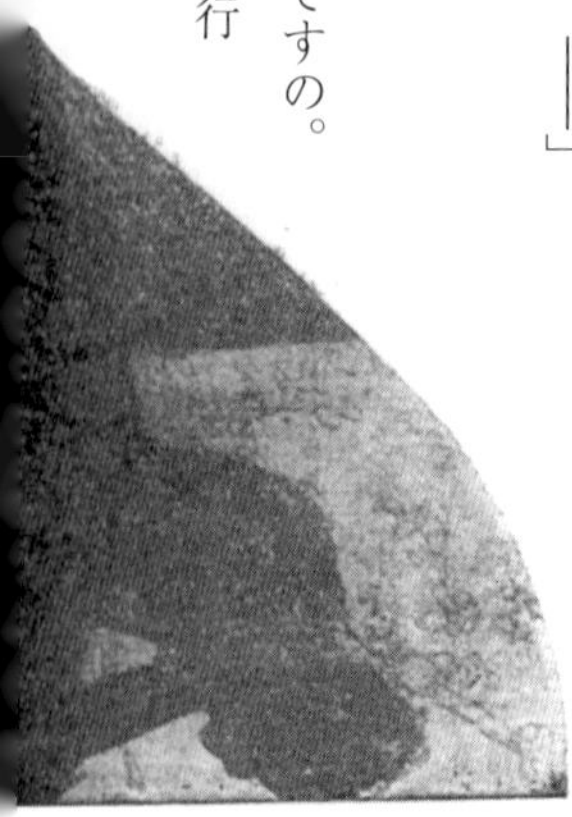

くと、極《きま》って、何時《いつ》の間にか、その方が前に立っていて、私の顔を見て笑い掛けるようなんですの……」

妻の表情にはその異様な出現者を嫌っても、恐れても憎んでもいない、純真故《ゆえ》の艶めかしさがあった。それが白い頬の仄《ほの》かな紅潮、潤んだ瞳の輝やきの中に現われ始めた。

予は立ち上って優しく彼女の肩を抱いた。

「二度と行くのでないよ、もうそんな所に」

＊　＊　＊　＊

予等《よら》の安寧はかようにして破滅への第一歩を踏んだ。巌頭の貴公子は奈々江の幻覚ではなかった。よし幻覚であったとしても、幻覚以上の被害を予等の生活にもたらした。爾来《じらい》奈々江の素振に秘密の影が射し、狐魅《こみ》に憑かれた凝婦《ぎふ》のように朝の乗馬を夕刻まで延ばし、その帰宅すら稀に夜に入ってからのことがあった。彼女は口を利かなくなり、予の視線を避けた。ある宵、予が往年の小城夏太郎の写真を示した時、彼女は巌頭に出会う混血児はこの方に相違ないと答えた。

三月四月が経ち、奈々江の健康が次第に喪われて行った。医師は妻が何かの精神的負担から烈しい憂鬱症《メランコリア》に罹っていると診断したが、彼女は今医師はもちろん、如何《いか》なる人も呼んでくれるなと悃願《こんがん》した。そして嗚呼、今では「彼」が単にI岬のみならず、庭苑や居間にすら現われると呟《つぶや》き始めたのである。

それは眩《まば》いばかりの月明の夜だった。この夜ついに奈々江は病床に斃《たお》れた。彼女は息苦しいから窓を開けてくれと云った。月光が流れるように室内に射し込み、窓辺の無花果の枝影が骸骨のように彼女の全身を這った。

突然彼女は窓外《そうがい》を見遣って叫んだ。それは恐怖と哀恋の不思議に混淆した喘鳴《ぜんめい》であった。

「あの人です、あの人です、あの人が窓から覗いています、無花果の樹に攫《つかま》って！」

予は犇と奈々江の胸を抱き締めた。それが幻覚であることに狂いはなかった。なぜならそこには何者の影も見えず、ただジグザグの黒い枝が空間に浮いているばかりだったから。

すると妻は、突然予の胸に顔を埋《うず》めたまま潸々《さめざめ》と泣き始めた。

「……許して、貴方、どうぞ罪深い私を許して！」

「おおお前は、巌頭の亡霊を差して云うのか？」

奈々江は予の問を肯定するように一層深く予の胸中に面《おもて》を伏せ、長い間身も細る思いで秘め隠し来った心の重荷を一気に吐くと、もうそれ切り死んだように寝台に伏し倒れ、二日三日と、一滴の水も摂《と》らず、昏睡を続けて行ったのである。

奈々江は死んだ。その屍体は依然として無花果の間に安置してある。

しこうして小城の霊は母の乳房を慕う幼児のように家の周囲、庭園の樹陰を彷徨《さまよ》うているのだ。月の夜となれば、奈々江の魂魄を誘き出すように、今宵もまたヴィオロンの幽艶な歔欷《すすりなき》がどこよりともなく流れて来る。

彼奴の亡魂の口説のように予こそ奈々江を喪って、どこに生甲斐を見出し得ようぞ。

のみならず予は、告白すべからざる殺人罪を告白した。今予の机上には、幾包《いくつつみ》かの毒薬が、予の手にて開かれるのを待っている。

おや、何奴《なにやつ》、屋根を歩く者は?……。

手記はぽつんと、ここで途絶えている。

剛情な懺悔者は屋根を歩く者を怖れ、それから間もなく死んだが、毒を飲んだ形跡はないと云う。とすれば、この手記の主題はむしろこれから先にあるべきはずである。読み終った松本君は男爵と同じように「何奴?」と呟やかざるを得なかった。

今宵も月明《つきあかり》である。下弦《かげん》の月が黝々《くろぐろ》とした海面に一個所、宝石のような光の破片をばら撒いている。ベルグソンによれば月光を浴びて睡る者は佳人の夢を見ると云うが、月《ルーナ》は正しく狂気的《ルナティック》なものだと、手記の内容を思いながら、蠱惑《こわく》の風光を瞶《みつ》めていた。

奈々江と呼ぶ都会育ちの夫人は環境の余りの寂寥《せきりょう》の故に、何かの燥鬱症《そううつしょう》に捉われて心身の羸痩《るいそう》と共に、拠り所のない幻影を見たのであろう。貴公子の幻影を見たと云うのは畢竟《ひっきょう》、醜貌《しゅうぼう》無能の夫に対する不満から生れた愛の複合の顕われに相違ない。松本君は無論、幽霊の実在を信ずることはできないのである。

しかし、待てよ。妄想から死に至ったとしては、夫人の悩みは余にも深刻で、「物質的」であり過ぎる。事件は幽霊以上に怖ろしい。陰惨である。孰《いず》れにせよ、男爵を脅やかしていた者の正体を究明すればすべては明白になるであろう。もしや男爵の殺人は未遂に終ったのではないか? 彼が偽悪家であることは手記によって瞭らかである。ともあれ、あの学者番人に訊いたら、さらに深い真実を知ることができるだろう。

松本君は翌朝眼覚めると匆々、再び廃屋《あばらや》を訪れた。

彼は松本君のやって来ることを予期していたらしい。二人は期せずして館の正面に向って歩み出していた。

「男爵は本当に小城と云う人を殺し、その亡霊が愛妻に祟《たた》ったのだと、信じていたのでしょうか？」

すると番人の答えは意外だった。

「殺したと信じていたと？　いや、男爵の殺人は事実です。不審に思うのはもっともですが、小城は一卵性の双生児、夏太郎夏次郎の兄弟だったのです。一卵性と云うのは無論推測ですが、形態的にはもちろん、性格も弱々しい点でよく似ているではありませんか。殺されたのは弟の無頼漢の方で、男爵の誤謬《ごびゅう》は、兄の方を殺したと信じていたことで、いや始めから彼は、二人の小城がこの世に存在するとは知らなかったのです。一切は兄夏太郎の陳述で判りました」

「陳述？」松本君にはこの意味が分らない。

「そうです。家宅侵入罪を犯した者は兄で、彼はその夜晩《おそ》く、挙動不審の廉《かど》で密行の刑事に捕われました」番人は続けた。「コルシカ人は復讐を好むと云います。母は水中で死んだ弟夏次郎の場合がどうしても過死とは思えず、兄に復讐を命じました。その頃兄は肺病がひどくなって、久しく楽壇から遠去《とおざか》っていました。怨恨に燃える母は"Rimbecco《リンベッコ》！　Rimbecco《リンベッコ》！"と云って兄を責める。復讐を督促《とくそく》する罵言《ののしり》です。兄は詮方《せんかた》なく、男爵家の様子を探り始めることになりました」

「が、彼は偶然、巌頭で乗馬姿の奈々江夫人に出会ったわけです。その夫人は間もなく死んだのですが、彼はそれを知らず、せめて片影《へんえい》なりとも垣間見ようと、誘い提琴《バイオリン》を弾いたり邸内をうろついたりしました。逸《はや》る心を抑え難く、無花果を伝って夫人の寝室を覗いて、そこに屍体を発見した彼の驚きは充分想像できます。ところがこの時、男爵が二階の異様な物音に駈け上って行きました。小城が奈々江を瞶めています。月夜でなくても彼の形相は凄じかったでしょう。幽霊と信じたのも無理はありません。弱っていた心臓が麻痺したのです」

「成程」と聴手は肯《うなず》いた。「しかしそれにしても、弟はなぜ兄を装うたのだろう？」

「ふふん。何しろ兄は「有名」だからね」青年の顔に皮肉な笑が漲《みなぎ》った。「つまり、その為に殺されたようなもので、よくあるじゃありませんか、虚栄心で馬鹿を見る奴が」

松本君は慨然たる長大息を洩らし、眼前の驕慢な番人を繁々《しげしげ》と瞶めた。

「それにしても、買手にこんな不吉な話をしてしまって、損ではないかね？」

「どうせ住めば判ることです。後で恨まれるよりはいい」

番人は始めて快活に笑った。

極東

小栗《おぐり》虫太郎《むしたろう》

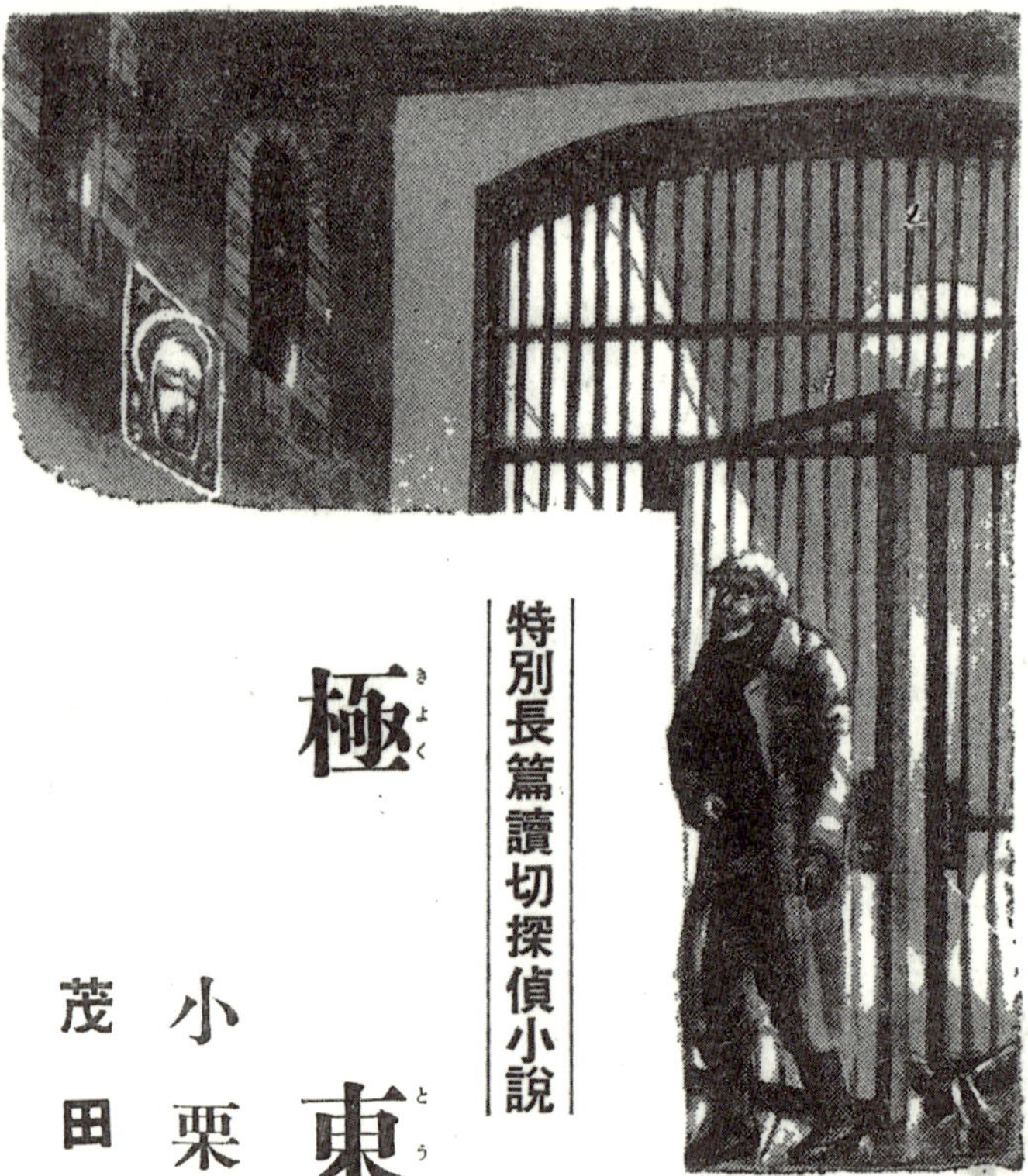

特別長篇讀切探偵小説

極《きよく》東《とう》

小栗虫太郎

茂田井武畫

（一）死の舞踏

きょうも、ネルチンスクは雨――。

朝鍋多四郎《あさなべたしろう》は、そう書いただけでじっと紙を見つめている。日本の、冬ちかいころの萩落《はぎお》ちの雨を、思うにつけじいんと鼻のおくが痛くなる。雨、きょうもネルチンスクは雨だ。

シベリアが、みじかい夏からきゅうに冬へ飛ぶ、九月の、末ちかくには滝《たき》のような雨がふる。そのあいだに、野は花をつけたまま駱駝《らくだ》色に枯れてくる。泥濘《ぬかるみ》が、凍ってかたい泥になり、二輪車《トラク》が、がくりがくりと揺れるのもその季節のころだ。

しかしいま……やがて二重扉《と》をゆすって吹雪が荒れようというころ……北の、森林帯《タイガ》を越えてくる凛《りん》烈《れつ》な風が、吹き枯らすのは自然だけであったか。日本人、極東共和国在留邦人が、ちょうど嵐をまえの病葉《わくらば》のような運命にあった。

前年の、大正十年の九月に撤兵されて以来、それまでの、反動による弾圧もあったが、おもに、忍苦粗食に耐えうる漢人《かんじん》に一蹴された。労せずに、ただ射倖心にあおられていたのが政策のためとなれば、一年後のネルチンスクが寥々《りょうりょう》たるのも無理ではない。

きょうも、最後までのこると豪語した建築屋の野崎《のざき》が、ぼんやりときて故国《くに》へかえるという始末だ。

「おい、まだかね。」

野崎も、待ちかねて業《ごう》が煮えてきたらしい。

「おれに、信用がないなら別の話だが、もしそうでなけりゃ遠慮なしに書くさ。これは、おれ名前の封筒に入れるよ。そして、敦賀《つるが》へ上陸《あが》ったらまっ先にだす。そうすりゃ、誰がなかの手紙がお尋ねものの、朝鍋だと気がつくもんか。」

「ありがたいがね。」

多四郎がペンを置いて、力なさそうにふり向いた。

彼が、放浪六年、結核四年とは、よく口癖にいうがじっさいもそうであった。私大をでて、銀行につとめているうち行金を拐帯し、朝鮮《ちょうせん》から、満洲《まんしゅう》に逃げ四平街《しへいがい》で、女に去られそれからの放浪だ。骨ばって、どこかに熱っぽい性格がみえるけれど、それも、いわゆる偏崎《エキセントリック》で永続性がない。いわば、ぐるぐるまわる風鳥鶏《かざみ》のような男なのである。

「じゃ、どうして書けないんだ?」

野崎の、酒気を帯びた眼がちょっと険しくなって、

「おれが、お前さんを売ったって、五銭にもなりやしねえ。時と場合によりゃ、五厘でも売りかねねえ野郎はたんといるがね。だが、お前さんの苦労は心柄《こころがら》にしろ、親御さんたちが、さぞ案じていなさるだろうと思うと人ごっちゃないんだ」

「わかるよ、それは。だが、駄目なんだ。つまらない、感傷がこびりついてて、どうしても書けないんだ。僕はこれまで、なるべく親のことや故国《くに》のことはわすれようとしていた。いや、事実わすれていたところがいま、便りになるときゅうに駄目になってくるんだ」

そういって、窓硝子《まどガラス》のしずくを見つめている多四郎の頬は、一夏といえずぐんと瘠《こ》けていた。アメリカ救済団《アメリカン・リリーフ・アソシエーション》の施療をうけているとはいえ、シベリアの、気候ときたら死神の鎌だ。

あなたは、帰国するか、転地するかしないと……。医者は、多四郎の過去を知らぬだけにいうが、なあに、あたしは気力でと平気でいる。そういう点では、この病《やまい》では決して死なぬという、不敵な妄執のようなものさえ感じている。

多四郎は、語学にカンがあるだけ、食いはぐれるようなことはなく、さいしょは、ソ連官辺への交渉役から、何々教の、支部を設けたり妓楼《ぎろう》を経営したり、そしていまでは、国境をへだてた張作霖《ちょうさくりん》麾下《きか》の、彭金山《ほうきんざん》に諜報を売ってはわずかながら金を得ている。してみると、彼に志茂沢《しもさわ》十一という同情者がいなければ、とうに、貨車《かしゃ》村あたりで凍死していることだろう。

野崎は、ふとい腕をこまぬいて、憮然と街をながめはじめた。

「ねえ多四さん、この町をこしらえたのは、おれ達だったね。バラックや、丸木の打《ぶ》つけだが、五日に一つだ。そんな早業《はやわざ》が、露助《ろすけ》や支那人《ちゃんころ》にできるもんじゃねえ。野帳場《のちょうば》で、鍛えあげた俺たちでなけりゃ、へん、それだのになんてこった。政策がかわった、役人はそれでいいだろうが、どうおれ達はなる。兵隊さんに、いてもらわねえで、どうなるこった」

この、二区といわれるネルチンスクの下町は、トタン屋根の、ちいさな煙突をつきだした粗製のバラックが、まるで、震災直後の東京のように密集している。それも、雨脚でゆがんだ鏡のように見えるのだ。

くらい、空をうつす鉛色の大雨が、あらゆる輪廓をけし水の壁でへだてている。そのしたを、轆轤《りくろ》と樺の皮をはった幌車がゆくが、どこにもあれほどいた邦人の影はない。

「では、いつ帰るんだね」

多四郎も、くらい眼で気の毒そうに野崎をながめている。かぞえると、じぶんと志茂沢と女郎屋《じょろうや》の「トキワ」のほかに、あとなん人いるだろうと考えられる。

「きょうにするよ。なんでも、ウルガでウンゲルンが暴れているそうで、きっとすぐ負傷兵や猶太人《ジュウ》で乗れなくなるだろうから。だが、多四さんは気を付けるんだね。薪をよく焚いて、暖かにして、十年経ったら大手をふってかえってくるさ。それからワリンカさんによろしく云っといてくれ」

そうして、朽木《くちき》の一かけのように、ぽろりと野崎が去る。多四郎は、野崎がかえると暖《ぬく》もりが消えたように、つめたい湿気にごほんごほんと咳をしはじめた。そこへ、ワリンカがびしょ濡れになってかえってきた。

「帰ってたかね。志茂沢は？」

「いいえ、でも、薪だけはできるだけ、持ってきました。それから、酸酒《クワス》やお砂糖もありましたけど、お留守でしたし……」

「そうか、君は僕に、火酒《ウォトカ》が毒だというのを知ってるだろうが。酸酒が飲みたい、それを君はなん度聴いていたね」

多四郎は、苛つきながら、はげしい眼をぶつける。ワリンカは、薪を置くとしょんぼりとなってあやまった。可哀そうに、薪をかばおうとしてか、半身濡れ鼠《ねずみ》である。

「済みませんでした。どうしようかと思って、迷いましたんですけど」

「気をつけ給え。君がもし、僕に拾われなかったら、どうなっていると思う。貨車村だ。寒さはくるし糖分はない。なにしろ、大勢のことで救済もまわらんからな」

「ええ、あたし、ありがたく思ってますわ」

「ふむ、しかしだ。僕は、恩なんぞ君に着せてやしないよ。僕は君を、この胸でずうっと暖めてやっている。といって、一度も、君に淫《いや》らしいことなど云ったことがあるかね。これはね、僕の仕事なんだ。それも、おおきな純潔な仕事なんだ」

「分ってますわ」

ワリンカは、だるそうにからだを運んで窓際へゆき、仕掛けの、多四郎の頸巻をつくろいはじめた。しかし、その下唇《したくちびる》のしたには紅い線がうかんでいる。顔を伏せて、じっと耐《こら》えしのばねばならないのは、彼女が、多四郎の召使《めしつかい》ではなかったからである。まったくこの娘は、多四郎の家で至極妙な位置を占めている。妻でも、恋人でも友人でもないし、それかといって、雇われたのでも昵懇《じっこん》のものでもない。それには、ワリンカにまつわる悲しい物語をはなし、引いては、多四郎が演ずる偏《エクセントリック》 畸《ジェスチュア》な表情に、読者諸君の疑念をはらいたいと思う。

それは、かぞえると半月ほどまえ、まだ夏の濃い九月はじめのころだった。この町の、一区と二区をつなぐ橋ぎわの通りに、いつもながら古物市《バラホルカ》が賑わっていた。

そこの群衆には、タール臭い羊皮《ようひ》のにおいがする。煉瓦づくりの、支那苦力《クリー》が蒜《にら》のおくびを発散させる。しかし大部分は、窮民たちの持ちだし家財である。湯沸《サチワル》しを、もちだせば生活を捨てたのもおなじなのに……なかには寝台もあれば燭台《しょくだい》もあり、みなシベリア特有の丸パンに代えられるのだ。

そのなかを志茂沢と連れだった多四郎がのぞき歩いているうちに、

「おい、すばらしい娘がいるぜ」

みると、髪をまん中から分けて捲毛《まきげ》にした、顔はさびしいが品のいい娘が立っている。毛皮の、相当手擢れのした外套を手にもって、多数の眼に消えたいような含羞《はにかみ》だ。

「いくらだね。姉さん」

ひとりの、鉱山《やま》関係らしいドイツ人がたずねると、

「ハア、これ、三十金ループルなんですけど」

「二十五、いいだろう。サア、円ではらう」

するとその娘は、金をうけとると両替屋へはいってゆく。二人が、妙な好奇心で横合からのぞくと、その金を、全部二十コペイカの日本製銀貨にかえて出ていった。すると志茂沢が、どうしたことかちょっと迫ったような呼吸《いき》をして、

「あの娘は、死ぬ、いや自殺するんだろうよ、君」

「なぜ、わかるね」

「なぜって君、すぐ冬が来ようというのに、外套を売りはらう。君自身、もし外套がなかったら、どうして冬をしのぐね。貨車にいる、極貧連中でもあれだけは離しゃしない。僕は、あの金がつきたときひょっとしたら、と思うよ」

それから、二人がそっと跡をつけてゆくと、娘は、一区にある人民公園へ入っていった。そして、夜まではなに事もなかったのだが……。

踊り場は、やはり旧慣そのまま同志達《タワリシチ》のなかにもある。宣伝ビラが、やたらに張られているなかにもバンドはあり、客は、みな大露西亜人《おお》めいた鈍重な百姓ばかりだ。みな、あすの糧《かて》をわすれて一瞬をおどり狂う、ここだけが、旧帝政ロシアの一色に塗りつぶされているのだ。

すると、二人がいる近傍に、ひそひそと囁やき声がおこった。

「おい、おれはいまワリンカと踊ったがな。あの娘、コルセットをどうしやがったんだろう」

「売ったのだろう」

「それにしても、さっき踊り場のまえに立って、子供を入れてやってたぜ。十コペイカずつ二百人も入れるなんて、どうもありゃコルセットだけじゃないらしい。寝台でも売ったか、外套かな……」

まい日、ネルチンスクでも二人三人の自殺者がでる。窮民が、そうするときにはかならず晩餐をかざり、最後の一夕をたのしむのだった。それが、ワリンカのうえに、なにかとなく思われてくる。

けれどワリンカは、そのとき旋風のようにおどり狂っていた。

ひとりの男に抱《いだ》かれ、ほかの連中がだんだん止めるなかでも、二人だけは忘れたように踊りつづけている。楽師たちは、この気ちがいのような組に気負って弾きつづけた。客はすべて、二人を見つめ子供は床をふみならし、やがて、二人が止めたとき割れるような拍手がおこった。

けれど、気付いた人たちのあいだには、冷やっとしたものが流れている。だが、まい日無料スープ二千二百のネルチンスクに、この荒廃、窮乏時にたれが救えよう。

(二) ソ連の紅はこべ

その夜、オノン河のつめたい水のなかから、多四郎と志茂沢がおぼれゆくワリンカを救いあげた。そしてすぐ、アメリカ救済団の嘱托医ミハイル・シュミッヒンのもとへはこび、ワリンカは蘇生したのである。

シュミッヒンの家は、運よく戦火をのがれた会堂のそばにある。裏手は、十字架が林立する黒土《くろつち》の墓地、しかしなかは、ネルチンスクにもこんな場所がと思うほど、清潔で、かがやくようにまっ白だ。

翌朝、その部屋にはいつまでも物音がしない。ただひとり、シュミッヒンと思われる五十男が、ねむそうな眼で寝台のワリンカをみている。

シュミッヒンは、頬のだぶだぶした憂鬱そうな顔の男だ。柄は、ふとって小牛ほどあるが、無髯《むぜん》で、象のような人なつこい眼をしている。彼は、人道の戦士、窮民の父だが、その、一皮むいた仮面のしたを知るものは、市の幹部中にもひじょうに少ないことと思う。

すなわち、ミハイル・シュミッヒンには二つの面がある。

G《ゲー》・P《ペー》・U《ウー》の前身、非常委員会《チェーカ》が極東へくるとGospolokrana《ゴスポロクラーナ》となる。しかし彼は、その表面化した一分子ではなく、絶えず糸を引いては網目をつくってゆく、東部オノン分区の事実上の統率者だった。

仁愛の仮面、その、良医といわれる面のしたになにがある。彼は、陰の人としてあかるみへは出ず、日夜、投獄銃殺とつづく恐怖時代の、いとも絶好な指揮者となっているのだ。これには、おそらく誰しも慄《ぞ》っとするにちがいない。医師という、心をゆるしがちなそれだけでも、陋劣《ろうれつ》、危険性においてシュミッヒンをしのぐ、誰がこの世界にいるだろう。しかもいま、ワリンカをみる眼が興味ありげにかがやいている。

一夜の衝撃が、ワリンカを別人のようにやつれさせ、ほそって、眼隈のできたあたりがいたいたしいほど清楚だ。そのうち、ワリンカの眼がすうっとひらかれたのである。

しかしワリンカは、われを疑うようにぐるりを見まわしていたがやがて、顔を手で覆い消えるような声でいった。

「ああ、先生で御座いますのね」

と、それなり、ワリンカの口が動かなくなった。

「死にますか、まだ、死に直そうとするなら、いくらもチャンスはありますよ」

そういって、シュミッヒンは毛布のうえをやさしく叩いた。

「ねえ、ワリンカ・ウラジミーロフ、あなたは、まだまだ死にたいと思いますか？」

ワリンカは、とたんに、なんともいえぬような羞《はずか》しそうな顔をした。困って、枕辺《まくらべ》の花瓶の花をむしる音がする。

「ねえワリンカ、人間って、死んでしまうと何になるんだろうね」

「……」

「神さまって……あなたは信じているだろうが、ほんとうにあるもんだろうか？」

「……」

「それとも、ただ眠るだけでなにもわからない……」

ワリンカは、しばらく蠟のような指で、敷布の端をいじっていたが、

「あたくし、ほんとうは、正直なところ云いきれまいと思うのです。そんなことは、正直なら正直ほど、どっちとも云えないと思うんです」

しかし、シュミッヒンの言葉には、彼らしい綾があった。信教を、禁ぜられているあたらしいロシアにも、まだまだ旧時代の根は錯綜としてふかい。それを、仄めかすか仄めかさないかで、彼にたいする信頼の度合がわかる。

医師シュミッヒン、ネルチンスクの救世主には……誰でも心をゆるし薬籠《やくろう》中のものとなってしまうのだ。

（ふむ、なかなか確りもんだて。あれが、ウラジミーロフの娘だとは知らなかったが、それだけに……小娘、手強いかもしれんぞ）

ワリンカの、父のことが囈言《うわごと》のなかにあらわれた。

在ハルビンの反革命の大本山ネストル僧正一派の使嗾《しそう》によってニコリスクを根城《ねじろ》とするカヴァレフ一味が、ワリンカの父フェヨードルをネルチンスクに潜入させた。ところが捕われて……、ワリンカは街に、フェヨードルは収獄されることになったのである。

バイカル鴉《ガウカ》の森――。ネルチンスクの、北西のほうにあるその名の森のなかに、連日、血のかわく間もない銃殺場がある。ワリンカは、もしや父がとおもい、行かぬ日がないようになった。

曠野は、はてもなく山焼の煙りがなびく。その手前には、樺の矮林《わいりん》が、うずうずと横わっている。この曠原《はら》は、いったいどこではじまってどこで終るのか。ときどき、あああと人声のようなものがする。どきっと、父かと思うと灌木であったり、蒼鷺《あおさぎ》があざけり顔に飛びたつのだ。

そうしてやがて、ワリンカは売るものもなくなった。絶望が、オノン河の水を見つめさせるようになった。

ところが、ワリンカが起きられるころになると多四郎がやってきて、ぜひ彼女を引き取りたいというのだった。これは面白い、シュミッヒンは思わずフフフとほくそ笑んだのである。

多四郎が、国境守備の彭金山軍に諜報をおくっていることは、百にも千にも承知のことだったが、日本人ではあり、なんの虱がとおもえば腹も立たない。ところがいま、そいつとウラジミーロフの娘とが結ばれようとする。あるいはそれで、かくれた反革命分子が引きだされはしまいかと思うと、シュミッヒンはしぜんに微笑まれてくるのだ。

が、多四郎は、間もなく別人のようにかわってしまった。

もともと、多岐変崎《たきへんき》めまぐるしいほどの彼だから、そんな俠気《おとこぎ》は一時の感激性のものだったろう。ひとりの負担が、ひしひし身にこたえてくると、じぶんの表情《ジェスチュア》に、彼も陶酔していられなくなった。飛んだことをした、こんな貧乏で末はどうなるんだろう。あたり散らす。じぶんが、一つの理想のためこんなに苦しむんだと、わいわい喚くのも滑稽とはおもえなくなった。

ワリンカも、ついに去ろうと決心した。

（志茂沢さんが、いてくれたら相談にもなったろう⁉。そして今後も、あのかたとお逢いできるかしら……。いい方、多四郎とはくらべものにならない方だ。あたし、恋をきっととしてるんだと思うわ）

加奈太刃物会社《キャナディアン・ブレード・カムパニー》の出張員である志茂沢は、二月に一度、ベルリンへいってドイツ製の大鎌を仕入れてくる。多分、いま帰路にあるだろうが、その留守中、こっそりと出て別世界へゆくのが、一度とおもうワリンカには去りえぬような悲しみだった。無口で、顎骨《がくこつ》のはった壮年美というようなものを、思うだけでもわくわくっとなる。

そこへ、扉《ドア》がひらいてミハイル・シュミッヒンが、いつもの遅《のろ》ついた動作ではいってきた。

「とおり縋《すが》ったから、ちょっと診ようと思ってね」

「申しわけありません。いつも、お心にかけて頂きまして……」

多四郎は、不機嫌そうな顔をカメレオンのように変えて、ぴょこぴょこ頭をさげながら診察をうける。

「ふむ、わりと恢《い》いがね」

「そうでしょうか」

シュミッヒンの、腹になかをのぞき込めない多四郎は、彼が、この末期《まつご》めと死ぬ日をかぞえているのを、知らない。

「だが、わしが思うたほど、それほどではないな。やはり、この病いには婦人はいかんて」

「ワ、ワリンカですか」

多四郎は、汚らわしいとばかりに、ぴょこんと跳びおきた。

「僕が、ワリンカを引きとったのは、善行に過ぎません。この人とのあいだは、おなじ部屋にいても、まったく純潔なもんです。いや僕は、うっかり関係《わけ》なんかして……、この人と、おなじ水準まで堕落するのがおそろしい」

「ふうむ、立派なもんだ」

声だけで、シュミッヒンの顔はいつもながらの無表情だ。

しかし、多四郎はあきらかに嘘をいっている。まい夜、女のかおりに、いたましいほど焦だつ。われと、じぶんを叱り身を嚙みながら、四肢五体を緊めつける辛辣な力とたたかう。いかん、これだけはいかん。一度で百の療法がけし飛んでしまう。と、日夜の反転がうむあさましい憎悪を、結局うけるのはやはりワリンカだけだ。

すると、そのときシュミッヒンの眼がきらっと光って、

「ときに、ひさしく見えんようだが、志茂澤君は」

「ベルリンへいっとります。間もなく、かえりましょう。きょうも、ワリンカに薪を取りにやりましたが、帰ったような様子はないそうです」

「ふむ」

シュミッヒンは、それなり半眼のまま黙ってしまった。しかし口を撫でながら、窓際のワリンカをちろっちろっとみる。そういうときが、シュミッヒンのいちばん危険な時期《とき》なのである。

（ワリンカ、知ってるか知らんか?!、ゆうべおまえの父が脱獄したのを……）

ワリンカの父フェヨードル・ウラジミーロフが、前夜の零時半から一時半までのあいだに消えている。もともとネルチンスクは、鉱山と徒刑囚獄の町といわれ、その監獄も、「死人の家」時代とはちがい相当整備されている。ただ、戦火を蒙《こうむ》って損傷しただけに、そこだけ、煉瓦積みあるいは木造になっているが、それとて、五人や六人ではとうてい破壊できるものではない。

しかも、どうしてウラジミーロフを脱出させたものか、その径路が全然わからないのだ。

彼の監房は、いわゆる輻射式《ふくしゃしき》監棟の最端にあって、まえが看守の詰所になっている。ところが、巡視の合間の手なぐさみ最中に、とつぜん詰所のあかりが消えんばかりに薄らいできた。

廊下へでると、全房《ぜんぼう》も黄昏《たそ》がれたように消えんとしている。そこで四人は、構内の発電所に故障かとかんがえたそうである。が、そうしているうちに、眩暈《めまい》や不快さがきゅうに強まってきて、意識をうしなってしまったというのだ。

ところがウラジミーロフは、その間に鉄扉《てつひ》の上方にある覗きの桟《さん》を切ってしまった。もちろんその音が、大雨のとどろきに聴えなかったのも察せられる。それから彼は、詰所に入って看守の服装《なり》とかえ、さらに区画棚のところで看守ひとりをうち倒し、悠々とそれなり脱出してしまったのである。

かくて、ウラジミーロフは不敵な脱出をし、あとには、おどろくべき謎がのこされた。

というのは、当時発電所にはなんの故障もなかったそうで、全房の囚人も、口をそろえて灯りに異常がなかったという。すると、看守四人の経験が幻覚かということになるが、妥当な判断は……なに者か、しのび込んできた者が魔酔剤様のものを使ったということだ。けれどこれも、エーテルやクロロホルムなら特異な臭気があり、四人はともかく他の囚人にわからぬ道理はない。といって、監棟への侵入は状態からでも不可能である。

まえの日に、堊土《あど》を塗った壁は艶々《つやつや》として、窓はかたく、しかも監視塔のまっ正面にあたる。とうていこれでは、いわゆる探偵小説の密室どころの騒ぎではなく、神か、隙間洩る風でなければとなるが、しかし現実において、ひとりそれにあたる人物がいる。

それが、ボリス・サヴィンコフである。

この人物が、ソ連の「紅《べに》はこべ」といわれた実在の人である証拠に、一九二三年九月三十日の「ロンドン・タイムス」から、簡略に標題だけを抜いてみよう。

二十八日モスクワ発ロスタ通信として、かの神出鬼没をきわめた反ソヴィエット的兇漢《きょうかん》、有名なボリス・サヴィンコフが国家保安部に逮捕せられた。そして二十三日、最高軍事裁判に付託された旨が報ぜられている。

（なおこれは、大正十三年九月発行の、「外事警察報」第二十七号にも記載されている）

暗殺、収容反革命幹部の国外脱出幇助——

サヴィンコフは、人民の敵として蜘蛛《くも》の巣のなかにありながら、機略縦横、片影《へんえい》さえもとらえさせない。事実、彼をみたものは一人もないのである。わずかに、さいしょのこしたサヴィンコフという名が、そのまま影法師のように使われているだけ……、詮《せん》じつめれば、男か女か国籍がどこかということも、彼をつつむ靄のように茫乎《ぼうこ》としている。

しかしシュミッヒンには、サヴィンコフが誰かおおよその見当がついていた。のみならず、今度のウラジミーロフもその手で……とかんがえている。

（あいつでなければ、誰ができよう。けれど、志茂沢のやつが帰路にあるというのは意外だ。あいつが、サヴィンコフであることには疑う余地もない。それは志茂沢が、ベルリンへ仕入れにゆくとかならずサヴィンコフがあらわれる。周期的に、それが、これまで一度の狂いもないのだ。それでいて、わしがサヴィンコフを志茂沢でないと云えるか）

多四郎の同情者。ワリンカが、ほのかな恋心をよせていた志茂沢十一が……。

けれどいま事実帰路にあるとすれば完全なアリバイである。そしてさらに、シュミッヒンが突きすすみ対立が激化するであろう。

やがて、シュミッヒンは鞄をもって、立ちあがった。

「とにかく、またちょっとの間、薬をのんだがいいと思うね。あとで、ワリンカさんをとりに寄こしなさい」

その機会が、ワリンカにはこの家を去るときだった。彼女は、猫のような摺り足で扉のそばへゆき、一度、ふり向いて多四郎の顔をみたが、さようならとも云えない気がして扉を閉めてしまった。

(三) 魔窟

窮民どもと、銃と剣帯をとれば見分けもつかぬような赤軍の兵士たちが、その日はさすがに街頭に目立っている。しかしそのころ、シュミッヒンはなにをしていたろう。ワリンカが、きたことが通ぜられたにもかかわらず、紙撚《こより》のような、紙きれを見つめたままふり向うともしない。

それは、ウラジミーロフの監房の壁の、漆喰《しっくい》のわれ目のなかに丸まって挟まっていたのである。おそらくこれは、なんらかの指令であろう。脱獄方法か、逃亡径路か――いずれにしろ、字引にもないふしぎな漢字が一字あるのだ。

自鳥牡柱駐木南東一里

つまり、「鳥」と「柱」のあいだにある「豜」の字であって、それは、支那人にみせてもかような字はないというし、全体としても、なんのどこから南東へ一里なのか、鳥豜柱駐木をどう読んでもわからない。しかもその紙には、よく見るとパン屑《くず》がついている。監房へ、これが入った経路はそれでわかるが、依然として、わからないのはその五文字の意味である。

シュミッヒンも、疲れてしまったのかやがてワリンカを呼べといった。

「わたくし、すこしお話ししたいことがありますの。お薬なんか、あとで多四郎がとりに参りますわ」

「ホウ、どうして」

するとワリンカは、これまで多四郎にされたいろいろなことを話し、いまも、この足で二度戻るまいと思って出てきたというのだった。

シュミッヒンは、それを聴くと敏感なものに眼をかがやかせた。この娘、さては父フェヨードルの逃亡先を知っているな。それでなければ、あすの飢餓がわかっていて、誰が出るもんか。

しかし、シュミッヒンは曖《おくび》にもださず、

「だが、それは、これから先の当がないといかんよ。どこかゆく先でもあるのかね」

「いいえ、でも……」

ワリンカは、口ごもってサッと赭《あか》くなった。

「それは、ちょっと妙なとこなんですから」

「ふうむ、どこだね？」

シュミッヒンは、一種の期待から焦《じれ》ついたように待っていた。ワリンカが云わなくなったので、かさねて訊いたほどである。

「どこへゆく。サア、はっきりと云いなさい」

するとワリンカは、手を額《ひたい》にあてて、俯向《うつむ》いてしまった。テーブルが、かすかに揺れているのがわかる。

「わたくし、じつは身を売りたいと思いますの」

「なに、身を売る!?。そりゃ、君、たいへんな感ちがいだよ」

とワリンカは、事柄にも似ず、ひじょうにまじめな声をして訊いた。

「なぜ、わたくしが感ちがいをしているのでしょう。こんなこと、先生の御身分なんかじゃ分りませんわね」

「そんなことはない。ただ、あんたの考えがあまり幼稚だからだよ。このネルチンスクで、売る身があるといっても誰が買うね。みて御覧、辻へたつ娘がどれほどいるか。また、そういう連中を買える男がいるか……」

ワリンカは、だまって暖炉の煨《おき》を見つめている。煙突から、吹き込んでくる雨滴《しずく》にジュッとはぜる音がする。

「駄目だ、そんな考えは子供だってしやしない。辻へでても、腹はすくし客はない。よく朝寝込めば無料スープにもありつけない。マア、ない尽しが関の山だろうな」

「でも、あたくし、あすこならと思いますわ。日本人の、そういう楼《みせ》に「トキワ」というのがありますわね」

「……」

シュミッヒンは、とっさにこの娘、金がいるなと思った。

こいつ、父フェヨードルの隠れ家を知っている。そうでなければ、なにもこの娘にまとまった金はいるまい。いずれ二人で、国外へでも逃亡する気だろうと、ワリンカ――父親――サヴィンコフこと志茂沢十一と、はや一連の糸を手繰りはじめたような気がする。

そうして、保安部委員《コミッサール》中の保安部委員シュミッヒンの腹が、わずか数秒間にきまってしまった。

よし、やらせてみよう。そうしたら、いつか父の隠れ家とのあいだに通信をかわすことがあるだろう――その機会にと、シュミッヒンはたいへんな誤算をしてしまったのである。

ワリンカは、もちろん父の脱獄などはしらない。その金で、もし賄賂《わいろ》がきけば助かる機会がある。悪くいっても、獄中の生活がたいへん楽になるだろう。と、女ひとりのいちばん最後のもので、父を救おうとしたのだった。

「それで、先生にお話しねがえればと存じますの。厭なはなしで……申し兼ねたんですけど、助かりますわ」

「そうか、とにかく話しだけしてみよう。「トキワ」なら、去年お女将《かみ》の胆石病の手術もしたし……」

「トキワ」は、アンペラの蔭に黴毒《ばいどく》がまっている。ひくい仕切りで、区画された部屋はいくつもあるが、女はお志津という年増ひとりしかいない。引き揚げぎわの、ここも冬枯れたような侘しさである。

寝台《ベッド》の、シーツの色も色でなけりゃ、窓かけの、紅金巾《べにかなきん》も焼けきっている。シュミッヒンが、はいったとき鼻を覆ったほど臭いのおまけまである「トキワ」だ。

しかし、こんな景気でと危うんだにもかかわらず、お女将は、故国《くに》へゆけば稼げると見込んだのだろう、結局、ワリンカの無垢を五百金ルーブルで買うことになった。いま、二人は衝立のかげに……シュミッヒンは支那椅子に……お志津はベッドにいぎたなく寝ころんでいる。

「先生、ちかごろはちっとも来てくれないのね。あたしが、診てもらったあくる日だけじゃないの」

「こわいからね。うっかり、君なんぞにかかったら、なにが憑っ付くか!?」

シュミッヒンは、頑吏《がんり》としての清廉のほかにたとえいかなる感情であろうと動ずることない、一種の科学的精神をもっている。しかも、野心は身を害し幻想は職をそこなうと、精励恪勤のほかには一分の私心もない男だ。したがって、独身の彼がたまに「トキワ」へくることがあっても、それは、一種の洗浄に過ぎないのだ。

お志津は、眼をほそめて、二重顎をくっとさせた。

「へん、これでも火のなか水のなかを通ってきたんだよ。とっ付くなら、とうにとっ付いて鼻がなくなってるわ。だけど、もう先生ともじきにお別れね」

「引き揚げかね」

するとお志津は、莨煙《けむ》をながしていた口を、きゅっと閉じて云った。

「ええ、でも私たちは、上の部なんですよ。たいていは、元も子もなくして、やっと帰る始末だわ。先生は、あたしたちを悪いと思います？　そりゃ、儲けりゃ酒をのみ、女を買ったりする――日本人たちも、そりゃわるいと思いますわ。支那人なんかは、まい月遼東《りょうとう》銀行から四五十元ぐらい、送る人が大分いるんですもの。でも……それは枝葉のことです。やはり、元根を枯らしたのは、××××××××××××××××××××××××××」

そのとき、衝立のかげから、お女将の声がする。女郎あがりで、からだ中の水銀が摺《す》れあうような声だ。

「おや、泣いてるね。泣くなんて、どういうわけだい。女は、からだのほか、なにもないんだからね。それも、暮しに困らないで好きというならとにかく、お前さんの、なんかはほんとに立派なものだよ。ねえ、きっといい心がけには楽がくる。こんなところで、ただのスープに五六時間待つよりも、どんなに、日本へいって稼いだほうがいいか知れやしない。先生、これで私がいいとしたら、手を打ちますか」

枯草と、残《のこ》んの花のかおりがこの部屋にも漂っている。ワリンカの、無垢と去りゆこうとす

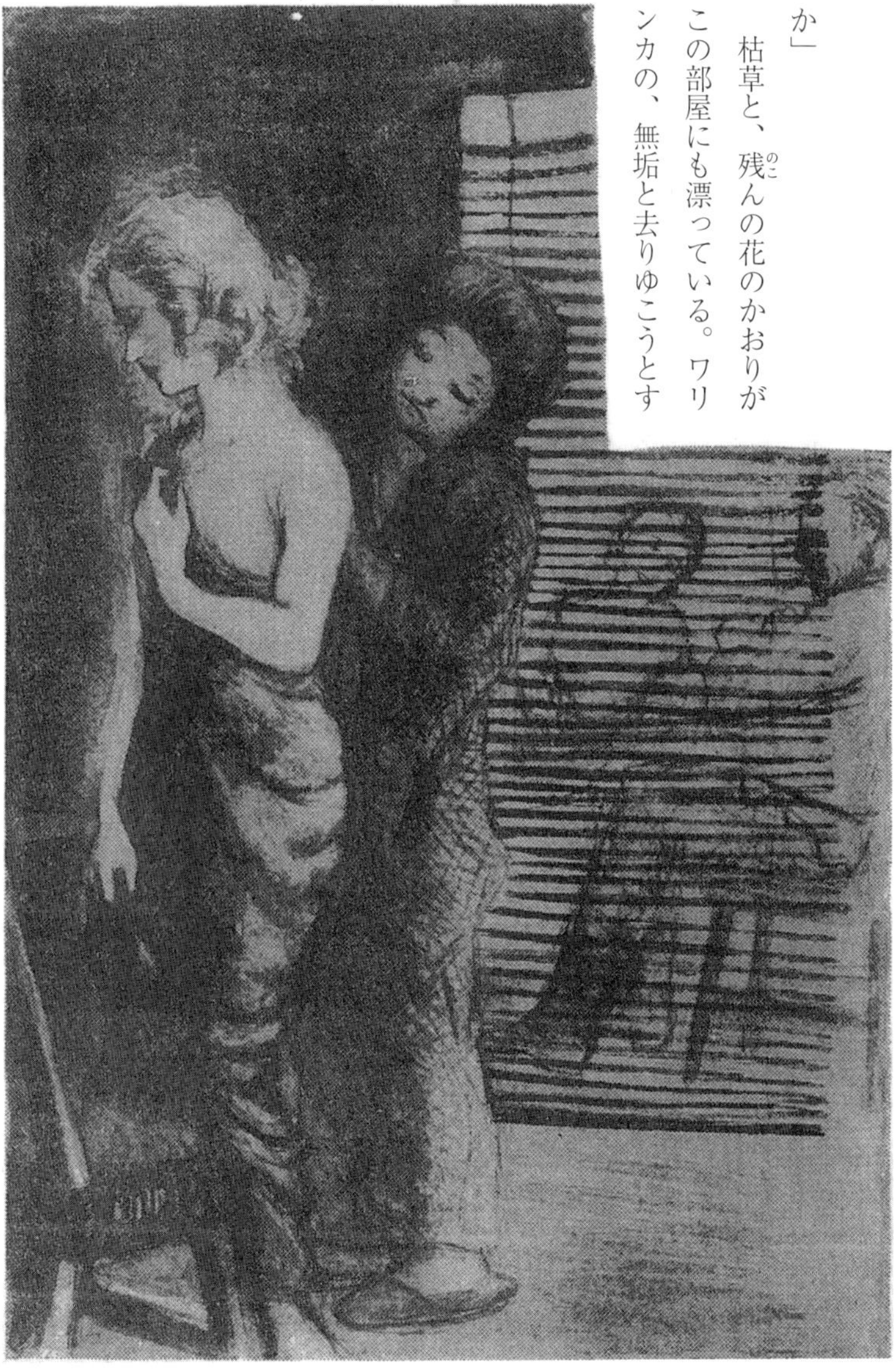

る処女、ちょうど雨に枯れてゆくシベリアのいまのようだ。

するとそのとき、戸口のアンペラのかげから、小女《こおんな》らしい声がした。

「姐さん、志茂沢さんがお眼醒《めざ》めですよ」

「そうお、云っといて。すぐいくからって」

そうしてお志津が、足で遠くへいったスリッパを寄せているうちに、シュミッヒンには、ほんの瞬間ながら飛びあがるような色があらわれた。

「志茂沢君って、ベルリンへ行っているあの人かね……」

「ええ、きのう、朝かえってきたの。それから、浸りつづけなんだから、久しぶりの上客よ。そうお、じゃ云っとくわ。帰るなら、一緒にゆくってね」

それから、凸凹したかたい泥のうえを、ふたりをのせた馬車が、がくりがくりと揺れてゆく。雨は、小降りになって霙《みぞれ》になり、ときどき角灯《かくとう》のあかりを雪片がよぎってゆく。

志茂沢は、いまくらい街をおそろしい敵とともにゆくのだ。

「先生、ワリンカはじぶんをいくらで売りましたね」

「五百金ルーブルだよ。わしも、止めてみたんだが、利かん子でな。それに、もし無理止めをして飛びこまれてもと思ったし……」

「そうですか。あたしは、あの子と暮してもいいと思ってたんですよ。しかし、こうはぐれるのも、定められたことでしょう」

志茂沢には、ワリンカは知らなくても、通わせていたものがあったのである。けれどそれも、シュミッヒンには見抜かれたような眼でうなずかれる。彼は、さも篤実そうな声でいいだした。

「ときに、君に一言御注意しておきたいことがある」

「ああ、なんでしょう。」

「じつは、きょう保安部委員《コミッサール》のラリーン君がきての話しだ。あんたは、多分知らんだろうと思うが、脱獄事件があってね」

「ほう、誰がです」

「いや、それはいえん。しかし、あんたはそれについて、たいへん疑がわれている。ラリーンの手で、とうに家宅捜索も済んでおるそうだ」

いいながら、医師の仮面がずり落ちそうに、疼々《うずうず》となる。もし、志茂沢のからだがぴくっとでもしようものなら、眼のまえの、保安部本部《ゴスポロクラーナ》へ片手をあげてさけぶだろう。しかし志茂沢は、ただかるく驚きの声を洩らしただけである。失望した。だが、二の手、三の手はある……。

馬車は、建物のあかりを尾灯《びとう》のほうへながしながら、オノンの河岸べりを右のほうへと曲っていった。

「だが、いまのことは気にせんでもらいたい。わしのはただ、ラリーンが云ったことの口うつしまでだし、かえって、喋られたら、わしが困ることになる」

「いや、飛んでもない。あなたの御好意に、誰が、いいましょう。だがおどろくのは、保安部委員《コミッサール》の馬鹿だ」

その声は、おどろくと云うよりも、嗤いに近かった。わざと、あげたような度外れたひびきに、暗闇からチカッと銃身がひかる。

「ねえ、僕はこうみえても日本人ですぜ。さらに、加奈太刃物会社《キャナディアン・ブレード》の善良な社員だ。それが、駅からまっすぐに家へかえらないとだけで、あくまで疑ぐりとおすなら、反証をあげてみせる。お志津なら、僕を一昼夜半あまりぶっとおしに証明する。ほかに、お女将もあり出入りしたものもいる。どうです、そいつらに、ポツンポツンと三十分置きくらいにやらせますか」

「いや、ラリーンのいうのは、直接の幇助《ほうじょ》ではないのです」

シュミッヒンは、ほそめに眼をねむるように曇らせる。げんに、あの脱獄には侵入者がある。とはいえ、この男に目しているサヴィンコフでなければ、誰が、あれほどの事をやって退けられるものではない。とにかく、隙をねらいねらい一生かかってもやる！

シュミッヒンは蜘蛛《くも》だ。じっと、網にかかってくる虫を待つような、おそろしい粘着力がある。

「それは、なにか脱獄具を供給したというような……。わしは、ラリーンがそういったように記憶する」

「そりゃ、図星だ」

志茂沢が、意外なことをひじょうに明るい声でさけんだ。

「いかにも、鉄《かな》切りの糸鋸は、僕の社の専売です。なんでしょうな。きっと、パンかなんかのなかへ入れて、符牒の手紙が添えてあったのでしょう。おまけに金をもらった炊事番はその夜のうちに逃げている。定石だ」

そのとおりだ。それも、志茂沢の態度があまりに明っ放《フランク》しなので、占めたと、さけぶよりもぞっと気味悪くなった。シュミッヒンは、いま人民の敵サヴィンコフの間ぢかにいるという、意識に圧倒されかかってきた。

「降り込みますね。どうです。閉めようじゃありませんか」

両側の、幌戸をしめて箱のようになると、志茂沢は、手にした莨《たばこ》の先をじっと見つめながらいうのだ。

「どうです先生。これで僕が、もし真の脱獄幇助者だったとして……おまけにそれが、ボリス・サヴィンコフのような大物だったとして……しかも、声も洩れないようなこういう場所にいるとしたら……そうしたら、この隣りの男をどうお感じになりますね」

「そりゃ、わしは局外者だけに……」

「だが、もし先生が保安部委員《コミッサール》だとしたら……」

「そのとき……」

跳びかかると、出ようとしたのをぐっと抑えて声をのんだ。危険が……いま瞬後にあるような気がする。相手の指が、いまにもじぶんの首にからみ付いてきそうな、しかし、そうなっても悲しいことに若さがない。

シュミッヒンは、ますます頬をたるませ、押し隠そうといきんでいる。

馬車は、闇と雨のなかを河岸に沿うてはしっていた。氾濫して、歩道にひくい波頭《なみがしら》をたてている、馬車は、浅瀬にはいってぐいと傾いた。とたんに、雨が斜めにみえのしかかるような体重に、はっとなったとき、轍《わだち》はもとに復して砂礫《されき》の音をたてはじめる。

シュミッヒンは、その一度で滴るような汗になった。思わず、しぼり出すような腹の底からの声で

「おお保安部委員《コミッサール》……!?。わしは大の嫌いだ。」

と、さけんだ。

志茂沢は、暢気そうに揺れに調子をとりながら

「そうでしょう。いまに保安部委員の連中は、殺しあうでしょうから……。眼先の利いたのが、ひとりでも出れば密告を利用しますね。それまで、白い連中にだったのを、仲間に向けます。赤軍は、司令官のヤーゼンをやれば、統率がなくなる。あとは、保安部委員《コミッサール》たちを疑わせあって倒してしまう。人間が、右や左を偸《ぬす》み見るようになったら、もう駄目です。最後は、なにもしないでも自若としている者が勝つ……」

といいかけて、志茂沢は闇をすかし見ていたが、

「ああ、お宅のまえへ来ましたね。では先生、御好意を感謝してお別れしましょう」

馬車の尾灯が消えてしまっても、シュミッヒンは、われをわすれてずぶ濡れのまま突っ立っていた。

剛気な彼が、これほど惨めにじぶんを思ったことがあったか。波に、自由をうばわれたように思うさま弄《もてあそ》ばれ、サヴィンコフ、もしサヴィンコフでないならおれを竦《すく》める鬼気はないはずだ。

が、そのあいだにも、最後は志茂沢がいって中途になった、あの続きを聴きたいような衝動もおこる。けれどまた、それが彼の忿怒《ふんぬ》を倍増してくるのだ。これまで、誰の影響も一度もうけたことのないおれが——と思うと、口惜しさがつのり思わず悪魔のように、歯をむきだして口に雨をうけ、かたわらの十字架をピシリと杖でうつのだった。

（四）人は死に……版図《はんと》はうまれる

一雪あって、いよいよ湿り気がとれ粉雪が吹雪こうとするころ、ワリンカは、その十日あまりを夢のようにおくってしまった。志茂沢とは、一つに密着《つ》いてしまったように離れなくなった。ワリンカが、かえってここまで堕ちこんでしまったことが、二人のあいだを急速に進めてしまったのだ。

「お帰んなさいよ」

志茂沢が、ワリンカが出ていったので誰が来たかと思うと、入口のほうで多四郎の声がした。

「ワリンカ、僕は、君を、どれだけ捜していたかしれない。帰ろう。君は僕の手で幸福になれるんだ」

「ああ、もう沢山だわ」

「僕は、君に真剣なきもちで詫びている。悪かったと、このとおりあやまる。さあ、僕をゆるして、一緒にかえっておくれ」

そのとき、お女将の声が横合から飛びでてきた。すると、志茂沢の耳をふいに打ったものがある。多四郎が、小新聞をやってたところの主筆衛城《えいじょう》という、いまでは聴いてさえクスンとなるような名だ。

「おいおい衛城先生、お前さんが、新聞をやってたころは相当こづかれたもんね。その、いま仕返しというわけじゃないよ。だけど、ただで抱えに逢われたら、あたしが干上っちまう。出しておくれよ。お前さんなら、馴染みのこったし半枚でいいからね。おや、ないの、そうお。じゃ、この子はお預りしときますよ」

多四郎と、お女将が押問答をしているころ、シュミッヒンは、支那人をつかってやっとあの文字を解くことができた。それは、摺り合せ《ムーヴァル・スライス》という暗号の一方法で、一部分の、扁とつくりを上下にずらせるのである。

すると、自鳥犴柱駐木南東一里——とあったのが、自鴉杜駐柱南東一里——となって解かれた。

すなわち、鴉《からす》の杜《もり》——町の北西ほうにある刑場のバイカル鴉《ガウカ》の森の、駐柱、馬つなぎの木から南東へ一里というのだ。それも、六町一里の支那里の意味だろう、はたしてそこには、いまは誰もいない枕木番人の小屋があった。シュミッヒンは、それを知るとともにさっそく手配して、小屋にちかづくものを根《こん》かぎりねらいはじめたのである。

（くるかな。漢字を使うのだからハルビンの一派だろう。それなら、ウラジミーロフとの関係でもわかる。志茂澤も、日本人のことだし、こいつも無理ではない。さあ、いよいよサヴィンコフ殿に、拝顔できるとなるか）

シュミッヒンの期待はますますその間におこった一事件によって、煽られていった。それは、給与の不足から赤軍が不穏になりそのため、弾薬を手控えたので、銃殺ができなくなった。止むなく、バイカル鴉の森に絞首台をもうけたが、毎夜、その絞め綱を切りとってゆく人物がある。

ところがそのころ、まだら雪を踏まぬように樹間の闇をよりながら、ひとりの、襟をたてた女が森の端れにあらわれた。それは小屋にでなく、いわゆるバイカル鴉《ガウカ》の森の絞首台のしたであった。

「よう、今晩は、女同志……」

髯むじゃで、付け眉毛したようなもの凄い形相で、一人がハンドルをまわし二人が機械にあて、あすの用意の撚り綱をしている。したたる汗、泣きさしむ綱。口からは、お仕着らしい火酒《ウォッカ》がしたたり落ちている。

「よう、女同志、これお女房さんたちよ。このとおり、どれもこれもみんな手が離せねえんだ。いちばん、連邦のためだ、グイと口へ注いでくんな」

月明に、濃く枠の影を雪のうえにひいているが、焚火《たきび》に、この三人は鬼のような顔だ。

「オヤ、御精が出るわね」

女は、臆す色もなくすぐ壜をぬいて、撚り手の口にどんどん注ぎこんでやった。

「ちかごろ、この綱がときどき切られるそうじゃないの。まるで、サヴィンコフでもやりそうなこったね」

「これ女同志、滅多なことを云うものではねえぞ。わしらでせえ、あいつは魔物じゃねえかと思ってるくらいだ」

「でも、お前さんたち、もしかして、サヴィンコフが女だったら……」

「そうなったら抱き締めて、大勢で、スカートをズタズタにしてやるがなあ」

と、その瞬間、まわし手の咽喉《のど》にさけぶとも、つまるともつかぬ異様な音がした。みると、女の片手が撚り機の車にかかり、頬をふくらませ満面に朱をそそいでも、四人の男には廻すことができなくなった。

「ねえお前さんたち、きっとサヴィンコフのは、鋼《はがね》のスカートかも知れないよ。なにさ、もっと男の癖に、しゃんと景気をおつけなね」

「お、お、お、女同志……」

ちょうど、白昼幽霊をみた、それのようであった。脊筋を、悪寒のようなものが、ぞっとはしり過ぎ、男たちは一足一足後退りをはじめた。あかく、火影《ほかげ》をうけて燃えるような雪がしだいに両者の間隔を離してゆく。と、女の手にキラッとなにか光り、せっかく撚りをはらんとする絞め綱が、見事ズダズダに切られてしまった。

「タ、タ、同志《タワリシチ》、サヴィンコフだあ！」

一同が、算《さん》をみだして森のなかへ駈け込んだとき、あちこちの、まだらの雪を踏んで多数の人影がうかびあがった。この女が、もしも名だたるサヴィンコフとすれば、保安部委員《コミッサール》シュミッヒンの予想が的中したわけである。やがて女はじりじりと追いつめられ、小屋のなかに飛び込んだ。

（占めた）

そして、袋の口が、きゅっと閉められる――となれば、まさにシュミッヒンの待ちもうけた壺であるが、事実は決してそうはいかなかった。

小屋にいる、兵士どもがいっせいに喚いている。眼がみえない、足がふらふらしてうち倒れたものもいる。ただ、女にしがみ付いたらしいひとりの兵士が、外套だけをおさえて床にころがっていた。女は……窓をあけ、そこから逃げてしまったらしい。

けれどこのときも、外套のなかからふたたび発見があった。それは、まえとおなじく符牒の紙きれで、

それには、

韋諴圾住似依方三夕不得接令――とある。

しかし今度は、まえの筆法ですらすらと解読された。

つまり、衛城似住似旅三夕不得接令――となるのだ。衛城、それはすなわち多四郎の雅号《がごう》である。つまり、彼がいるかいないかその点が分らず、こうして三日のあいだ命令をうけないでいる――という意味だ。

多四郎、意外な人、意外な名である。けれどそこには、じつに運命ともいう岐路《えだみち》が一つあった。

その衛城を、シュミッヒンにやとわれた支那人がなんと読んだかというに、やはり北京語《ペキンご》の発音どおりヤーゼンだった。赤軍の、東部オノン区司令官アブラモウィッチ・ヤーゼン。ついに、シュミッヒンの眼が、その名を射止めてしまったのである。

（あの人、あのヤーゼンが……）

彼は、赤軍に手をつけるとは容易なことではないので、しばらく、惑っていたが結局ゆく道は一つだ。鉄の、彼の意志にもひとの弱さはある。清廉、なんの私心も野心もなかった彼が、志茂沢に、馬車のなかであの話を聞いて以来、おれが、なんの志茂沢ごときの影響をと力むが、かえって、それだけに食い入る力がつよくなる。

そしていま、彼は危険な賽をもてあそぶ賭博者になっている。あさましい、ただ権力への渇望に燃える、鬼。

そうなると、彼がかわると同時に、赤軍もかわる。ヤーゼンの死後、疑心暗鬼にまかせ底知れなくなった粛清は、やがて軍の幹部を次々へ倒していった。しまいには、中隊の指揮者にも事欠くようになり、逃亡者は次ぎ、はっと思ったとき、あたりの村落からは蜂のように白軍が立ちあがってくる。

そこでいよいよ、シュミッヒンも最後的な決意をかためた。ネルチンスクを芯に、円をえがいている白軍の蜂起線は、なにかこの町にいて策動するもののある証拠だ。それには一にも志茂沢、二にもそうだが、かんじんの、彼をおさえるには証拠がない。そこで、志茂沢にちかい多四郎をだまして、まったく淡いながらなんらかをつかもうとしたのである。

「他《ほか》じゃないが、近ごろ、獣医器材の購入がひじょうに高くついている。わしはこれに、賄賂が当然あるものと睨んでおる。ところで、きょう志茂沢君から参考に訊こうと思ったのだが、あいにく、あの人はボログナへいって留守だ。ねえ君、なにか置いていった商用書類でもあるかね」

「ありませんね。ただ、九月のはじめころだったでしょう、僕に、木精《メチール》を買いにやらせた受取りがあるきりです」

「そうか」

とたんに、シュミッヒンの呼吸《いき》が、荒々しくなってきた。それはちょうど、獲物をふくろ路に追いこんで爪をとぐような、なまぐさい、野獣のようなにおいだ。

（分った。小屋で、兵士どものんだ酒には、木精がまじっていた。またそれは、看守の詰所の壁にもあったのだろう。あれが、かわきに混っていなければ、あんな現象はおこらない。あの日は、はじめての煖炉で熱せられてくる。蒸発が、多量になるから当然中毒する。暗くなる、眩暈がしてしまいには倒れる。とにかく、当時の請負人から芋蔓的《いもづるてき》にたどってみることだ）

と思うと、診察もなかばにそこそこと立ちあがる。多四郎は、ちょっと不安になり怯々《おずおず》と訊いた。

「先生、いかがでしょうか」

「もう、僕は君に用はあるまい。さあ、君が呼ぶのは坊主だ」

多四郎は、一度は聴きちがいかと思って、ずかずかと進みでた。そのまま、声を出さなければ、身動きもしない。ただじっと、シュミッヒンの冷酷な顔を見つめていたが、

「先生、それじゃあまり悲度《ひど》いじゃありませんか」

「悲度い!?　では、どうしろというんだ。わしは、ただ事実をいったまでのことだよ」

それから、しばらくのあいだ多四郎は鏡をみていた。死にかけた、わずかなうすい皮が骨のうえにかむっている、多四郎はおそろしい顔をながめていた。死ぬ、それは止めようにも力以上のことである。そうなれば、すべてを破壊しておれだけが残ろう。それも、歴史の一行に名をとめる人となってのころう。

サヴィンコフ、サヴィンコフになっておれは死のう。そして、ワリンカをうばった、多四郎は殺してやる。

その夜、もう暁がたちかいころだった。多四郎は志茂沢の寝込みをおそって心臓をつらぬき、かえり

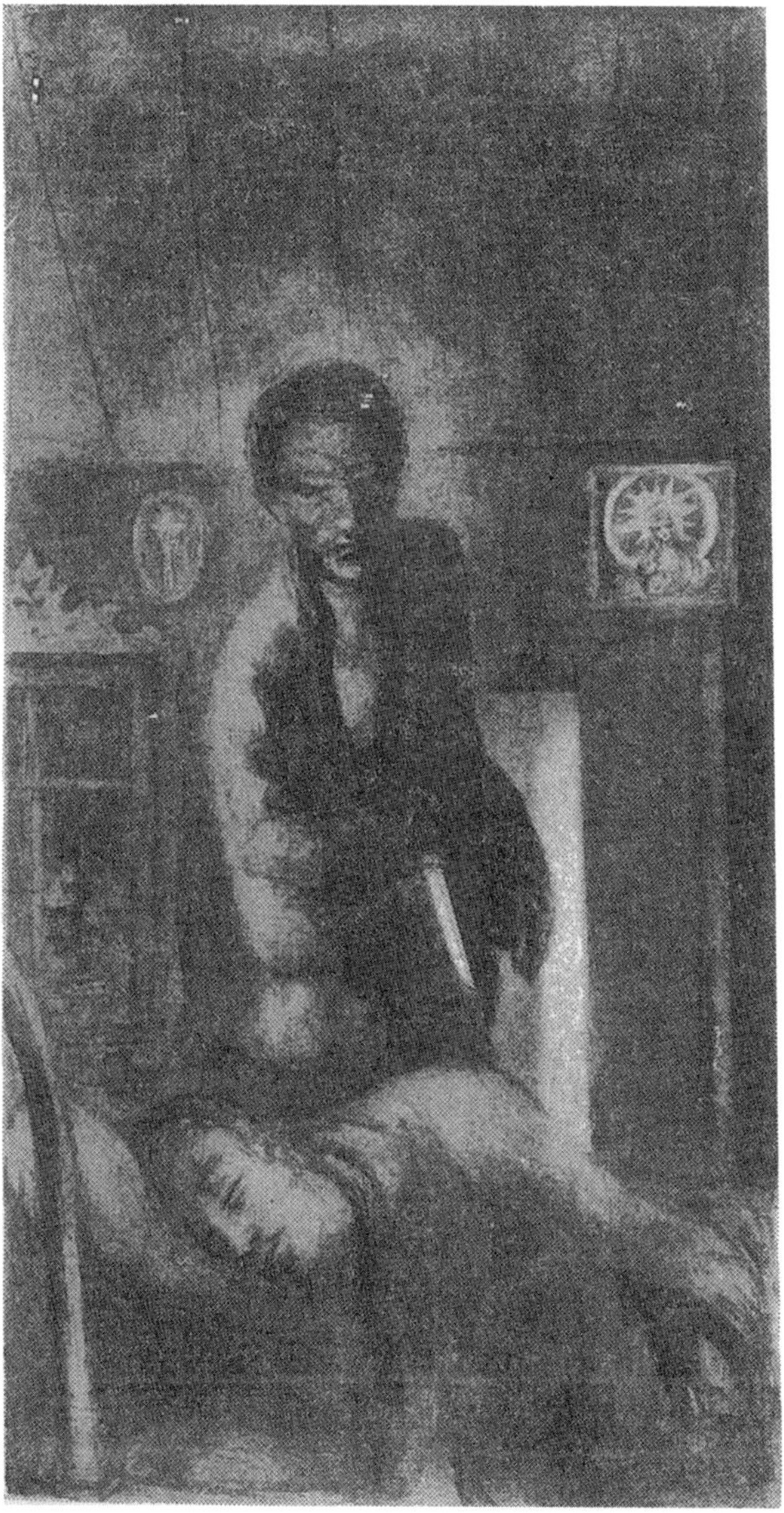

血を、あびた手で、卓上の日記を繰って、彼は、いまなに者を待っているのか。夜明けをまって、サヴィンコフと名乗り、保安部本部《ゴスポロクローナ》へ自首する。

しかし、志茂沢の日記のいちばん最後のページ、すなわち、まえの日の欄に次のような記載がある。

——あしたは、「トキワ」の人たちもともに、故国へかえる。ワリンカにも、ワリンカの父にも安住させることは、夫として、子としての当然義務だろう。それにしても、あの外套の紙をシュミッヒンはみたかしら。多四郎という、阿呆もつかいどころで役に立つものだ。あれで、あたしをサヴィンコフと思うシュミッヒンの疑惑はとける。しかし、あの脱獄は飽くまでおれの仕業だ。

多四郎が、そうして嫌疑をうけて銃殺にでも逢えば、おれが、反証をあげて紛争をおこさせる。死所だ、阿呆にはもったいない死所だ。おれは、ボロボロ欠けてゆく同胞を黙視できない。

そして最後に、
人は死に……版図はひろがる——と書いてあった。

髑髏笛《どくろぶえ》

桜田十九郎《さくらだとくろう》

回教法典《コーラン》の掟に縛られた悲しき恋、しかし土人《どじん》から「セニョール白刃《ラ・スパタ》」の異名をとった日本人《ハポネーゼ》キノシタは怯まなかった。恐しき新月《ヒラール》部落における髑髏笛の妖しき音！新人快作を提げて登場。

囚人の群

メリラの回教礼拝堂《マスジド》に近い土人市場《スク》の前で、百に余るリフ土人の囚人の群が、外人部隊の兵に護送されて行くのに衝突《ぶつか》ると、木下《きのした》は通りかかりの足を休めて眼を瞠《みは》った。元来が暢気な男なので、普断は滅多にむつかしい顔をしないのが特徴だったし、現に今が今まで尾羽打ち枯らした浪人者の境涯もケロリと忘れ、気楽なジャズを唇《くちびる》に乗せながら、街から街を彷徨《うろつ》いていたのだが、

囚人の行列には流石《さすが》に胸を衝かれて腕を組み、

彫の深い男ら

しい顔を哀愁に曇らして、張りのいい眼に暗澹たる色を浮べていた。

囚人達は、劇しい労役の帰途であろう。膏汗《あぶらあせ》と埃《ほこり》に塗《まみ》れたどの面《おもて》も、極度の苦痛と疲労とで精根も尽き果てたかのように生色がなく、鳶色《とびいろ》の土人服《ズェラバ》に鉄の首枷と手枷を嵌め、足にはみな鉄鎖を重々しく引摺っていた。石敷道を鳴らす鉄鎖の響も物哀しく、モロッコの夕陽が地上に投げる影法師も痛々しかった。

街の両側には足を停めた通行人、家の中から飛出して来た土人などが並んでいた。囚人達は時々、それら同国人の顔から顔へ弱々しい視線を送った。まるで屠所《としょ》へ曳かれ行く羊のような眼の色で見る者に熱い涙を誘わずには措《お》かなかったが、傍観者は哀れな同国人へ救助の手を差し延べることはおろか、同情の言葉一つかけることもできなかった。

だが木下は、四辺《あたり》の土人の眼に、悲惨な同胞に送る哀愍《あいみん》の情と、無慈悲な圧制者に注ぐ悲憤の色が、烈々たる焔《ほのお》のように燃え盛っているのを見てとった。あれもリフ土人、これもリフ土人と思えば、周囲の土人の胸中に奔騰《ほんとう》する血の流れの音が聞えるような気もした。

「歩きやがれ《ハルラーア》ッ！」

唐突に鋭い罵声が聞えた。それは人間に向って使うべき言葉ではなく、アラビア驢馬《ろば》を駆使する掛声だった。

声の主は白服の将校で、手の鉄鞭を一人の老いた囚人の背へ鋭く飛ばしていた。囚人はヒイヒイと声を立てて泣き喚きながら、必死に歩こうと焦っていたが、重い足が鉄鎖に自由を奪われて、膝がガクンと折れたと見る間に、痩せた躯《からだ》を朽木のように石敷道へ投げ出した。

「畜生ッ！」

将校は口汚い怒罵と一緒に、鉄の鞭を情け容赦もなく老囚人の背へ飛ばした。老囚人は懸命の勇《ゆう》を揮って立上ろうとしたが、やっと片膝を地上に起したのが精一杯の努力で、やがて平蜘蛛《ひらぐも》のように地上へ匍《は》ってしまった。

「彼奴《きゃつ》に回教《アラー》の神の呪いあれ！」

ふと木下の耳に呟きが聞えた。振向いてみると、眼光の鋭い、三十歳ぐらいの土人の乞食が唇をキュッと嚙みしめていた。

「起きろッ！」

将校は狂人のように怒号して、続けざまに鉄の鞭を空に鳴らした。大波のように揺れていた老囚人の肩から、次第に力が抜けて行った。鞭が土人服の次に皮肉を破り、柘榴《ざくろ》のように口を開いた筋肉から血が飛沫《しぶ》く頃には微動《みじろぎ》もしなくなった。それでも乱打は続いた。

街は死のような沈黙と化した。囚人の行列は無論停止し、街の人々も石のように動かなかった。

だが次の瞬間、街の人々をどえらい興奮が襲った。

「おい！　可哀想じゃないか！　やめろ！」

群衆を掻きわけて将校の前へ進み出た一人の異邦人が、凜然とそう言い放った。

木下だった。

ゴメズ大尉

不意の出来事に一ばん吃驚《びっくり》したのは、どこの誰よりも将校自身だった。鞭の手を休めて振返った彼の顔には、あり得べからざるものに接する人のような疑惑が濃く浮んでいた。

「なんだ貴様！　キノシータじゃないか！」

「久しぶりだったな、ゴメズ！」

三年前、スペイン領モロッコ駐屯の外人部隊で共に少尉だった二人の男は、薄暮の色に包まれた街頭で睨み合った。そのどちらにも旧友をなつかしむ親愛の情はなく、仇敵を見るかのような憎悪が二人の面上《めんじょう》に溢れていた。

木下は昔からゴメズが嫌いだった。日本人を白人より劣等な民族と頭から見下す傲慢無礼、いかにも英国型らしい端麗さの中で冷く光る眼の色、普断は取り済まして人道主義だの人類愛だのを振り撒く癖に、いざとなるとどんな残忍非道な真似でも思いきってやってのける似而非《えせ》紳士道、殊勝な仮面の下にあらゆる偽善と悪徳を秘めている陰険な性格――土人達が厄病神のように怖れ戦《おのの》くこの男を、木下は別の意味から憎んでいた。

「貴様、いま俺に何といったのだ？」

「可哀想だから、鉄の鞭を勘弁してやれといったんだ」

「何の権利で?」

「権利? ゴメズ。こいつは権利の問題じゃない。貴様の十八番の人道主義の問題だ」

「黙れッ!」

ゴメズは大喝《だいかつ》して、憎々しげに木下を睨んだ。リフ土人の討伐戦で、銃丸《じゅうがん》に下半分《しも》もぎ取られた右耳まで真ッ赤に染っていた。

「地獄野郎めッ! 時と場合と、手前の身分を考えろッ! これが判らぬかッ!」

ゴメズが傲然と肩章を叩いた。

マドリッドに赤色政権が樹立されると同時に、日本人の木下は未練気もなく職を抛《なげう》ったが、英人《えいじん》のゴメズは勤続して今日に到った。昇進の跡を肩章で見ろというのだろうか。素浪人の貴様とは身分違いだとでも言う積りなのだろうか? 木下はじろりと一瞥《いちべつ》を投げたが、いささかも動揺の色はなかった。

「ゴメズ大尉。圧迫と暴力だけが支配者の執るべき政策でもあるまい。囚人はよぼよぼの老人だ。許してやれ。ゴメズ大尉ともあろう者が、大人気《おとなげ》ない話ではないか!」

「貴様、まだ吐かすかッ!」

声より先に鉄の鞭が唸って木下の左頰へ飛んだ。熱鉄を浴びたような痛さが全身を駈け抜けた。思わず押えた手に、ぬらぬらと粘ッこいものが触れた。

土人の乞食

なんたる無法！　まさかと思った油断から不意撃《ふいうち》を喰った木下は、カッと眼を剝いた。

「ゴメズ。それが俺の忠告に酬《むく》いる挨拶か」

「まだ不服なら、しょッ引いて行って、納得の行くまで御馳走してやろうか！」

鞭を持つゴメズの右手が再び動いた。と、電光石火のように鉄鞭の下を潜《くぐ》った木下が、砲弾のように飛込んで行ったと見る間に、足払いの早業《はやわざ》が一瞬間に見事きまって、ゴメズの大きな図体は他愛《たあい》もなく地響《じひびき》うって大地へ転がった。

観衆の全部は、呼吸も忘れたように凝視《ぎょうし》していたが、このとき期せずしてドッと歓声をあげた。長く鬱積していた溜飲が一ぺんに下りたように、歓喜と感謝の迸《ほとばし》りだった。

滑稽なのは兵達で、彼らは始めから、まるで狐《きつね》に憑《つま》れたように眺めていたが、隊長が投げ出されても指一本動かそうとしなかった。観衆の中から囁《ささや》きが起った。

「平常《ふだん》が平常だからな！」

ゴメズの鉄の鞭を奪取した木下は、阿修羅《あしゅら》のようにゴメズの背中へ振下ろした。観衆の中の剽軽者《ひょうきんもの》が、

「一《ウノ》つ、二《ドス》つ、三《トレス》つ、四《クアトロ》つ、五《スインコ》つ……」

と勘定し始めた。群衆の背に隠れて拍手した者もあった。剽軽者が十五《クィンセ》まで数えたとき、

「旦那《セニョール》、潮時が肝腎です。早いとこ、お引取りなさい！」

と木下の耳許で囁く声があった。ちらと見ると先刻、老囚人を乱打するゴメズに、

「彼奴《あいつ》に回教《アラー》の神の呪いあれ！」

という呪詛を送った土人乞食だった。

成程《なるほど》と気づくと、木下は靴を飛ばしてゴメズの背中を蹴ったのを最後に、水すましの如く群衆の中を駈け抜けて、土人市場の横露地へ姿を消した。

群衆は彼の後ろ姿を見送ると、次に視線を地上に横たわるゴメズと老囚人に移し、それから夕空高く聳ゆる回教礼拝堂《マスジド》の光塔《マナーラ》を振り仰いだ。その尖端には、聖なる新月章《ヒラール》が夕陽を吸って黄金いろに輝いていた。

「偉大なる神様《アラーアクバル》！　あの日本人は神様《アラー》の息子でございましょうか？」

「神様《アラー》！　ありがとうございます《ハムズクラー》。ありがとうございます！　あれは三年前、物凄くよく切れる日本《ハポン》の偃月刀《ダガス》を水車のように振廻すところから、外人部隊でセニョール白刃《ラ・スパタ》の異名を取ったお方でございます。神様《アラー》はあの方を、われわれリフ土人の味方に、この地上へお送りくださったのでございましょうか？」

髭の中でそう呟いた老人達は、やがて左手で額《ひたい》と唇に礼儀的に触れ、光塔《マナーラ》の新月章《ヒラール》に心からなる礼拝を送った。

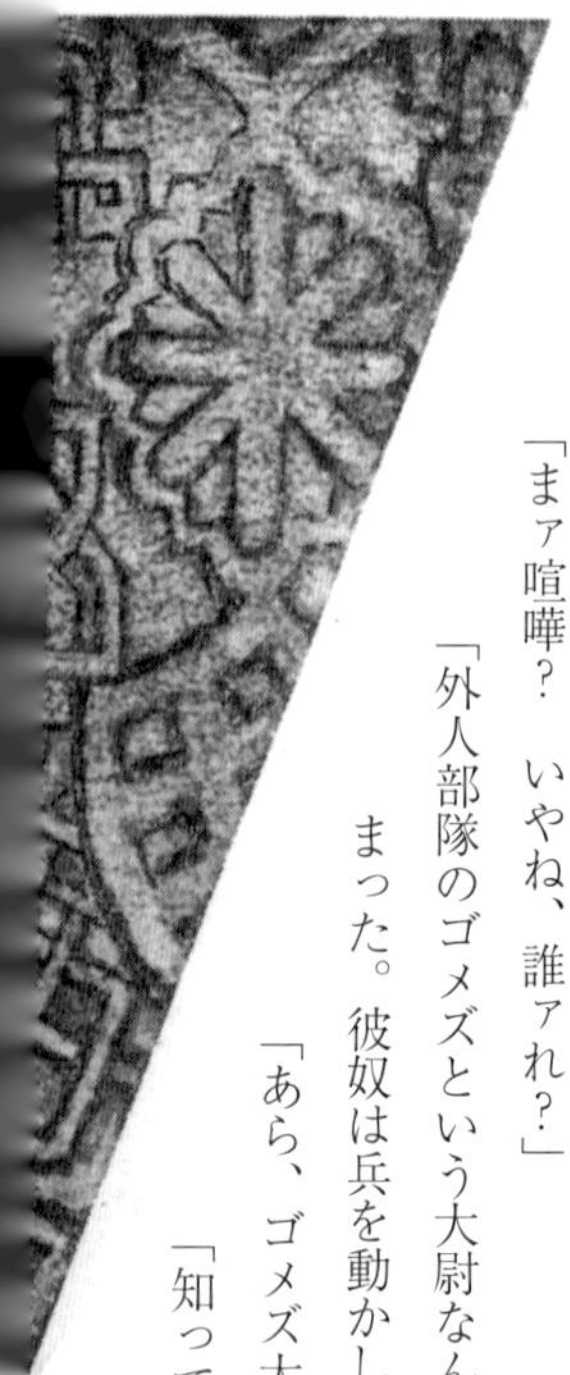

ミチリナ

どこをどう走ったか、まるッきり覚えがなかった。ミチリナ！　ミチリナ！　熱病やみのようにそう言いつづけながらミチリナの部屋へ風のように飛び込んで、そこで始めて木下はホッと熱い吐息をした。

「まァ！　キノシータ。どうなすったの?」

夕食後の一と刻を軽い読書に過していたミチリナは、顔色を変えて立上ると、木下を椅子に坐らせて、頬の血を半巾《ハンカチ》で拭った。

「ミチリナ。僕はすぐ軀を隠さねばならない。しばしのお別れを述べに来たのだ。何しろ喧嘩《けんか》の相手が不味《まず》かった」

「まァ喧嘩？　いやね、誰ァれ?」

「外人部隊のゴメズという大尉なんだ。僕は駐屯軍のお尋ね者になってしまった。彼奴は兵を動かして僕を追跡するだろう」

「あら、ゴメズ大尉?」

「知ってる?」

「ええ、名前だけ」

ミチリナの美しい瞳に微妙な光が交錯したが、木下はその意味を捕捉することができなかった。そんな暇もなかった。

彼は手短かに顚末を物語って慌《あわただ》しく立上った。

「まァ、すぐにいらっしゃるの？　どこへ？」

「答えようがない。鼻の向いた方と言おう」

「キノシータ！　あなた、きっとあたしのところへ帰って来てくださるわね？」

　ミチリナの眼に、涙が浮かんだ。小麦いろの豊頰《ほうきょう》、品のいい鼻、おらんだ苺《いちご》のような唇、真珠のような歯ならび――純情可憐の愛人に自分の軽挙から嘆《なげ》きを見せたと思うと、木下の胸を一抹の悔恨が掠め去った。

「神の御名《ビスミラー》に賭けて！　せいぜい半歳、長くて一年だ。心配しなくてもいいんだよ」

「ええ、あたし心配しません。だって、あたし、このまま永劫の別れになりそうな気はちっともしないんですもの」

　涙を湛えた眼でミチリナが笑った。悲しさを隠す寂しい笑いだった。天にも地にもたった一人ぽっち、身寄のうすい彼女を召使いの土人共に委せて去る木下の心の中でも、悲しみが渦巻いて流れた。

　黒檀《こくたん》の卓子《テーブル》と椅子、チークの本箱と化粧簞笥《だんす》、大きなピアノ、臙脂《えんじ》の窓掛、鳶色《とびいろ》の絨毯《じゅうたん》――一つ一つに思い出の籠《こも》る室《しつ》の調度を、木下は始めて見るように貪《むさぼ》り眺めた。いつの日に再び見ることができるかと考えると、何度見ても見たりないような感傷に溺れるのだった。

「最後に一つ頼みがある。僕はもう、世話になったアキスコ夫人に別辞《わかれ》を述べる暇さえない。ミチリナから僕のお詫を伝えて欲しい」

「ええ、判りました。今夜にも参ります」

アキスコ夫人は王党派時代モロッコ総督だったアキスコ氏の未亡人で、木下をわが子のように可愛がり、彼が浪人すると広い邸宅へ引取って寄食させている特志家だった。半歳前彼が始めてミチリナと会い、たちまち相思《そうし》の仲となった元も、彼が夫人に連れられてある夜会《やかい》へ行ったのが機会《きっかけ》で、それ以来恋の二人を慈愛ぶかくいたわってくれる、いわば二人にとっては結びの神同様の恩人だった。

「では……」

執った手を強く握り、潔《いさぎよ》く別れを告げようとすると、先刻《さっき》は悲しまないといったくせに、やにわにミチリナが木下の広い胸に顔を埋めて歔欷《すすりなき》を始めた。

「彼に神の平和がありますように《ラーマト・ウラーヒ・アラーヒム》！　キノシータ。御無事《バシラマ》でね！　御無事《バシラマ》でね！」

意外な条件

臭い汚い土民街を、木下は一時間も彷徨いた。狭いくるくるとうねった迷路の同じところを五へんも歩いた。

街角の一軒の家で土間に蓙《ござ》を敷き、オリーブ色の灯りの下で、薄荷《はっか》のはいった緑茶や得体の知れない粘土汁のようなものを飲んでいた五、六人の髭《ひげ》ッ面《つら》が、迂散臭《うさんくさ》そうに木下を眺めて、五へん目に、

「旦那《セニョール》。ダイヤでも落したんですかい？」

と下品に笑い興じた。

だが、調戯《からか》ってくれるのは、まだいい方だった。一時間も歩いたのに、土人街で見る顔という顔は彼の見知らぬものばかりだったし、眼という眼は異端者にでも投げつける冷い色ばかりだった。

木下はリフ族の老囚人を庇《かば》ったために陥った苦境を、リフの土人街で好意的に救って貰おうと思って来た。それに大きな侮辱で躍起となったゴメズ大尉が、部下の中隊を叱咤してメリラの街という街に張り廻らす蜘蛛の巣のような警戒網のうちたった一ケ所の破れ目は疑いもなくこの土人街だった。極端な圧制に表面は鳴りを鎮めている土人達も、足を一歩この界隈へ踏み入れると、歪曲された彼らの性質の底にとぐろを巻く怖しい反動的、反抗的な忿懣《ふんまん》が、機会ある毎《ごと》に爆発するのを、異邦人なら誰でも知っているので、ゴメズ大尉といえどもこの土人街へ、行方不明になりそうな少数の兵を派遣するはずはなく、木下の潜入など想像もしないだろう。そこがこっちの倔強《くっきょう》な狙いどころなのだったが、さてこの現実をどうしよう？　土人街では誰一人その日の事件を知った風《ふう》もなく、彼を認めてくれる者もなかった。

当分の間は身を隠すことはおろか、悪くすると、今宵一夜の宿にすらありつけそうもなかった。

小さい泥溝《どぶ》の上に、半ば朽ちた板が渡してあった。その上に立って、紫天鵞絨《むらさきビロード》のような夜空に瞬く星屑をぼんやり眺めていると、不意に傍らの土小屋から木下に呼びかけた者があった。

「旦那《セニュール》。先刻はどうも」

暗いカンテラの光りの中へ眼を据えてみると、土間に雑然と積み上げた藁《わら》の上から、ぼろぼろの土人服を引っかけた、昼間見かけた土人乞食が起上って、木下の前へつかつかと進んで来た。

木下の胸には、急に嬉しさがこみ上げて来た。相手が乞食だろうと、当座の危急を免《まぬが》れるのに、贅沢を言っている場合ではなかった。

「おお君は……」

「何をしておいでなんで?」

白い歯を見せて軽く笑った。額の広い、鼻の隆《たか》い男で、鋭い眼光、濃い眉、引締った口許などに精悍な気が漲っていた。

木下が簡単に意中を語り、何分《なにぶん》の援助を依頼すると、乞食は力強い声で答えた。

「へえ。ようござんす。この土人街の名に賭けて、旦那《セニョール》の身をお匿い申しましょう」

「ありがとう。恩に着るぞ」

「だが旦那《セニュール》」

乞食は穴の開くほど木下の顔を熟視して、声をぐッと潜めた。

「それには、たった一つの条件があります」

「うん、その条件を聞こう」

「旦那《セニュール》はメチリナという娘を御存知でしょうな!」

思いがけない愛人の名を、意外な男の口から聞いて、木下は愕乎《ぎょっ》とした。

「知ってるとも」

「条件というのは他でもございません、旦那《セニョール》をこの土人街へお匿い申すについては、ミチリナとすっぽりと手を切ると、旦那の口から一と言、誓って頂きてえんで……」

木下の全身で、血が怖しい音を立てて逆流し始めた。

リフの戒律《タブウ》

「なぜだ！　訳をいえッ！」

声を荒らげた木下の眼は、疑惑、敵意、憎悪など、複雑な焰に燃えていた。

乞食は驚く色もなく平然と答えた。

「彼女《あれ》の母親はスペイン人でしたが、父親てえのは我々とお仲間のリフ土人でござんす。もっとも二人とも、今はこの世におりませんがね」

正確にそれと聞くのは始めてだったが、大体のことは察しがついている。ミチリナの容貌は一と眼見た感じが黒ダイヤの舞姫ジョセフィン・ベーカー酷似《そっくり》で、ただあれほど色が黒くなく、情熱的な淫蕩《いんとう》、蠱惑的《こわくてき》な妖艶《ようえん》、あくどい下品も欠いていたが、混血児たる風貌は蔽《おお》うべくもなかった。恐らく彼女にも血の呪いと嘆きがあったのであろう、彼女はリフ土人に関する話題を極度に嫌った。彼女の澄んだ美しい眼が時に寂し過ぎる色に沈み勝ちなのも、民族的の哀愁が血から滲み出るせいかも知れなかった。だが木下にとっては、彼女の混血など、問題ではなかった。

「だから、どうしたというんだ?」

「母親が誰であろうと、父親がリフ土人である以上、彼女も仲間の掟に背くこたァできません」

「仲間の掟?」

「へえ、リフの男はどこの国の女とでも結婚できるが、リフの女はリフの男以外に亭主を許されません。御存知でしょうがこいつァ昔から厳重な戒律《タブウ》なんで……」

　木下は、うゥむと唸った。

「旦那《セニョール》。あッしは旦那《セニョール》が先刻、土人市場の前で、われわれ土人仲間に示して下すった御好意を忘れちゃおりません。だから事と次第によっちゃ、骨が舎利《しゃり》になっても旦那のお躯を守って進ぜましょう。だが、あれとこれとは話が別でさァ。好意は好意、掟は掟。理解がつきましたかい?」

夜の角笛

「御存知かどうか知らねえが、ミチリナには二つ違いの姉がありましたが、悪魔みてえな白人に騙されて、去年のこと、冷くなって海に浮びました。眼も当てられねえ惨《みじ》めさでござんした。だからこそ、ミチリナの上には仲間の者の眼が厳しいんでさァ」

その秘密は、木下が始めて耳にしたものだった。ミチリナに限らず、アキスコ夫人にしても、現在や未来のみ語って、過去の一切、殊《こと》にミチリナの父親については、意識的に避けて語らない傾向があった。

彼がミチリナについて知っている過去といったら、幼い頃から母子三人マドリッドに住み、三年前に母を失ってから、一人の姉と共にこのメリラに移り住んで、その姉を昨年病気で亡くしたということだけだった。近代的な教養、秀れた気品、裕福な境涯などから、由緒ある名門の出と想像したが、その実際は不明だった。

「旦那《セニョール》。御返事はどうでござんす?」

泥溝《どぶ》の澱んだ水の色へ眼を落して、木下の返事をしばらく待っていた乞食が、痺《しび》れを切らして顔を上げた。

「瞭乎《はっきり》といおう。ミチリナと別れる事は絶対にできない!」

見ている間に、乞食の面から微笑の影が消えて、眼が爛々《らんらん》と輝いた。

「ふん。いい気腑《きっぷ》だ!」

木下の胸へ憤怒の塊《かたま》りがぐいと衝き昇った。いくらリフの同族にもせよ、薄汚い乞食風情の口に上る愛人の名を、木下は我慢に我慢して聞いていたのだったが、乞食の蔑笑《べっしょうてき》的な態度には思わずカッと逆上した。

「舐めた物の言い方をやめろ！　貴様、俺を見損ってるんじゃないか？」

洋袴《ズボン》の衣嚢《ポケット》へ手を落した木下を、乞食はじろりと眺めてニヤリと笑った。

「ふッふッふッ。三年前、アフリカで一ばん強い新月《ヒラール》部落の土人軍が、討伐に出掛けたスペインの外人部隊を二千人、ほとんど全滅させて鼻を明かしたことがありましたッけ。あの時ゼルタ山を死守して、新月《ヒラール》部落の豹どもを手古ずらせ、外人部隊中で生き残ったのは旦那《セニュール》の小隊だけでした。ねえセニョール白刃《ラ・スパタ》。どうも見損っているのは、あッしの方じゃなさそうですぜ！」

　土人乞食は、急に太い右手を空へ上げた。すると、どこからともなく、夜気を突ん裂く角笛の音が一と声高く響いて、愕乎《ぎょっ》として木下が眼を瞠《みは》ったときには、道という道、路地という路地へ飛出した土人共のエボナイトのような腕が頭上高く林立した。

「旦那《セニョール》がお太陽《ひ》さまのいねえ頃、リフの土人街を彷徨いて身ぐるみ搔《か》ッ払《ぱら》われねえのは、セニョール白《ラ・》刃《スパタ》だからでさァ。ここも潮時が肝腎でござんす。まァ一応お引取りを願うとしましょうか。序《つい》でにいっときますが、今ごろから情人《いいひと》のとこへのこのこ出掛けて行っても無駄ですぜ。今のあッしが手をあげた合図でミチリナはメリラの街から追放されるんです。何でも新月《ヒラール》部落の酋長《ムアレー》が所望しとるとかいうこってすから、メリラを追出されたミチリナは今夜のうちにもエルリフ山脈の山ん中へ運び去られるかも知れません。じゃ、セニョール白刃《ラ・スパタ》。またお眼にかかりましょうや」

　唖然《あぜん》として眼ばかりパチクリする木下に、喋《しゃべ》るだけ喋ると乞食は、土小屋の藁の中へさッさと戻って行った。道や路地に溢れ出た土人共も、ぞろぞろと小屋の中へ姿を消した。

新月部落《ヒラール》

奇怪な乞食の言葉は嘘ではなかった。

夜更けてから、夜盗のようにミチリナの邸《やしき》へ忍び入った木下が、召使いの老土人夫妻及び女中の三人から聞いた事実は不意に闖入した荒くれ土人の群に、ミチリナの身柄が荷物のように運び出されたということだった。

「何も泣くこたァねえ。困ったお嬢さん《セリヨリータ》だ！　新月部落《ヒラール》へ行って栄耀栄華《えいようえいが》が心のままだというのに、まるで地獄へでも送られるような騒ぎをなさる！」

荒くれ土人共の言葉で、彼女の行先がエルリフ中の新月部落《ヒラール》であることにも疑いの余地はなかった。

新月部落《ヒラール》！

この名はモロッコでは、悪魔か外道の同義語《シノニム》だった。リフ族のこの土人らは、不死身な体躯、怖しく強い排他的な反抗心、頑迷で執拗で、野蛮で野卑《やひ》で、アフリカでも随一の殺伐な気性や獰猛慓悍《どうもうひょうかん》さ——討伐に決して成功したことのないスペイン駐屯軍では、彼らのことを「火のついた油鍋《あぶらなべ》」にたとえたり、「毒蛇」や「豹」と呼んだりして、然るべく敬遠するのが常だった。

「部落中の奴らを一人残らず狩り集めて、首と胴を斬り離さんことにゃ、どうも討伐は巧《うま》くいかんですわい」

駐屯軍の隊長は、そういって事務を引継ぐのが慣例になっているほどだった。

その討伐戦では、木下にも苦しい思い出があった。友軍の全部が殲滅された後、孤立したゼルタという山の一角に立て籠った彼の小隊は、糧道《りょうどう》を絶たれて食うや食わずの一ケ月、土人軍の執拗な夜襲をその都度、ものの見事に撃退して一歩も退かなかった。これにはさすがの土人軍も閉口したが、とりわけ陣頭に立って水車のように振廻す木下少尉の軍刀に、味方が草ッ葉のように薙ぎ倒されるのを見ると、土人共は、その軍刀に眼に見えぬ魂《たましい》の存在を感じ、「日本《ハポン》の偃月刀《ダガス》」と畏怖するようになった。セニョール白刃《ラ・スパタ》の異名を彼らが木下に冠《かぶ》せたのも、それからのことだった。

だが、そうした因縁つきの相手だけに、ミチリナ奪還は絶望的だった。第一、その部落へ足を一歩踏み入れることからして、部落以外の人間には不可能だった。エルリフ山中で行方不明になった旅人や隊商は無数だった。

「部落の土を汚されるな!」

それが回教の法典《コーラン》の次に大切な彼らの掟だった。

とはいえ、哀れなミチリナを魔の手に放任することは、木下の絶対に忍び難いことだった。閉じた瞼には、悲嘆の涙に暮れる彼女の幻が映った。澄ました耳には、切々《せつせつ》たる彼女の悲鳴が聞えるような気がした。朝に夕に屋根裏の木下は、心臓を鋭い刃でぐいぐいと抉られるような苦悶の中に暮した。

七日目の夜、アキスコ夫人の許《もと》から使者が来て召使の土人夫妻に、夫人の邸宅へ張込んでいた兵が昨夜限り撤退した旨を伝えた頃、屋根裏の隅ッこで埃に埋《うずま》っていた古トランクの内容《なかみ》を何の気もなく開いた木下は、急に歓喜に満ちて躍り上ったのだった。

神《アラー》の使者《ワキル》

美しい羊歯《しだ》で蔽われた森林、分け入るに難儀な松柏《しょうはく》の林、十尺も延びた羊歯の籔、岩石や枯木の埋まった沼沢地《しょうたくち》、岸辺に蔓草《つるくさ》の一ぱい繁茂《はんも》した谷川の流れ——幾つも山を越え、谷を渡って行くと、径《みち》は絶壁から尾根に移り、それからしばらく灌木の林がつづいた。そこを駈け抜けると、眼の前が急にぐッと濶《ひろ》くなって、谷底に並ぶ無数の木小屋が見えた。

新月部落《ヒラール》だと気づいたとき、灌木の中からバラバラと駈け出して、馬上の木下をぐるりと取巻いたのは、十人ほどの武装した土人兵だった。

しかし、木下の前へ立った彼らは、銅《あかがね》色の獰猛な顔にたちまち困惑の色を浮べた。困惑は間もなく焦躁となり、やがて恐怖に変った。

彼らは幾度も眼を瞬いて木下を見直し、それからお互《たがい》の顔を見合せた。

「あなたは何誰《どなた》さまでございましょうか？」

番兵の頭が恐る恐る口を切って馬上を見上げた。栗毛の逞《たくま》しい馬の上には、雪のような白髪を頭に頂き、房々とした白髯の老人が四辺《しへん》を払う威風に包まれて乗っていた。

「神《アラー》の使者《ワキル》じゃ！」

老人が厳然といった。土人兵達は眼をパチパチして、もう一度老人を見上げた。

緑の下着《ジュッバ》、緑の革帯《ヘザーム》、緑の長上着《カフタン》、緑の上着《ズェラバ》――それらの各々に無数の緑玉石《サファイア》と真珠が鏤《ちりば》めてあって、午後の陽の中に燦然《さんぜん》と煌《きらめ》き、緑の頭巾《ターバン》の真正面には、新月の聖章《ヒラール》を型どったダイヤの留針が、眼にも絢《あや》に輝いていた。

聖なる色の緑《フドラ》！　神《アラー》さまの色の緑《フドラ》！

説教では胼胝《たこ》のできるほど耳にしていたが、眼の当り見るのは始めてのことだった。土人兵共は、手の鉄砲を投げ出すと、慌てふためいて土下座《どげざ》した。

「偉大なる神《アラーアクバル》さま！」

「祝福を垂れ給え《ハヤアラサラート》！」

彼らが敬虔な態度で礼拝しつづけているのを見ると、木下は付け髯の中でニヤリと微笑を洩らした。

計画の第一歩は、見事に成功した。

彼はこれらの緑の聖服を、ミチリナの家の屋根裏の古トランクから発見した。どうしてそんなところにあったか判らなかったが、これらの緑服が回教徒にとってどのように聖なるものかは知っていた。苦肉の計略は、そこから生れた。

土人兵の一人が、怪奇な髑髏笛《どくろぶえ》を口に当てて、長々と合図を鳴らした。暗い陰惨な響《ひびき》が山々や谷々に呀《こだま》した。法螺貝《ほらがい》の音から陽気さ、暢気さ、明るさを抜き去ったようなその響は冥界の幽魂《ゆうこん》を呼び招くかのような無気味さに、聞く者の脊筋《せすじ》をぞくぞくさせるのだった。

木下は以前の討伐戦以来、この髑髏笛を知っていた。新月部落《ヒラール》の土人兵は、この髑髏笛さえあれば決して敗戦の憂き目を見ないという堅い迷信を持っているのだった。

髑髏笛に呼び醒された部落の狼狽は、山上から手に取るように見えた。小屋から飛び出す老若男女、兵舎から繰出す兵隊の群、空を衝く狼火《ろうか》、鳴り響く鐘、鬨《とき》の声――まるで蜂の巣を突ついたような騒ぎだった。

「神さまは思召《おぼしめし》により、わしを新月部落《ヒラール》へお遣《つかわ》しになった。酋長《ムアレー》は誰じゃ？　案内せい」

木下は厳かな造り声でいった。

「酋長《ムアレー》はアブデル・アレクと申しまする。御案内申し上げまするから、どうぞこちらへお越しくださいまするよう！」

番兵の頭《かしら》が、使い馴れない言葉を子供の片言のように述べ立てた。

教長《ムアッジン》の宣礼《アザーン》

部落中の人間が道の両側へ土下座して、

「偉大なる神《アラーアクバル》よ！」

と唱和しながら、緑衣の聖者を奉迎した。不敵な木下は何喰わぬ鹿爪《しかつめ》らしい顔で馬上に揺られていたが、ともすると自分が本当の神の使者のような瞬間の錯覚に微苦笑を禁じ得なかった。

部落の中央に堂々たる石造の御殿があった。御殿の前には大きな広場があり、広場の右手には青空に聳ゆる光塔《マナーラ》と円屋根《クッバ》の寺院があった。光塔《マナーラ》の尖端には新月《ヒラール》の聖章、御殿の正面にはやや膨らみの大きい新月《ヒラール》の標章が飾ってあった。

石の円柱を飾った正面玄関の下へ、部落の酋長《ムアレー》が白衣の土人服、深紅の頭巾に包まれて出迎えたが、こちらと申合せたように酷似の白髪白髯の老爺だったことが意外だった。

「ようこそ《ラヘイゲス》！　手前がアブデル・アレクでございます」

老酋長《ムアレー》はよく聞きとれないような低い声で呟いて、慇懃に一礼した。木下は鷹揚に会釈を返したが、ミチリナを誘拐したのが、こんなよぼくたの老爺だったことに、身慄いするほどの憤怒を感じた。

「あなた様は、神さま《アラー》の御使者《ワキル》でござりまするとか……」

「御仁慈《ビスミラー》に在す神《アラーマン》の御名《アラーミン》にかけて！」

それと見せるために木下は、非信者ながら、長いモロッコ生活で耳から入った回教徒的アラビア語を、記憶の底から苦悩しつつ手繰り出さなければならなかった。

「ありがたいことでございます。では早速ながらちょうど礼拝《サラート》の時刻でござりますし、部落の者に御使者様《ワキル》を拝ませてやりとうござりまするから、お疲れではござりましょうが、どうぞ教長《ムアッジン》をお勤めくださりまするよう！」

思いがけない申出《もうしで》に、木下はヒヤリとしたが、寺院の住職《アホン》に案内されて二階の露台に立った頃には、度胸を定めてすっかり落着き払った。住職《アホン》の儀礼と少しぐらい違っても何とか言い抜けができようと図太く構えたのだった。

部落の人々は、ぞろぞろと、詰めかけて広場を埋め尽した。

やがて住職《アホン》が、音の澄んだ鐘を壮厳に鳴らした。人々の囁きや呟きはピタリとやんだ。鐘の音が余韻を残して消える頃、木下は胆ッ玉の太いところを見せる宣礼《アザーン》の吟誦《ぎんしょう》を、軍隊の号令で鍛えた声で音吐《おんど》朗々《ろうろう》と始めた。

「神《アラー》は偉大《アクベル》なり。余《アシュ》は告白《ハズイラ》す、神の《イラーハ》ほか《イル》に神《アラー》はなく《ワ》、マホメッド《ズインナモハメッド》は神《オン》の予言者《ラスル》なりと《アラー》。ああ偉大《アラー》なる神《アクバ》よ《ル》！」

それはメリラ、テツアン、スータなどの回教礼拝堂《マスジド》に於ける宣礼《アザーン》の吟誦を憶い出して、勇敢に真似て見たものだった。

広場に土下座して繰返し繰返し頭を大地に擦りつけていた群衆は、教長《ムアッジン》の吟誦に答えて、

「神《アラー》のほ《イラー》かに神《エルイラー》はなし《アラー》！」

と一斉に力強く唱和した。

それから広場の土人服は、一糸乱れず立ったり坐ったりして、最後に祈りの手を頭上高く突出した。礼拝は無事に終了した。

ほッとして再び玄関へ戻ると、酋長《ムアレー》が、

「ありがたいことでござりました。どうぞこちらで御休息を！」

と先に立って案内するのだった。

計画の第二歩も、どうにか成功した。残る一つが難物だが終極の目的だけに大事をとる必要があった。急ぐことはない落着け！　と木下は、自分で自分の心に言い聞かせながら、磨き石の廊下を歩いて行った。

正体暴露

だが、老酋長《ムアレー》に続いて酋長《ムアレー》の居室へ一歩足を踏み入れた木下は、驚愕の余りにあッと声を立てるところだった。いかにも蕃族好みらしいアラベスクな装飾の部屋の中央で、朱塗りの椅子に踏ん反り返っている白い軍服の先客が、なんとゴメズ大尉ではないか！　不吉な予感にヒヤリとしたのはこの瞬間だった。

夢にも信じられないことが、余りにも皮肉な現実となって眼前に横わった。額や首筋に、絆創膏を貼りつけた滑稽な姿が、笑いごとではなく、悪魔の彫像のように見えた。

しかし見破られる惧《おそ》れは絶対にあるまいと思い返して、木下は悠然と椅子についた。

　木下の身体を頭の天辺《てっぺん》から足の爪先まで、小姑《こじゅうと》のような眼で長い間舐め廻していたゴメズ大尉が、やがて鼻をふんと鳴らすと憎々しげに叫んだ。

「ちえッ！　化け損《そこな》いの狐め！　尻尾を隠すことを忘れてけつかる！」

　ドキリとしたが、迂闊《うかつ》に相手にはなれなかった。素知《そし》らぬ顔を装う一手だった。

「俺がいなかったら、貴様の化け狐も正体を現さずに済んだろうに。この間だいぶお世話になったから、今日その返礼をしてやろう。貴様、髯と着物で隠し忘れたものが、たった一つある。宣礼《アザーン》の声だ。あの銅羅声《どらごえ》は三年前、練兵場で聞き飽きるほど聞いた声だ！」

　ハッとして唇を噛んだ時には、不意に延びたゴメズ大尉の手に、顎の付け髯を奪い取られていた。

「酋長、御覧の通り、此奴《こいつ》は回教《アラー》の神の名を騙る偽物ですよ。此奴の誠の名はケンジ・キノシータ。日本人《ハポネーゼ》の白刃《ラ・スパタ》といったら御存知でしょう。新月部落《ヒラール》には、仇敵同然の奴ですよ」

　部屋へ入るなり唖然として二人の賓客を見較べていた老酋長《ムアレー》は、ゴメズの言葉に急に我に返って、慌しく卓上の鈴《ベル》を鳴らした。

「こいつは白刃《ラ・スパタ》じゃ。神《アラー》の名を騙《かた》る不埒者《ふらちもの》じゃ。牢屋へ押し籠めろ！」

　数人の兵が入って来ると、老酋長《ムアレー》は低い声でブツブツと命じた。

　今までの苦心もすっかり水の泡と消え果てた。泣くにも泣けない木下の心境だった。

「畜生！　ゴメズめ！　憶えてろッ！」

憤激の余り躍り蒐《かか》ろうとしたが、束になった兵に遮断《さえぎ》られて、拳もゴメズに届かなかった。

「曳かれ者の小唄か。今のうちにせいぜい、叩けるだけ頬桁《ほほげた》を叩いておけ。遺言があったら、聞いておいてやろう。あッはッはッ」

ゴメズの嘲罵《ちょうば》を背に浴びながら、木下は兵の逞しい腕に引摺られて行った。

死の宣告

裏山の洞窟へ頑丈な丸太格子を嵌めた大時代な牢屋に木下は苦悶の数時間を送った。

何という惨めな失敗！　ゴメズ大尉が新月部落《ヒラール》を訪れた理由は？　古来の戒律《タブウ》を破って、ゴメズを賓客に迎えた老酋長《ムアレー》の意向は？　自分の行手に待ち構える運命は？　哀れなミチリナを悲嘆の底に沈めた今の境涯は？

それからそれへと続く想念の一つ一つが、気違いになりそうなほど焦躁と憤激にのた打ち廻らせた。

彼はどんな不幸をも宿命《メクトウブ》と軽く諦めてしまう回教徒《モスレム》ではなかった。しかし谷間の部落を夜の色がすっかり押し包んで、中天《ちゅうてん》にかかった美しい月が山や谷を銀鼠《ぎんねず》色に彩る頃には、好むと否とにかかわらず、彼も一切を宿命《メクトウブ》と片づけなければならなかった。

後ろ手に縛られた木下は、御殿の裏の大きな古沼のほとりへ引き出された。周囲を蓊鬱《おううつ》たる老樹の森に取り巻かれ、堤《どて》には蔓草が青々と茂って、水は千古の謎を秘めたかのような不思議な色に澱んでいた。

「キノシータ。酋長《ムアレー》は変った行事が二つあるんでホクホクしてる。一つは今夜の死刑、一つは明晩の結婚式だそうだ」

老酋長《ムアレー》と並んで沼の岸に立っていたゴメズが、躁《はしゃ》いだ声で木下を迎えた。自分が今から虐殺されることはともかく、明晩に迫ったミチリナの結婚式というのが悲しかった。

「貴様は何のために新月部落《ヒラール》へ来たんだ?」

此奴のために何も彼も目茶苦茶だと思うと、木下は餌物を前にした猛獣のような衝動にふるえた。ゴメズは愉快そうに笑い出した。

「判らないだろう。あッはッはッ。酋長《ムアレー》が帰順を申し出たんで、俺が条件の取り決めにやって来たんだ。こいつは、どうして素晴しい昇進もんだよ。嫉《ねた》め嫉め!」

帰順などとは頑迷不敵な新月部落《ヒラール》に想像し難い事実だったが、眼の前のゴメズが想像を超越した存在である以上、そうと信ずるほかはなかった。

老酋長《ムアレー》が例の低い声で呟き始めた。

「白刃《ラ・スパタ》、神を冒瀆し、掟を破って部落の土を汚したお前は、罪の償いをせにゃならぬ。わしはお前に一つの刑罰を与える。わしがここで一から十まで数え尽すと、お前はこの古沼の中へ突き落されるのだ。沼に落ちたお前は、真ッすぐにあの中の島めがけて走らねばならぬ。ここから中の島までは、沼の底に石ころの道が築いてあって深さもやっと腰までじゃ。ただし後ろへ引返すことは絶対に許されない。岸辺で鉄砲を持った五十人の兵は、囚人がこちらに顔を見せた途端、一斉に狙撃するのじゃ。躊躇する事もお前の不ためとなろう。沼の中には無数の鰐《わに》が棲んでおる。そこでお前は水の中を一散に駈けて、無事に中の島まで辿り着けばいいのじゃ。お前の罪はそこで許される」

木下は愕然として眼を瞠った。それは死の宣告に等しい言葉だった。

岸は粘土の崖になっていて、水面まで五、六尺もあろう。突き落されたら、匍《は》い上ることもできない。沼の中央に小さな島があったが、そこまでの距離は、たっぷりと一町もあった。石ころの道が沼底に造られているにもせよ、水の深さが腰までにしろ、後ろ手に結えられた不自由な身で、無数に棲むという鰐の凄じい口を、どうして免れることができよう？　しかも引返せば、銃弾で蜂の巣のように撃ち抜かれる！

月下の死闘

太い吐息が木下の口から流れ出た。

降るような月光が、昼間のように、下界を明るく照していた。奇妙な懸声の号令と共に、酋長、木下、ゴメズ三人の両側に、五、六十人ほどの土人兵が並んで、立射《たちうち》の姿勢をとった。

「素敵な観物じゃないか！　そこにもある、ここにもあるッてえアトラクションとは、ちッと代物が違う。おい名優！　しっかり演出してくれよ！」

ゴメズが木下の耳の傍で上機嫌に囁いた。彼は半ば囚人の逃走に備え、半ば嫌がらせの揶揄《やゆ》を愉しもうとするかのように、意地悪く木下の傍らを離れなかった。

「酋長《ムアレー》！　頼みだ。ミチリナの安否だけ教えてくれッ！」

木下は切ない声を振絞ったが、酬いは老酋長《ムアレー》の冷い一瞥だけだった。

岸のあちこちで、髑髏笛が鬼哭《きこく》のように鳴り響いた。それが開始の合図だった。

「では用意！」

老酋長《ムアレー》の呟きが、低いが荘重に耳を衝いた。

「一つ《ウーノ》！　二つ《ドス》！　三つ《トレス》！」

怖しい瞬間だった。今まで緊張しきっていた気持が、潮《うしお》の引くようにすッと失せて、その代りに何とも名状し難い恐怖が夕立雲《ゆうだちぐも》のように拡がって来た。

「四つ《クアトロ》！　五つ《スィンコ》！　六つ《セース》！」

木下は暗い水面を睨んで唇を噛んだ。倒れかかった身体の支柱を立て直そうとするように、

「みっともない、恥じろッ！」

と咽喉の奥で自分を叱咤したが、たとえようのない強烈な無念さに、混乱から逃れることができな

かった。

「七《シェーテ》つ！　八《オーチョ》つ！　九《ヌェブェ》つ！」

消魂《けたたま》しい音を立てて、木下の全身を血が奔騰《ほんとう》した。故国の母、アキスコ夫人、ミチリナの顔が眼前に明滅する。

「十《ディエス》！」

　背中に強い衝動を期待した木下は、その瞬間、

「わあッ！」という魂切《たまぎ》るような人の悲鳴に仰天した。何か白い塊りが沼の中へ転落して行ったのも見えた。

「酋《ムア》、酋長《ムアレー》！　何をするんだッ！　間違えてくれちゃ困

るじゃないか！おい！　助けてくれ！　早く助けてくれッ！」

濡鼠《ぬれねずみ》になって沼の中に立ったゴメズ大尉が、気違いのように喚き立てた。

「間違いじゃない。沼の中を中の島まで駈けるのは貴様じゃ。リフ族の娘ミチリナの姉エミリアを騙し、無惨な死に方をさせたのは貴様だ！　リフの一族に残酷な鉄の鞭を加えた悪魔も貴様じゃ。そして他愛もない帰順の計略にまんまと引ッかかって地獄の部落へ来た愚か者も貴様じゃ。生命には生命を！　リフ族の復讐は地獄の底までも続く。さァ走って鰐と競争しろ！　それとも鉛丸で躯をぶち抜かれたいか？」

低いが肺腑《はいふ》を抉《えぐ》るような老酋長《ムアレー》の声だった。ゴメズの面上には、狼狽、驚愕、困惑、恐怖などの色が一瞬の間に錯綜したが、老酋長《ムアレー》の鋭い眼光に絶望的なものを感ずると、くるりと振返り、水煙を上げて沼の中を駈け出した。

木下は自分の立場をすっかり忘れ、死魔《しま》と人間との月下の悪闘を喰い入るように眺めた。水中の驀進――だが、これほど怖るべき熱演がどこにあったろう？

「うむ！」

老酋長《ムアレー》の微かな呻《うめ》きが聞えたとき、水面のあちらに、快速艇のように水を切って進む黒いものが夥《おびただ》しく見えた。

道程の半ば頃まで駈けたゴメズが、急にバッタリと水中へ倒れた。必死に藻掻いて立上ろうと焦るようだったが、彼の躯は次第次第に水中へ沈んだ。そして人間の声とも思えぬ奇怪な悲鳴を水面に残したままずるずると水中に没し去った。

髑髏笛が再び周囲の森に呀した。

「セニョール白刃《ラ・スパタ》。いろいろ話があるのじゃ。さァあちらへ行こう」

手の縛《いまし》めを解いてくれながら、自分に微笑みかける老酋長《ムアレー》を、木下は呆然と瞶めるばかりだった。

血の呼ぶ声

「何から話したらええか……」

木下を連れて居間へ戻ると、老酋長《ムアレー》は端緒《いとぐち》を探るかのようにしばらく白髯《はくぜん》を撫《ぶ》した後、ポツリポツリと語り出した。

「ミチリナの母親というのは、緑の聖服が家宝に伝わるほどスペインでも有名な名家の令嬢《セニュリータ》で、容姿の優れた慎ましい婦人だったのじゃが、モロッコへ旅行に来たばかりに、ある土人部落の酋長《ムアレー》に見染められ、暴力で誘拐されて、閨宮《ハレム》に幽閉される身となったのじゃ。婦人はそこで酋長《ムアレー》との間に二女を儲けた。いうまでもなく、エミリア、ミチリナの姉妹なのじゃが、いつまで経っても彼女の悲嘆が消えんので、一つには哀れを催し、一つには非を悟った酋長《ムアレー》は、母子《おやこ》三人を部落から自由の天地へ解放したのじゃ。それは姉が五つ、妹が三つの時だった。母子三人は海を越えて、首府のマドリッドへ行った。それから十余年あまりは何事もなく経過したのじゃが、母親を喪《うしな》って孤児となると二人の身の上が不安なので、酋長《ムアレー》の息子というのがいろいろと手を廻し、アキスコ夫人——あんたが母親のように思っておられるあのアキスコ夫人、あの方がミチリナの母の友人なので、あの人を通してあの人の住むメリラへ移住させることに成功したのじゃ。言い遅れたが、酋長《ムアレー》は五年ほど前亡くなって、その息子が当代の酋長《ムアレー》を継いでいたのじゃ。当代の酋長《ムアレー》は兄弟運に薄く、兄や弟を次々に喪って、酋長《ムアレー》を継いだ時には、エミリア、ミチリナしか血に続く者がなくなったのじゃ。血？　血？　これほどミチリナ母子の呪ったものはなかったろう。ミチリナ姉妹の胸には、母に譲られた血の呪いが渦巻いていたに違いないのじゃ。だが、若い酋長《ムアレー》ほど血に対する親わしさを感じた者もなかったろう。彼はメリラへ乞食姿で現れて、それとなく二人の姉妹を垣間見るのを、こよなき愉しみとしていた」

木下はメリラの土人市場《スーク》の前で見た乞食、土人街で会った逞しいあの乞食の姿を憶い出して、心に頷くのだった。

「エミリアが白人に欺かれて哀れな最期を遂げたとき、酋長《ムアレー》は悲嘆と憤怒に堅く復讐を誓うと同時に、残されたミチリナを護るためには、生命や全部落を投出しても構わないと思ったくらいじゃ。ところが酋長《ムアレー》は間もなく、そのミチリナも異邦人を恋人に持つことを知った。エミリアの一件があっただけに、酋長《ムアレー》は警戒を怠らず、その人物いかんを厳重に試験していたのじゃが、過去の一切は、白刃《ラ・スパタ》の名が示す通り勇しいものじゃし、リフ族に対する限りなき愛もあり、メリラの土人街で脅迫されてもビクともせぬ胆ッ玉もある。さらにミチリナを新月《ヒラール》部落へ引き込んで試してみれば、彼女のために惜しげなく生命を投げ出そうと、人も怖れる部落へ乗込んで来る度胸と誠実とを示す。ミチリナを幸福にし得る男は、世界中にこの日本人《ハポネーゼ》だけと判ると、血の呼ぶ声と肉親愛の前には部落も戒律《タブウ》もない、酋長《ムアレー》は喜んで結婚を許そうと決心したのじゃ。セニョール白刃《ラ・スパタ》。あんたとミチリナの結婚式は明晩この部落で盛大に挙げるんじゃ」

老酋長《ムアレー》が卓上の鈴《ベル》を振ると、次の間から、投げられた花束のように木下の胸へ飛び込んで来たものがあった。

「キノシータ！　よかったわ！　いい兄なの！」

ミチリナが嗚咽《おえつ》するのだった。

「よかったね、ミチリナ。よくお礼をいおう。兄さんはどこだ？　早く会いたい！」

ミチリナの手を執って腰を浮かした木下の耳へ、唐突《だしぬけ》に凄じい爆笑が轟《とどろ》いた。

「セニョール白刃《ラ・スパタ》、いやだなァ。まだ判りませんか？　白髪と白髯はあんただけの専売じゃありませんや」

老酋長《ムアレー》の白髪と白髯がすっぽり抜けると、そこにはメリラの土人街で会った逞しい例の乞食の顔が莞爾《かんじ》と微笑んでいるのだった。

広東《かんとん》珍探記
骨董《こっとう》迷路

茂田井武

廣東珍探記

骨董《こつとう》迷路《めいろ》

文畫　茂田井武

西巷《せいかん》は広東《カントン》のモンパルナッスのような所であります。
その名のように広州《こうしゅう》市の西寄りにあって、南に沙面《シャーメン》の英仏租界をひかえ、粤漢線《えつかんせん》鉄道の起点黄沙站《こうさてん》駅に接して、その付近所どころわが空軍の猛爆撃の名残《なごり》を止めながら、昔日にまさる繁栄を日毎増してゆこうとする、一種ごちゃごちゃした雰囲気の商業地帯であります。

ある一日、私達は、Y君と東亜海運会社の船長さんと三人で買物に出かけました。船長さんは有名な丹渓《たんけい》産の硯《すずり》を買うのが目的でした。大体、西巷と言うところは同じ市内でも、他のどこの町にもないものがあるようです。ただ単に珍しいものがあると言う許りでなく、何が何やら解らない、百科辞典にも職業鑑にも出ていない奇妙なものが隠れて居て、調べれば調べるほどにいくらでも出てくる。例えば料理に鵞鳥炙脚《がちょうあぶりあし》や蚊の目玉や生きた仔鼠《こねずみ》に蜜をかけたのがあるというように、ひょっとすると蛙《かえる》の腸《はらわた》の塩辛や蛭《ひる》の羹《あつもの》や曼珠沙《まんじゅしゃ》華《げ》の根で作った毒酒《どくしゅ》ぐらいのものはありそうに思えます。またここの大茶樓陶々居山《だいちゃろうとうとうきょざん》には子供を売る山椒太夫《さんしょうだゆう》の媼《ばあ》さんが出入りする

露路の入口

ように、花婿の身代り業や、他人の病気を買い取る仙術道士《せんじゅつどうし》くらいは探さずともうようよしているように思われます。ですから西巷に足を踏み入れる時は、大いに神経を働かせて、世にはこんなものがあったのかと我と我を驚かせる新発見をしようと胸に決するわけです。

ところで、私達は第九甫馬路《ほまろ》というところで俥を降り、西来正《せいらいせい》と標札のあがっている露地を入りました。

凹凸《おうとつ》の劇しい砌《いしだたみ》の両側には道具屋が隙間もなく並んでいますが、椅子、食卓、棚等の家具を作りながら売っている店と、室内装飾品や骨董《こっとう》などを専門に商いしている店との半々で、一体に店構えの小さいのに似ず奥深く曲りくねってできているので、この露地に踏み込んでからものの三十分もたたないうち、人は現《うつつ》の龍宮に遊び、古宮《こきゅう》の宝庫を逍遥《しょうよう》する思いにとらわれてしまいます。

　紫檀《したん》類の調度の山、竜、鳳《ほう》凰《おう》、獅子《しし》の彫刻、模糊《もこ》として時に燦然《さんぜん》と輝く神像や怪像《かいぞう》、むやみと時代のついた筥《はこ》や大きな錠《じょう》つきの櫃《ひつ》、手の込んだ幡《はた》や錦《にしき》繡、寄木細工《よせぎざいく》や象牙《ぞうげ》細工、焼物もあれば金ものもあり象嵌《ぞうがん》の貝の美しいものもあり、様々の石や珠《たま》の装身具などもあります。

　しかし感嘆するに事を欠いて、私は一人の見事な生きている姑娘《クーニャン》に感嘆してしまい、鏡も銅鐸《どうたく》も毛皮も硝子《ガラス》細工も皆んな忘れて唖然として眺めてしまいました。

露路の出口

　まことにこれをこそ東洋の美人と言うべきでありましょう。数多の骨董品を見て来た目には、黛玉《たいぎょく》や刁蟬《ジャオチャン》のような古美人にも見え、また竜宮の竜女さながらに映りました。まさに白姑娘《パククーリョン》の掘出し物であります。

船長さんとY君は、一向おかまいなしに先へ行ってしまいますので、残念ながら美人にはお別れしてしまいました。

やがて気に入った硯があったので、言い値を三分の一にせりおとし、悶着《もんちゃく》の末言い値の五分の三で買うことになりました。

古美人の面影

骨董屋の主人は、客筋よしと見てとると種々なものを持出して参ります。よくこんなに種々なものが蔵《しま》ってあると感心するくらい、次から次に出して来ます。とてもお土産にはなりそうもない一種の絵画彫刻まであります。恐らく、有るかと訊ねたらどんなものでもないとは言うまいと想われるほどです。

一つ食べれば千年も生きると言う蟠桃園《パンクオユァン》の桃にしても、不老長寿の仙丹《せんたん》にしても、

陶々居の媼さん

もし出して見ろといったら出し兼ねないくらい悠然として居ります。実際、意味から考えてほぼそれに近いものがある事はあり、もしそれが広東でなら何といっても西巷をおいて他にはありますまい。瓢簞《ひょうたん》の中にも世界があると夢想する茫々《ぼうぼう》四千年の中国人達の机の抽斗《ひきだし》には、そしてこの西巷の住民の物置にはおよそ奇想天外なものがつまっている事でしょう。
　それはともかく、私達は幾曲《いくまが》りかうねうね曲り、なお幾軒もの店先を覗いて白磁《はくじ》の観音菩薩や石甕《いしがめ》や金ピカの珍草奇樹、ヒスイ細工などを眺めてからやっと露地を出ました。丁度空腹にもなったので例の陶々居に上り、牆《かき》をめぐらせた一室で自慢の点心《おやつ》料理を食べて居りますと、案の定、年の頃七十に近いかと思われる黒衣の媼さんが現れました。
　手にした葉団扇《はうちは》でゆらゆらと風をおこしつつ、にこにことしかも油断のない表情で私達を観察するのです。その泰然自若たる様子は、小面憎《こづらにく》いほどで、たった今、天地鳴動して二つに裂けようといささかも愕《おどろ》かぬと言った工合です。

そして細い甘い声で、よい子供がいるが要らないかと云うのです。媼さんは私達がとり合わぬので、方針をもっと目前のものに向け、望みの姑娘あらば容姿年齢をきかせてくれと申出ました。

それでも私達がただ黙って笑っているので自分が信用されないように取り、断じて今すぐ連れて来てもいいと眉を上げて抗弁します。その有様を見ていますと、倉庫から注文の品をひき出して来るようにあっさりこの場に連れて来そうに思われ、またほんとうに連れて来兼ねぬ気勢が見え、思わず私達をして西巷なるかなと慨嘆させました。

広東珍食記

竜虎《りゅうこ》大会

茂田井武

廣東珍食記

龍《りゅう》虎《こ》大《たい》會《くわい》

茂田井 武
畫文

上古《じょうこ》の世には人民が少なく禽獣《きんじゅう》が多かったので人民は禽獣蟲蛇《ちゅうだ》に勝てず、大いに困っておりましたが、有巣《ゆうす》氏と言う聖人が木を構え巣を作らせて群害を避ける事を教えましたので、人民は非常に悦んだそうです。また、燧人《すいじん》氏と言う聖人は、人民が果蓏蜂蛤腥臊悪《かこほうごうせいそうあく》臭《しゅう》を食べて胃腸を悪くし病気にかかっている時、燧石《ひうちいし》で火をおこして料理する方法を教えましたので、人民は再び非常に悦んだという事が韓非子五蠹《かんぴしごこく》という本に載っているそうです。

これをもって見ましても、お腹をこわしたり病気になったりしながら人々は食べられる限りの動植物を食べてきた事が解ります。昔から支那《しな》料理には熊の掌《てのひら》や燕の巣、鱶《ふか》の鰭《ひれ》等が有名でありますが、広東《カントン》では熊の掌の代わりに猪《チュイ》（豚）の跂首《ししゅ》が欣《よろこ》ばれております。熊の掌の柔らかい、ゴム《（ママ）》には考えただけでも到底及びませんが、猪の跂は猪なりに食べ慣れれば美味しいのかもしれません。フランス料理の蝸牛《エスカルゴー》や「牛の脳味噌《セルヴォ》に類する田鶏《ティンカイ》（蛙）や豆腐のようなモツ、血入腸詰《ブウダン》に勝るとも劣らぬ腊脹《さくちょう》などあります。

往来に臆面もなく並んでいる豚の鼻や耳、鯉《こい》の浮袋《うきぶくろ》、見ただけで慄然と舌がすくむのは何とかいうゲンゴローのような虫でも広東人はこれを楽しげに吟味玩賞《ぎんみがんしょう》しつつ囓っております。もちろんそれは生きてはおりませんが、アルゼリアやチュニスの土人《どじん》が生の蠍《さそり》の尻尾を巧みに捕らえて、鋏《はさみ》のついた頭ごしにガチリと嚙み切り滴りうちる液汁をもったいなさそうに啜《すす》る光景に似て、幾分の鬼気さえ帯びて見えます。油の乗ったもの、身の緊《しま》ったもの、少し古くなったもの、雌、雄といろいろ好みに従って食べているのでしょう。

このような一般普通の悪食家はただ珍味怪觸《ちんみかいしょく》を弄《ろう》するために異食しているのではなく、生理と経済の実際に迫られて取ってゆくうち時を経、ついに天性に近いものになったのだと思われます。

秋風のたつ十月の末から十一月にかけて方々の酒家、料亭、南苑、西苑、文苑、大同、金竜《カムロン》、銀竜《ガムロン》そして雅《が》衆園《しゅうえん》、七妙斉《しちみょうさい》といったような、上中下に亘り壁上に

猪の跂を食べるの図

虫を食べる女

張札をはって、曰くには竜虎大会とあります。話をききますと竜は蛇、虎は猫で猫蛇合奏《びょうじゃがっそう》の御料理の用意ができた報せなのだそうです。竜頭蛇尾なる言葉はここから生まれたのかと可笑しがりましたが、実にこの料理たるや贅沢かつ厳粛なもので、一年中何時でもあると言うものではなく、それに会費が安くない。しかしこれを十分に食べる時は欝然として気力をとり戻し、老年は壮年に壮年は青年に青年は少年になると堅く信じて食べたのだそうです。

では一度と言うので珠江《しゅこう》河畔《かはん》長堤《チョンタイ》の、前記の七妙斉と言うあまり上等でない方の茶楼酒家《ちゃろうしゅか》を訪れました。日華提携の同勢五人、賑々《にぎにぎ》しく瓜子《カーチー》をつまみ橙花酒《とうかしゅ》を飲み、雑記帳をあちらへ廻しこちらに廻し、筆談縦横して打興ずるうちお待ちかねの料理が参りました。

初めは肉湯《スープ》で、立ち上る湯気の中には朦朧また髣髴として、竜と虎が組んづほぐれつの合戦をやっている幻《まぼろし》をさながる見るかのようです。各自《おのおの》蓮華匙をもって小茶碗に受け、やかましい音をたてて啜ります。ちょうど鱶《ふか》の鰭《ひれ》のように淡泊で微妙な味をもっております。ところがこれはやはり鱶の鰭だったので、竜虎は漫々的《マンマンデー》に現れる手順だそうです。

次に何やら鯇魚《かんぎょ》の料理、それから鳳凰《にわとり》の姿煮と進んでゆくうち、何時の間にか竜も虎もすでに私達の胃の腑におさまっていたのに気付きました。冬姑《しいたけ》にも珍胆《とりのきも》にも、先刻からの器の数々には臭気を去るための菊花《コッファ》が入っていた事を忘れておりました。すると気のせいかぼーっと身内が暖かくなり、血液の循環ただならぬ心持がいたします。

やがて正々堂々と姿を見せたのは竜虎の大交響曲《だいシムフォニー》です。橙花酒に添えての五加皮《ごかぴ》の酔《よい》も手伝い、居並ぶ面々の姿は大喰らいのガルガンチュ

竜虎大会の図

ワの如く見えてきました。そういう自分も胎盤を帽子代わりに被って、臍の緒の帯をしめた化物のように感じられます。しかるに、桃の花弁《はなびら》に似る虎、ほぐした平貝《たいらがい》の貝柱に似る竜、ともに意外なほど淡々として雅味を帯び、ここまで来たからには青苔《あおごけ》でも狐茸《きつねだけ》でも遠慮はしないと意気込んだ構えを見事にはずす清楚無限の醍醐味に、思わず賞嘆の唸りを禁じえませんでした。

ところが宴はてて、ぶらりぶらりと広東迅報社の前から靖海路《せいかいろ》をゆくうち、摩訶不可思議の温熱が五体に漲りつつ溢れるのを覚えました。この温熱は噂の如く馥郁《ふくいく》たるものではは不幸にしてありませんでした。と言うのは、道連れ連中がしきりと論議する悪食論のお陰で、目鐘蛇《めがねへび》でも丸々一匹食べた後のような悪熱《おねつ》に近かったからです。

国際骨牌師《かるたし》

茂田井武

ロンドンのトランプ王者M・タラサワは巴里《パリ》でも第一流のカルタ師であった。すべてのカジノ（賭博場）は唯一の邦人名誉会員として彼を迎えて居た。

大胆不敵な賭け口、虚実縦横の懸引、いかなる札も彼の不思議な指先は適確に引出す、種も仕掛もない魔法、侯爵夫人でも放浪者でも相手が望みとあらば其場がカジノの晴の舞台と同じであった。試合こそは彼の全生命である。欧州暮し三十余年ようやく故郷恋しさの念もだし難くなった。内地にはもう九十に近かろうと言う母親が居る。

2　思い立ったが吉日、明日出発しよう

3　古馴染と別れの一試合

4　カマラードと車上の手合せ

5　僕が負けたら君の言いなりに船を出そう

6　船はまずチュニスに着いた。女占者と雌雄を決す

7　ベスビオへゆく。登山車上の一戦

8　トレントの仮装舞踏会で巨額の首飾

9　刺客あらわる。首飾をかえせ！

10　刺客まきあげらる

11　フロレンスの酒造家の御曹子は好敵

15　マケドニア煙草商人倉庫を賭ける

12　チラナやスキタリの旅

16　サロニキではジャム缶を一船

13　不思議な小父さん

17　アンカラの大富豪を倒す

14　優秀なる試合・稀代の強運

18　シリヤの旅

19　けむくて勝負がわからない

20　砂漠の人さらい

21　首領と手あわせ

22　義理難い首領、負けて独占いをなす

23　パレスチナの豪商

24　あれも

25　これも

26　持船も

27　クレオパトラの名に賭けて

28　白熱戦

29　表アフリカの酋長と

30　隣組の酋長の来訪

31　ヤラレタカナ？

32　獲得品を皆んなに一つずつ進呈

33　椰子の中ゆく

34　不思議な人間

35　裏アフリカのカモノハシ村

36　空中特急の機上で

37　ソマリガラでは牧畜幾萬

38　マダガスカルの市場王と

39　君よ愛鳥を賭ける勿れ

40　カルカッタへの道

41　せかずさわがず

42　カジノは象に限る

43　マンダレーの毛人はトランプの達人

44　伝説の島にて

45　熱病！　死神の訪れ

46　死神退散

47　故国すでに近し　（終）

猫町《ねこまち》

江戸川乱歩《えどがわらんぽ》

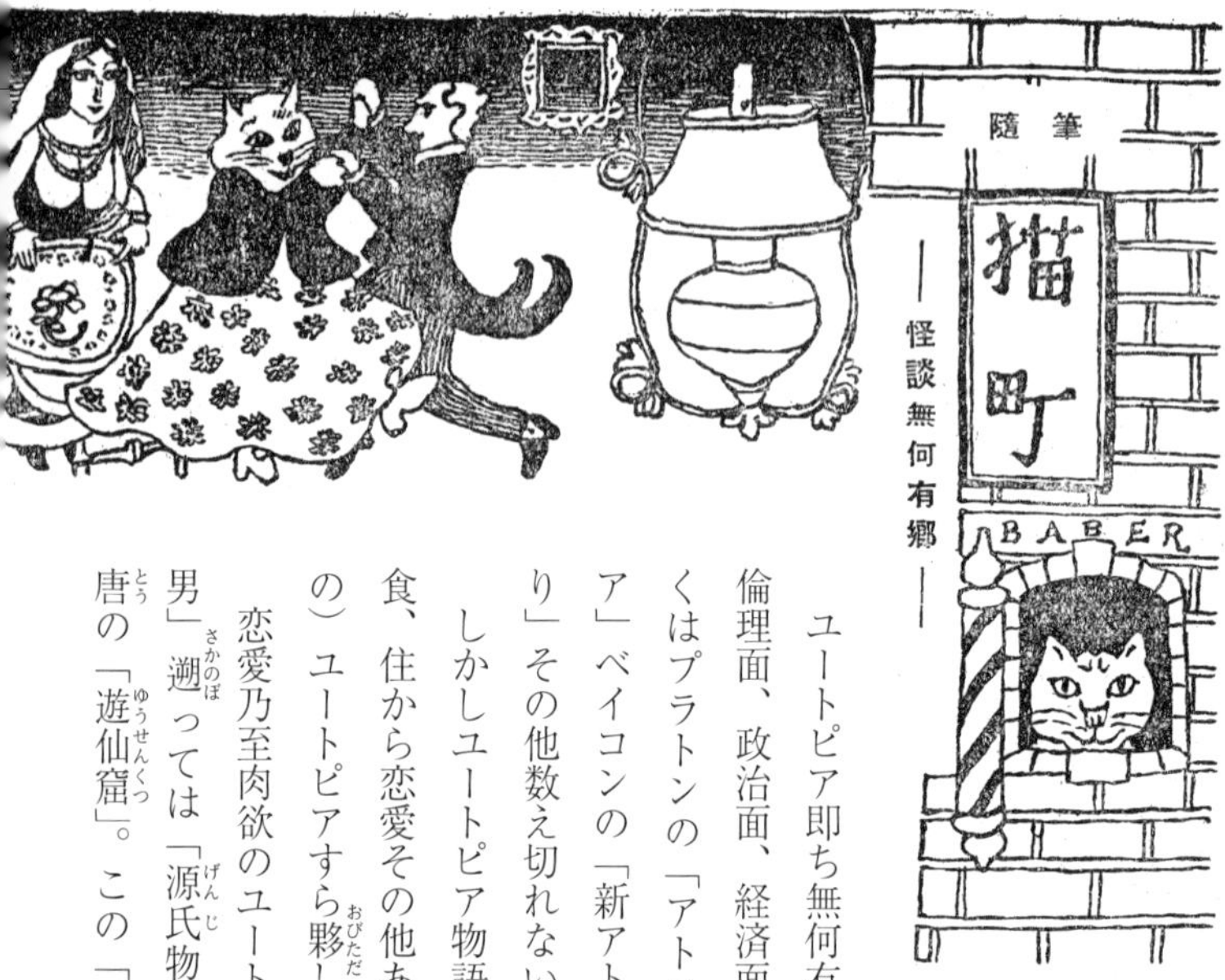

―怪談無何有郷―

江戸川乱歩

ユートピア即ち無何有郷の物語は人間の社会生活の極楽境を夢想する倫理面、政治面、経済面のものが、古来最もよく人に知られている。古くはプラトンの「アトランチス」から、トマス・モーアの「ユートピア」ベイコンの「新アトランチス」ウイリアム・モリスの「無何有郷便り」その他数え切れないほどの理想社会夢物語がある。

しかしユートピア物語はこういう固くるしい方面ばかりでなく、衣、食、住から恋愛その他あらゆる感情にわたり、恐怖に関する（即ち怪談の）ユートピアすら夥《おびただ》しく書かれている。

恋愛乃至肉欲のユートピアとして手近かに思い浮ぶのは西鶴《さいかく》の「一代男」遡《さかのぼ》っては「源氏《げんじ》物語」のある巻々、そしてこれらに影響を与えた唐《とう》の「遊仙窟《ゆうせんくつ》」。この「遊仙窟」は純粋の愛欲ユートピア物語としてある意味で世界の絶品である。

怪談の方はユートピアではおかしいから無何有郷といえば無難であろう。西洋古代については今智識がないが、東洋では「山海経《せんがいきょう》」の昔から「捜神記《そうじんき》」以下の志怪《しかい》の書の到る所に怪談無何有郷が語られている。無何有郷とは今の言葉でいえば四次元的世界であろう。宗教上の地獄描写の如きも一種の怪談無何有郷であるが、もっと遊戯的な不思議の為の不思議世界があらゆる形で語られている。

例えば「酉陽雑俎《ゆうようざっそ》」巻十五の「開成末永興坊百姓云々」の項から縁を引く「伽婢子《おとぎぼうこ》」巻九の「下界の仙境の事」の地底王国の金殿玉楼《きんでんぎょくろう》。仙境といい桃源といい、竜宮といい、必ずしも恐怖のユートピアではないが、これが怪談の書に用いられると妖異の四次元世界となる。これに似たものでは「酉陽雑俎」巻十三「劉晏判官李邈云々」のやはり地底の別世界、山田風太郎《やまだふうたろう》の探偵小説「みささぎ盗賊」は直接にか間接にかこれから示唆を受けている。もう一つ例を出すと、宋《そう》時代の「稽神録」にある「青州客」という怪談、ある人が暴風に会って不思議の国に漂着する。その国の有様は別に現実世界と変りはないがいくらこちらから挨拶しても誰も相手になってくれない。つまり彼等の目にはこちらの姿が全く見えないのである。モーパッサンの「オルラ」をはじめ西洋怪談には目に見えぬ妖怪の話が沢山あるが、「稽神録」のはその逆を行って、話の主人公自身が見えぬ妖怪となり、その妖気によって漂着した別世界の王様を病みつかせるという、宋の昔にしては恐ろしく新らしい怪談である。

Ｈ・Ｇ・ウェルズの「壁の扉」という短編はふと行ずりの町の塀の内部に、思いもかけぬ別世界、夢の国を発見し、再びその町へ行った時、同じ塀の扉を探すけれども、いくら探してももう二度と再びその別世界を見ることができなかったという話であるが、西洋にも東洋にもこの種の無何有郷怪談は無数にある。

　さて、怪談無何有郷の内に動物無何有郷とでも云うべき一連の説話がある。「捜神後記」の「林慮山下有一亭云々」の話はその家に集う男女の群がことごとく犬の顔をしていたというのであり、「剪燈新《せんとうしん》話《わ》」巻三の「中陽洞記」は地底の猿と鼠の王国を空想している。これを飜案した「伽婢子」の「栗栖野隠里の事」の挿画には人間の服装をした猿共の御殿が描かれていて、一層「猫町」の感じに近い。

　突然「猫町」と云っても分らぬであろうが、右の犬の家、猿や鼠《ねずみ》の王国の話は、日本の詩人萩原朔太《はぎわらさくた》郎《ろう》の短編小説「猫町」を思い出させるのである。昭和十年の末、版画荘から単行した同書一本を贈られ、今も愛蔵しているが、著者自案の装幀、厚いボール芯の表紙には一面の煉瓦《れんが》、その真中に石で畳んだ窓があり、窓の上にはBarberと書かれ、横には理髪店の看板の青赤だんだらの飴ん棒がとりつけてある。そして窓一杯に覗いている大きな猫の顔。

　つまり、その町の住人はことごとく猫であって、床屋の窓の中からも猫の顔が覗いているというわけである。詩人朔太郎の魂《たましい》は、見慣れた東京の町に、ふと「猫の町」を幻想する。その町へいつも行きつけない方角から迷い込むと、左右前後があべこべに感じられ、そのあべこべがたちまち第四次元の別世界を現出する。見慣れた町が一瞬間、まるで見知らぬ異境となり、そこの住民は妖怪となる。「猫町」

ではその住民がことごとく猫の顔を持つのである。

「見れば町の街路に充満して猫の大集団がうようよと歩いているのだ。猫、猫、猫、猫、猫、猫、猫。どこを見ても猫ばかりだ。そして家々の窓口からは、髭《ひげ》の生えた猫の顔が、額縁の中の絵のようにして、大きく浮き出して現れていた」

私はこの怪談散文詩をこよなく愛している。朔太郎の詩集や数々のアフォリズムと同様に、あるいはそれ以上に愛している。

ところが、この頃私は西洋の怪談集を幾つか読む機会があって、その中に「猫町」とそっくりの着想を発見し、朔太郎のこの作を今さらのように懐しみ、前記の支那《しな》怪談にまで類想したのであった。

作者はイギリスのアルジアノン・ブラックウッド、作品は中篇「古き

魔術」その意味は主人公の一人物の前身が猫であったかのような錯覚があり、その古い記憶の甦りを寓意しての「古き」である。ブラックウッドは誰も知る今世紀に於ける怪談文学の大家、ゴースト・マン（幽霊男）と呼ばれたほどの恐怖作家である。

あるイギリスの旅行者が、フランスの淋しい田舎《いなか》の小駅で、ふと途中下車がしたくなる。都会の喧騒をそのまま運んでいるような汽車の騒音が堪らなくなり、静かな田舎町に一夜を過そうとしたのである。ところが、下車した時、窓の中から鞄を渡してくれた一人のフランス人が、何か警告するような口調で、低い声でペラペラと喋ったのだが、旅行者はイギリス人なのでフランス語が完全には聴きとれなかった。ただ眠りがどうかして、猫がどうかするというような言葉だけが耳に残った。

駅を出ると前方に小山があって、その山の向うに古めかしい尖塔などが見えている。静かな懐しげな町。旅人はその山を越えて町に入る。町全体が一世紀も前の古めかしい建築で、何の物音もなく眠ったように静かである。旅人はこの町の静寂を破るのを恐れて、彼自身も抜き足をして歩いて行く。しばらく行くと一軒の古風な宿屋があったのでそこに部屋を取る。曲りくねった廊下の突き当りにある孤立のねぐらのような部屋、天鵞絨《ビロード》を張りつめた感じで、部屋そのものも音に絶縁されている。安息の部屋。眠りの部屋。旅人はそれが大いに気に入った。

宿のお神は無口な大柄な女で、いつもホールの椅子にじっと腰かけて監視している。客の行く方へ首を動かす様子がひどくしなやかで、どことなくまだらの大猫を連想させる。旅人はこの女の前を通る度に、今にもパッとこちらへ飛びかかって来そうな感じを受ける。

しかし、この宿には妙な吸引力がある。旅人は早急に出立する気にはなれないように思う。やがてその引力の主が彼の前に現われる。ある夜薄暗い廊下を自室へと辿っていると、曲り角で柔いものにぶつかる。それは人間の形をしていたが、フカフカと柔かく暖くて、愛らしい仔猫に触ったような感触であった。そのものは彼にぶっつかると、ヒョイと身をかわして、非常なすばやさで、しかし少しも物音を立てないで、彼方の闇に消えて行ったが、すれ違う時一種魅力ある匂いと暖い呼吸が感じられた。そして、もう中年を過ぎた旅人は、胸のどこやらに少年の頃の初恋の感情が甦って来るのを覚えた。あとで分ったのだが、その暗中の柔いものは、その宿の若い娘、あのまだら猫のお神さんの美しい一人娘であった。

その翌日から娘は食堂に現われて、彼の食卓に侍り、彼一人に親切をつくすようになった。食卓に限らず、彼の行く所、影のように彼女がつき纏《まと》っていた。そして、それが旅人には初恋のように楽しかったのである。彼は帰るのを忘れて二日三日と滞在を重ねて行った。

彼は度々その町を散歩したが、そのたびに奇異な感じに打たれた。大通りは昼間はほとんど人の影もなく、日暮れからゾロゾロと夥しい男女の群れが出盛るのであったが、その人々が彼にはまるで注意しない。この異体のイギリス人を見向くものもない。ところが、観察していると、注意しないのは実はうわべだけであることが分って来た。彼等は見ぬふりをしているのだ。彼の正面ではそ知らぬ顔をしながら、背後からは彼を見つめているのだ。または見ぬふりをして横目でジロジロと彼を監視しているのだ。道行くことごとくの男女がそれなのである。

この町の住民共の特徴は、全く足音を立てないで歩くこと、目的物に向かって真直に歩かないで、ジグザグのコースをとり、まるでそこへ行くのが目的ではないような顔をしていて、ある距離まで近づくと、サッと目的物に突進するという妙なくせがある。宿の食堂の給仕男がやはりそれで、料理を運ぶ時も、どこか外のテーブルへ行くような歩き方をしていて、ヒョイと向きを変えると、サッと飛びつくように彼の食卓へやって来る。彼の恋する宿の娘もその通り、いつも傍見をしていて、その実彼の動作は一から十まで知りつくしている。その物腰は牝豹《めひょう》のように素早く、しなやかで、足音というものをまるで立てない。

この町の住民の今一つの奇異は、表面上の言語動作のほかに、全く別の隠れた目的を持っているように見えることである。この町の女が化粧品店などで買物をしている様子を見ると、別に買いたくもないけれど、義務として物を買っているように見えるし、店の女主人の方も、売れても売れなくてもどうでもいいという調子で、双方ともひどく張合いのない形式的な物腰である。旅人が試みに同じような雑貨店に入って見ると、売り子の若い娘は、彼の方を見ぬようにして、スルスルと店の奥へ引込んでしまう。そうして、物陰からじっとこちらの様子を窺っている。「何々をくれ」と声をかけると、やっと不承不承に陳列棚のところへ出て来て、彼の顔を見ないようにして品物を渡してくれる。町をゾロゾロ歩いている群衆にしても同じことで、夫々の方角へ用事ありげに急いでいるが、どうやらそれも上部《うわべ》ばかりで、本当に用事があるのではないらしい。この町の住民の動作はすべて何だか拵えもののようで、真の目的は全く別のところにあるらしく思われる。

さらに異様なのは、まだ宵《よい》の中《うち》なのに、町を歩いて見ると、どの家も戸や窓をしめ、町全体が死に絶えたように静まり返っていることがある。そして、どこか遠くの方から、非常に多勢の歌声のようなものが、幽かに聞えて来る。オドロオドロと太鼓の音なども混っている。その歌声は人間の大合唱のようでもあり、何かの動物が、たとえば猫などが、無数に集って、吠え合っているようでもある。

ところが、そうして宿の美しい娘の魅力によって、滞在が永引いている内に、ついにこの町の正体が判明するに至る。

ある月夜の晩、旅人が外から帰って宿の玄関を入ると、さほど夜更けでもないのに家全体が寝静まったようにシーンとしている。ふと見ると薄暗いホールに何かしら黒い大きな物体が横わっていた。巨大な猫であった。ハッとして立ちすくむ。と、猫の方でもビクッとしたように身動きして、立上ったが、見ればそれは例の大柄な宿の主婦であった。彼はなぜともなくこの威厳のある大女の前に恭しく一礼した。すると大女は彼の手を取って奇妙なダンスをはじめた。薄暗い石油ランプの下で、物狂わしく踊りはじめた。しかし彼女の足はどんなに床を踏んでも少しも物音を立てなかった。

気がつくと、いつの間にかダンスの相手は二人になっていた。あの美しい娘がどこからか帰って来て、彼の一方の手を取っていることが分った。しばらく踊ったかと思うと彼の両手が自由になり、二人の女はどこかへ見えなくなったので、彼は大急ぎで階段を駈け上り、自分の部屋へ逃げ込んだが、すると、家のまわりが何かしらザワザワと物騒しくなって来た。彼は怖わごわ窓から中庭を覗いて見た。月影まだらな中庭に、幾つも物の影が蠢いている。その物は初めの内は人間とも動物とも見分けがつかなかったが、目が慣れるにつれて、どうやら大きな猫の一群らしいのである。屋根の上にも、物の影が動いている。その町中の男女が、屋根伝いに、この中庭へ集って来るように見える。身軽に屋根から屋根へと飛び移る姿はやはり人間なのだが、それらの姿が降るように中庭へ飛び降りると、飛び降りた瞬間、いずれも猫の姿に変っている。そして、その多勢の猫共は次々と宿のホールへ集まり、そこにはじまっている奇妙な群舞の仲間入りをする。

旅人はその光景を見ている内に、古い古い太古の記憶が甦って来る。遥かな過去において自分はこれとそっくりの光景を見たことがあるような気がして来る。もっと恐ろしいのは、自分も彼等と同じ動作を取りたい誘惑がムラムラと湧き上って来たことである。二階の窓から飛び出して、屋根から中庭へ飛んで降り、四つ足になってホールの踊り仲間に加わりたいというゾッとする誘惑である。

やがて猫共の大群は宿のホールを出て、町の外にある深い谷間へと移動して行く。月夜の大通りは、猫の群れで一杯になる。旅人は部屋を出て、コッソリとその大群衆のあとを追い、町のはずれの城壁の上に辿りつく。そこから見おろすと、月の蔭になった谷間の平地に町中の人々がことごとく集まって、狂気のように乱舞している。その人々の顔は皆猫なのである。「ウイッチの安息日」一年に一度悪魔が招集する大夜会、その中心には魔物の女王が席についている。女王とは外でもない宿の主婦のあの大柄なまだら猫である。

月夜の空をヒューッと鳥のような影が掠《かす》めたかと思うと、彼の横に一人の女が立っていた。彼の愛人の宿の娘である。人間の姿はしているが、その物腰はすっかり美しい牝猫になっている。彼女は彼の頰に口を寄せて「サア、飛び降りて饗宴の仲間にお入りなさい。飛ぶ前によく毛並を撫でておくのですよ。サア早く、変身をして私達の仲間にお入りなさい」と囁く。そして彼の顔や頸筋を撫でてくれるのだが、すると、彼のからだは猫の姿に変って行くかに感じられた。彼の血の中に大昔のけだものの血が甦って来るように思われた。彼は我にもあらず、奇妙な叫び声を立てた。彼自身には分らなかったけれど、その叫び声には何かの意味を持っていた。それは古い古い太古の言葉であった。その叫び声が谷間に伝わって行くと、下の猫共の間から、彼に答えるような叫びが返って来た。……しかし、結局、この旅人は猫に変身することなくして、この別世界猫町を辛《かろ》うじてのがれ出すことができたのである。

萩原朔太郎の「猫町」を敷衍《ふえん》するとブラックウッドの「古き魔術」になる。「古き魔術」を一篇の詩に抄略すると「猫町」になる。私はこの長短二つの作品を、なぜか非常に愛するものである。私はかつて「陰獣《いんじゅう》」という小説を書いたが、陰獣とは猫のことであって、決して淫獣または艶獣と同義語ではない。一例を挙げると、貞享《じょうきょう》三年に出版された怪談書「百物語評判」巻三「徒然草猫またよやの事」の章に「いにしえは猫魔と云えり、猫と云えるは下を略し、こまといえるは上を略したるなるべし、ねこまたとはその経あがりたる名なり。陰獣にして虎と類せり」とある。陰獣は私の発明語ではない。そして、猫町とはこの陰獣の町なのである。家庭の事情の為に、私はかつて猫を飼ったことがないけれども、もし私が独身者であったならば、無数の猫を飼って「猫の家」に起伏していたかも知れない。

東洋古来の怪談にも動物無何有郷は多いし、また猫化けの物語も少なくないが、猫と無何有郷を結びつけ「猫町」や「古き魔術」に類する異様の感じを描いたものを外に知らない。この両作の照応にことさら深い感銘を受けた所以であろう。

（二三・七・一八）

猫島物語

林《はやし》耕《こう》三《ぞう》

大怪奇痛快夢の実録

猫島物語

林耕三

茂田井武画

「猫島物語」梗概

太平洋戦争の最中に、タヒチ島付近で座礁した船から投げ出された一人の日本兵が、奇妙な島に流れ着いた。兵隊とは小松市蔵元伍長。小松が目覚めると、幾千匹もの猫が彼をとり巻いていた。なんとそこは猫の島だったのである。

約三百年前、島に来た鼠二匹が鼠算式に子孫を増やして島民を襲うまでになり、フランス植民当局は「鼠を追い出したる者は同

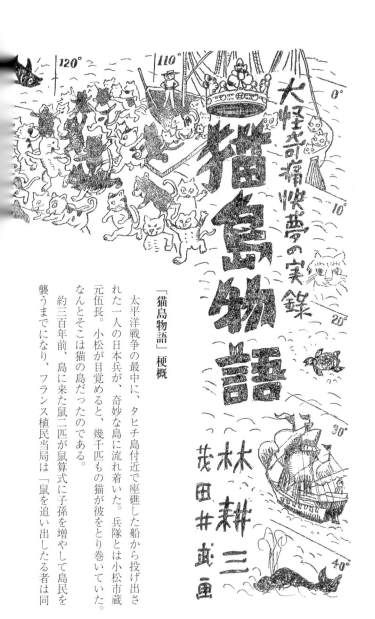

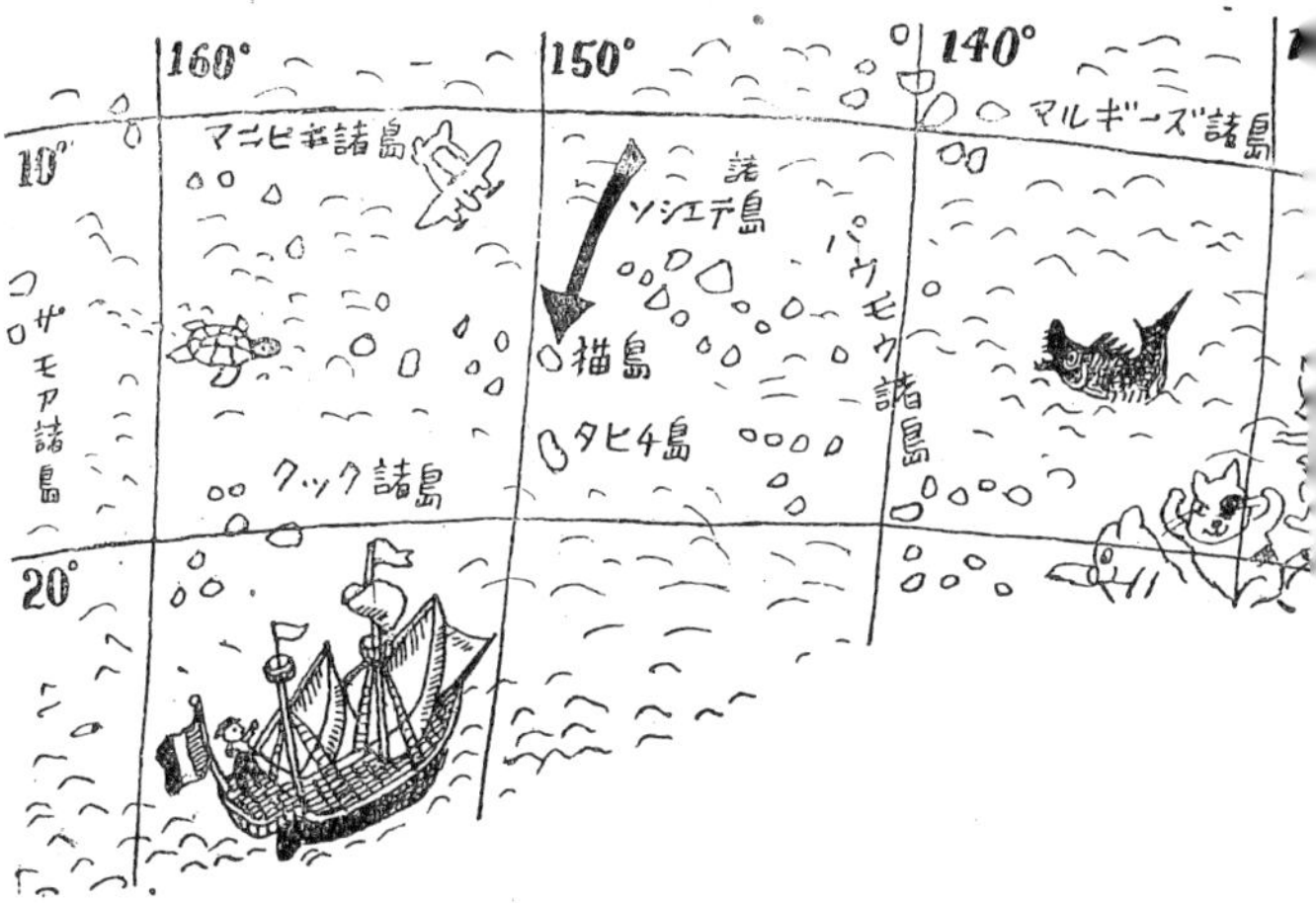

島の支配者たるべし」という布告を出した。これを見たフランス人が、島に五百匹の猫を放ち、猫はまたたくまに鼠を駆逐したが、今度は猫が増えすぎて、家畜を襲うようになり、猫退治をしたもののうまくいかず、とうとう人間は退散して、猫が島の支配者になった。

小松は猫語を習って島の歴史、掟、伝説などを聞き知り、それを書き残した。それがこの物語である。

猫たちの口を借りて、作者は、大戦争を起こした人間社会に対する皮肉もほのめかす。例えば、文学猫・タマの発言として、次のような言葉を書き留めている。

「各国は『自らの社会』のみを考え、戦争の流血を惹起しおるにあらずや。何故に人間、動物、植物等を打って一丸とせる『世界社会』を想定せざるや。鶏を殺し喰い、大根を漬物にするは、余りに人間のエゴイズムなり。かかる鶏社会、野菜社会の『安寧秩序』を乱す人類こそ、犯罪なり。」

滞在三年目に、米国の飛行機に救出されて小松は島を脱出した。

小松伍長君猫島へ漂着の図
猫島に流れ着いた小松は、猫医者の診察を受けるために運ばれた。三毛、ぶち、黒、白、班ら、無数の猫が「ＭＩＡ　ＭＩＡＯ！」と鳴きながらついてきた。

監視猫ブッチー対小松君の図
食料不足の際、食料にされる猫を囲う竹矢来の番人を命じられた小松は、残酷だと言うが、「そういう似非人道主義が戦争を招くのだ」とブッチーは反論。

今日猫恋愛するの図

竹矢来の内側の猫と外側の猫が恋に落ちると、大騒ぎが始まる。しっぽとしっぽを巻きつけ合い、なんとか相手を自分の側に引き込もうとがんばるのだ。

門前市をなす猫の男娼の図

猫族の愛情の表現、性愛は、立って両手を合わせあうこと。子種を残せるのは特定の雄に限られ、彼らは「男娼」と呼ばれ、それは立派な職業とされていた。

茂田井武の生涯

中村圭子（弥生美術館学芸員）

茂田井武は、一九五〇年頃、童画家として活躍した画家だが、その人気はむしろ最近になってから高まっている。時代の波に揉まれて名の消えていく画家もいれば、逆に光を増す画家もいる。茂田井武は、没後に再評価された希《まれ》な画家のひとりと言えよう。とはいえ、出版や展覧会で主に紹介されてきたのは、彼の童画家としての仕事であり、それに次いで多く紹介されているのは、彼が出版を目的とせずに作った肉筆画帳である。いずれも、純朴な美しい作品ばかりであり、見る者の心を震えさせる魅力に満ちている。

だが、茂田井がなした仕事にはもうひとジャンルあり、それについてはこれまでほとんど触れられずにきた。それが、探偵小説の挿絵なのである。本書は、茂田井の仕事の中で、見過ごしにされてきた探偵小説の挿絵について紹介するものであるが、この稿ではその茂田井とはいかなる生涯を送った画家であるかを語っていきたい。

幼少年期〜青年期

一九〇八年〜一九二九（明治四一〜昭和四）年、誕生〜二一歳

茂田井武は一九〇八年、東京日本橋《とうきょうにほんばし》の老舗旅館「越喜《えっき》」の次男として生まれた。父・茂田井啓三郎《けいさぶろう》、母・和歌《わか》。「越喜」は院展画家の定宿であったため、茂田井は宿泊している画家たちの筆さばきを見ながら育った。また、父は日本画、油絵、水彩、彫刻、漆芸《しつげい》まで楽しむ多趣味の人であり、芸術に親しむ環境は整っていた。親戚の酒屋の土蔵で絵草紙や浮世絵をみつけ、熱心に眺めたこともあった。

赤坂《あかさか》中学に入った頃から、「記憶にひっかかって抜けないもの」……たとえば、駄菓子屋、縁日、花火などの思い出を絵に描き始める。また、海外の新興美術運動にも強い興味を持った。文学では「雨月物語」や泉鏡花《いずみきょうか》の作品を特に好んだ。また新橋《しんばし》に住んでいた文学者の佐藤春夫《さとうはるお》と知り合い、足繁く訪れ、そこで稲垣足穂《いながきたるほ》とも出会い、影響を受けた。

一九二三年の関東大震災で生家の旅館が全焼。母は療養中であったが、その心痛によって病状が悪化し、翌年亡くなった。茂田井は一七歳で母を失ったのである。一九二六年に中学を卒業し、美術学校入学準備のため太平洋画会研究所に通う。一九二七年に父が再婚し、新しい母になじめなかったことに加え、入試にも失敗し、精神的に不安定となり、デカダンな生活を送る。川端《かわばた》画学校、本郷《ほんごう》絵画研究所、アテネフランセに通った後、色々な職についてみたが（酒作り、酒屋の瓶洗い、蓄音機製造、薬屋のト

ラック助手、図案社、クレヨン製造業など）いずれも長続きしなかった。震災で全焼して以来、経済状況の悪化した実家には居づらく、友人知人の家を転々と居候し続けたあげく、茂田井は一九三〇年、二二歳のとき、放浪の旅に出た。

ヨーロッパ放浪　一九三〇～一九三三（昭和五年～八）年、二二歳～二五歳

放浪の旅への出発について、茂田井自らが書いた文を次に紹介する。

「金四〇円也を持って東京を出発、大阪で費消し福岡《ふくおか》で募金を得、京城《ソウル》で消費《ママ》し且つ稼ぎ、長春《ちょうしゅん》を経てハルピンに到着した。京城では日韓系銀行のえらい人に気に入られ、娘さんの婿の候補となり何となく悪くない気持になったものの、ものに縛られることがいとわしく、別れを告げて満州《まんしゅう》に入ったわけであった。朝早く宿屋を飛び出しハルピンの東西南北を漫然と、しかし風の如く馳せては日に三四十枚のスケッチを作り、帰ると飯も食わずに色付けをした。それを満鉄会社の人達が買ってくれた。お情けにもせよ絵で飯を喰ったのはこれがはじめてであった。……中略……　幾月か馴れたハルピンに別れをつげシベリヤ鉄道でヨーロッパに向う車中のつれづれに、向いの人を写生した。そのスケッチがとりもつ縁で二週間のシベリヤ旅行の間に、似顔絵かきという商売がどれほど人を欣《よろこ》ばせるものかを知った」
（『サンデー毎日』一九五七年九月一六日臨時増刊号）

という具合に、行き当たりばったり旅費を稼ぎながらの気ままな旅のように見えて、実のところ彼はやはり芸術の都・パリを目指していたのだった。

「パリについてから従事した職業というものは、職人絵尽しにのせて貰う資格のない仕事らしく、皿洗いや料理番の下働き、給仕（ギャルソン）のまねごと、買出し、荷運び、酒倉番、便所掃除や真鍮みがきに一日暮らし、恋文の配達や贈物を届けたり雑用らしい事ばかりやった。そのうち帝国海軍事務所の雇員となったが、ガリ刷の操作はたいへんに下手で大尉や少佐殿が心配して手伝って手や顔をまっくろにする始末で、どっちが雇われているのか解らなかった。……中略……　雑用また雑用で三年経ち、ベルギーへいった。ワラジを脱いだのはアントワープでも名代の曖昧屋で、世界各国から流転漂泊してきた女達が溢れる港町なのでどうしても頽廃的な気分が多く、与えられる仕事も酒番や酒運びで、どうしても怪しからぬ状態のところばかり眺めねばならなかったが……」（同前）

茂田井はヨーロッパ滞在中、毎夜アパートに帰ってから、町の人々の姿や風景を絵日記に、夜に見る夢を夢日記に描き続けた。それが茂田井流の絵画修業だった。それらの絵は「ton paris」「paris の破片」「続・白い十字架」などと名付けられた肉筆画帳となって残されている。いずれも瑞々しく繊細な情感にあふれた、すばらしい作品である。

この間、パリで山本夏彦《やなもとなつひこ》（当時一五歳）と知り合い、ふたりの交友は生涯続いた。

一九三三（昭和八）年、パリを離れてベルギーへ行った際、手違いでパスポートを取り上げられ、ロンドンを経て日本に強制送還されることになってしまった。

日本に帰り、『新青年』の挿絵画家として活躍　一九三四～一九四〇（昭和九年～一五）年、二六歳～三二歳

日本に帰り着いたとき、茂田井は二五歳になっていた。船賃着払いで送還されたため、帰国時には五〇〇円という借金ができていた。当然実家からは歓迎されず、また居候先を転々とするフリーター生活の始まりで、三〇種近くの職を渡り歩いた。多くの仕事を経験しながら、打ち込めることが見つからなかった茂田井であったが、病気の兄に変わって鬼怒川《きぬがわ》温泉の番頭になった時には、実家の商売と同じ旅館業なら続けていけそうな気がした。ところが、そのやさきに博文館《はくぶんかん》が刊行していた探偵小説雑誌『新青年』から「挿絵を描いてみないか？」という声がかかったのである。

茂田井が『新青年』に挿絵を描くようになった経緯は、はっきりしない。当時『新青年』の編集長で、茂田井武を採用した当の本人である水谷準《みずたにじゅん》自身が、出会いの経緯についての記憶が曖昧になってしまったらしく、次のように書いている。

「…前略…ところが霜野《しもの》君は、いやどうもそうじゃないらしいという。本当は茂田井君が、当時探偵作家として売りだしていた小栗虫太郎《おぐりむしたろう》氏の紹介状をたずさえて、あんたを訪問したらしい、そういう記憶

はないかと聞く。

わたしは全く覚えがない。小栗虫太郎と茂田井君とがどうして知り合ったか、その必然性もちょっと弱いような気がし、いや茂田井君は誰の紹介もなしに、ぶらりと博文館へぼくをたずねて来たんだよ。そうしておこうじゃないか、とまで言った。

というのは、そのほうがあのひょうひょうとした茂田井君の面影がいかにも感じられるからと言う。わたしの無意識的な観測が働いていたからであったろう。

霜野君との電話はそれでおしまいであったが、ここで再び茂田井君との最初の出会いを考えてみると、あの内気な彼が誰の紹介もなしに、さし絵のことで編集長に面会を強要するなんて、かえって不自然な感じをうける。やはり小栗虫太郎の紹介状を持ち、わたしに会って、わたしが彼の画集を見て、そのユニークなパーソナリティと表現力に、正直のところ一目ぼれをしたような挨拶をしたのだ。すると彼はとてもはにかんでしまって、いやさし絵のことなんか実はどうでもいいんです。あなたのような方にわたしの下手な絵を見て貰っただけでも結構なんです、といいながら、さし絵についての御用聞きの方は忘れたようにして、ひょこひょこ帰って行った。

そういういきさつのほうが、どうも本当のような気がしてきたので、ここでわたしの記憶のほうも、そのように訂正しておくことにしたい」（水谷準「茂田井君のこと」、『茂田井武画集』茂田井武画集刊行会、一九六〇年）

水谷の文章の中に名前が挙げられている小栗虫太郎は、当時『新青年』で活躍し始めた探偵小説家で、茂田井は彼の家に転がり込み、蔵書や資料の整理、お茶運び、子どもたちの遊び相手をしながら同居することになった。（二人の作品である「二十世紀鉄仮面」が本書の続編『茂田井武（二）』に掲載される）

小栗の妻・とみの記憶では「昭和一一年の五、六月頃だったかしらねえ、水谷準さんの紹介状を持って、茂田井さん、あらわれたんですよ」（小栗とみ「退屈画帳」のころ、『月刊絵本』一九七六年一〇月号、すばる書房）ということで、今となっては、小栗から水谷に紹介したのか、水谷から小栗に紹介したのか、はたしてどちらが正しいのか、つきとめようもない。

詳しい経緯は不明であるが、名編集長・水谷準に認められたことが、画家・茂田井武の誕生の端緒となったことは確かである。

また、水谷の文中に登場する霜野君とは、やはり『新青年』の挿絵画家で茂田井と親交があった霜野二《ふ》一《い》彦《ひこ》のことである。霜野にあてた茂田井の手紙を本書に掲載した。

茂田井は他にも『新青年』の挿絵画家たちと親しく交流し、ともに酒を飲み歩いた。

『新青年』は、探偵小説の歴史において重要な雑誌であるが、挿絵史においても特筆すべき存在である。それまで雑誌や新聞における挿絵画家の主流といえば、日本画家、特に浮世絵系の日本画家たちによって占められ、そこに洋画系の画家たちが加わるという状況だったが、『新青年』は漫画家をはじめとし

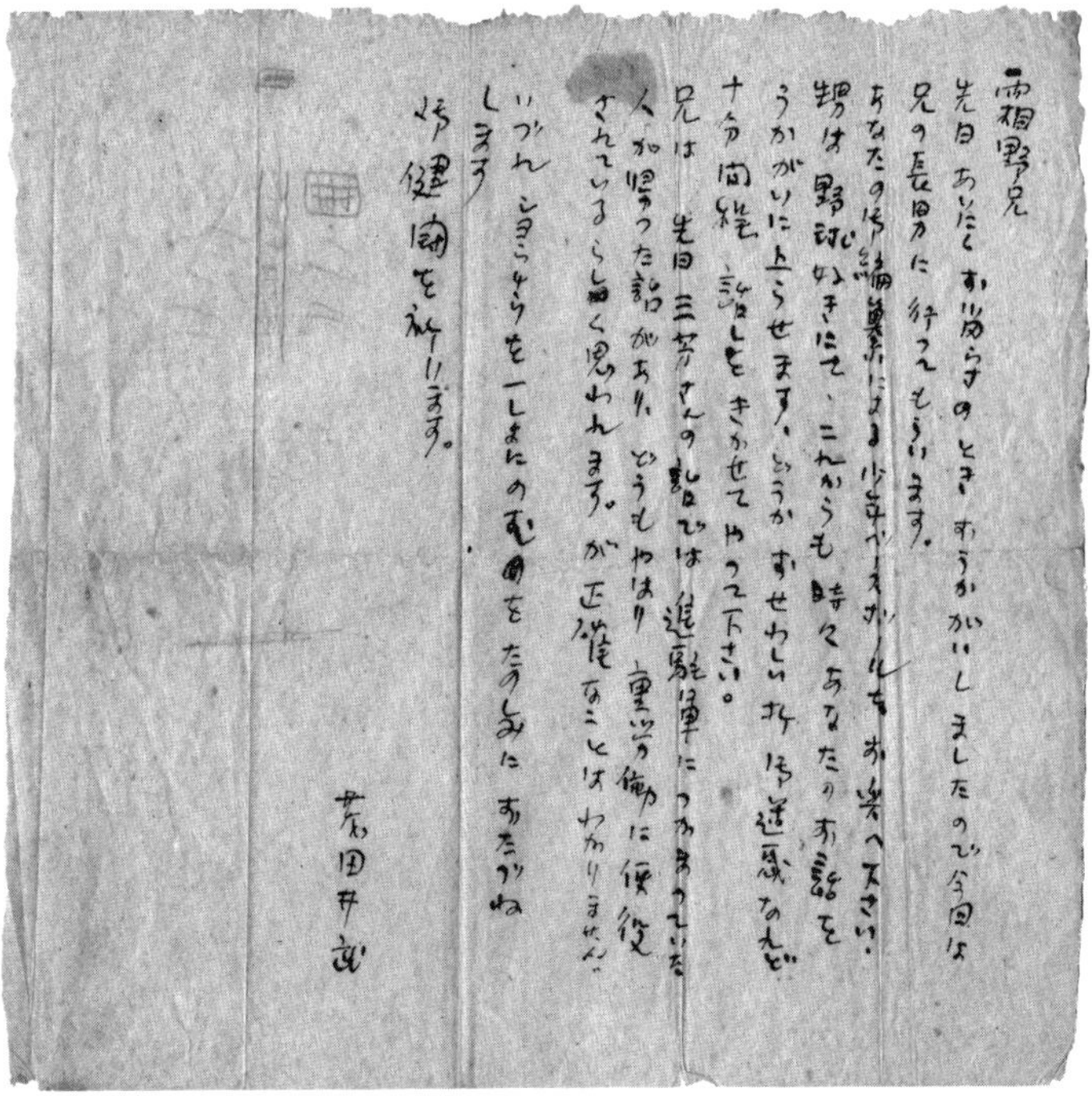
霜野兄
先日 おたく お留守のとき おうかがいしましたので今日は
兄の長男に 行ってもらいます。
あなたの御編集による少年やえほんを お送り下さい。
甥は野球好きにて、これからも 時々あなたのお話を
うかがいに上らせます。どうか おせわしい折 御迷惑なれど
十分間位 話しをきかせてやって下さい。
兄は 先日 三芳さんの話では 進駐軍につかまっていた
人が帰った話があり どうもやはり 重労働に使役
されているらしく思われます。が 正確なことはわかりません。
いづれ ぼうやらを一しょにの[illegible]をたのしみに おまちかね
します
御健闘を祈ります。
茂田井武

茂田井から霜野二一彦あて手紙

手紙に日付はないが、内容から推して、同居していた義兄が1947（昭和22）年1月に失踪した頃のものではないかと思われる。残された姉の家族を、茂田井は物心両面で援助した。

て、挿絵においても多方面から才能を発掘して、新しい感覚の誌面作りを成功させた。そのことが、挿絵界にもたらした功績は大きい。

『新青年』に採用された茂田井の初回の仕事は、横溝正史《よこみぞせいし》「かいやぐら物語」の挿絵であった。まるで夢の中を彷徨《さまよ》っているかのような物語に、茂田井の絵が合っている。ちなみに「かいやぐら」とは蜃気楼《しんきろう》のことである。特に、茂田井はヒロインを華奢な肢体、目の大きな女性に描いて、甘美な情感をうまく表現した。現代的な視点からすると、やや少女漫画風にも見える女性画であり、当時このような描き方をする挿絵画家は他にいなかった。

ヒロインの裸体が海に浮かんでいる様を描いたタイトル画は、西洋世紀末芸術の画家・ジョン・エヴァレット・ミレーが描いた「オフィーリア」を下敷きにしているのだろう。オフィーリアは滅びの美学を体現するファム・ファタル*の代表である。

作中に女性が水に浮かぶシーンはないのだが、ヒロインが吹く貝殻の音を横溝は「まるでそれは地中海を航行する水夫たちを、海に誘わずにはおかぬという Siren の唄の如く」と表現して、やはりヒロインにファム・ファタルの面影を見ていることがわかる。挿絵の初仕事において、茂田井は作者がヒロインに抱いているファム・ファタルのイメージをうまくビジュアル化したと言えよう。

語り手の青年とヒロインの出会い……「砂の上に無造作に横坐りになった彼女は、全身に水のような月光をまとって、ボーッと琥珀《こはく》いろに濡れ輝いているように見えた。そして彼女が身動きをする度に、月の雫が破片《かけら》となって、あたりに飛び散るように思える。」という横溝の夢幻的な描写に対し、茂田井はホワイトをたっぷりと使って女性の輪郭を輝かせ、傍らの青年の黒々とした影と対比させることによって、より輝きを強調してみせた。

デビュー作「かいやぐら物語」の挿絵に見られるこれらの特徴は、茂田井が『新青年』時代に描いた作品全般にわたって見られる特徴でもある。

まずヒロインの描き方……当時、大衆文学系の挿絵界にあっては、岩田専太郎《いわたせんたろう》、志村立美《しむらたつみ》・小林秀恒《こばやしひでつね》が挿絵三羽烏として人気のトップを誇っていたが、茂田井が描いたヒロインは、彼らの誰の絵にも似ていない。濃厚な色気を漂わせる肉感的な三羽烏の美女たちに対し、茂田井描く女性は幼さを残し、少女めいている。

では、当時少女画家として人気だった中原淳一《なかはらじゅんいち》の画風に似ているかと言えば、それも違う。中原淳

＊ファム・ファタルとは、一八八〇年代の西洋世紀末芸術で主題となった女性像であり、その概念は日本の絵画や文学にも影響を与えた。様々なタイプがあるが、代表的なのは男性を惑溺させて滅ぼすタイプで、「セイレーン」がこのタイプである。また、「オフィーリア」など、自ら滅びゆく女性像もある。日本では「運命の女」「宿命の女」「魔性の女」などと呼ばれている。

一の気高く清らかな少女像は、少女読者の理想像としてふさわしかったが、茂田井の女性は、少女めいてはいるが少女そのものではなく、やはり女性なのである。

続刊に収載予定の「女郎蜘蛛」のナヂアや「妖女エディト」のエディトなど、彼が描く美女たちは大変にグラマラスなボディと誘惑的なまなざしを持っている。それは少女向けの絵ではなく、『新青年』の男性読者を意識した絵である。しかし豊麗な女性的魅力をたたえながら、同時に彼女たちはあどけなく、そしてどこか儚《はかな》げでもある。

成熟した女性の妖艶さと、少女の可憐と、矛盾するふたつの魅力を兼ね備えているのが、他の画家には見られない、茂田井美女の特徴である。

「これらの美女のモデルになった恋人がいたのではないか?」と想像したくなるところであるが、はたして茂田井研究家の山口卓三《やまぐちたくぞう》氏が次のように書いておられる。

「三年前に別れたエレーヌへの切ない思いが妖艶な女性のさし絵にぬり重ねられた。」(『茂田井武画集1946→1948』別冊「星と夢の万華鏡ふたたび」JULA出版局、一九九一年)

この、エレーヌという女性は、茂田井がパリで世話になった日本人・二階堂《にかいどう》氏の想い人だったが、茂田井との間に恋愛感情が生じてしまい、彼は恋と義理とのはざまで悩んだようだ。一九三三年、茂田井はエレーヌへの思いを断ち切るためパリを後にし、ベルギーの港町・アンヴェール(アントワープ)に居を移したのであった。

茂田井には他にも女性がらみのエピソードは多い。しかも、女性のほうが熱心になったという話が多い。長女・真弓《まゆみ》氏は「父は子どもの私から見ても、子どものような一面があった」と語っているが、いつまでも大人になりきれずにどこか頼りない茂田井は、周囲の女性たちの母性本能を刺激する存在だったのかもしれない。

ヨーロッパで日々美しい女性たちに接し、スケッチもしていた茂田井が、西洋人の女性を描くのを得意としたのは自然なことであった。茂田井に翻訳物の挿絵の仕事が多くふりあてられたのは、おそらくそのせいでもあったろう。

探偵小説の魅力のひとつに「謎の美女」の存在を挙げることができる。美しく蠱惑《こわく》的で、正体がわからない……探偵小説には、そんな美女がよく登場する。そして彼女の正体知りたさに、読者は本を手放せなくなることも多い。敵なのか、味方なのか、事件のカギを握っているのか、ひょっとして犯人なのか……読者をやきもきさせる「謎の美女」は、探偵小説の花である。茂田井は、艶麗《えんれい》かつ可憐な美女を次々に描いて、探偵小説雑誌『新青年』に花を添えたのであった。

また、「かいやぐら物語」で見せたもうひとつの特徴である「光と影の強いコントラスト」も、茂田井の『新青年』時代全般に共通している。

『新青年』時代の茂田井の絵は暗く、小栗からは「性格が暗いからだ。もっと勉強しなければダメだ」と言われ続けていた。小栗の妻とみは「退屈画帳」を「これはうちにいた頃の生活記録みたいなものですが」と言ったうえで「ね、暗い絵でしょう。これではうちの暮らしが暗いみたいに思われてしまいますよね」（小栗とみ「退屈画帳」のころ、『月刊絵本』一九七六年一〇月号、すばる書房）と述べているが、確かに『新青年』時代の茂田井の絵には暗鬱なものが漂っている。

まるで「霧中画」とでも名づけたいような、濃い霧が渦巻く画面、その暗闇には奇怪なものたちが潜んでいる。例えば目を光らせる魚、屍のように朽ちた植物……何が潜んでいるか計り知れない闇の怖ろしさが探偵小説のミステリアスな雰囲気を高める。そんな暗がりの中で、ヒロインの白い肌がまぶしい。彼女たちの周りだけは輝きに満ちている。

それは、当時の茂田井の心境そのままだったのではないだろうか。光を求め、明るい場所を探して心の闇をさまよい続けていた彼自身の姿が、画面の明暗のコントラストに表わされているような気がする。しかも彼を光の方向に導いてくれるのは……ひとりの女性……まだ出会っていないが、赤い糸で結ばれたひとりの女性に違いないと、彼は予感していたのではないだろうか。

一九四一〜一九四二年頃から彼の画風は変化を見せ始め、暗鬱な霧は徐々に晴れていった。以前の黒く塗りつぶされた暗い画面は、白っぽく明るい画面に変化していった。

また、それまでぼんやり描いていた輪郭線をくっきりと描くようになったことも絵の印象を明快なものに変えた。以前は、人物を描くにしても、その体の輪郭はまるで闇に溶け込んでいるかのように朦朧《もうろう》としていたが、次第に背景と人物を切り離す輪郭線は明瞭になり、そして太くなっていった。

茂田井の画風を変化させた要因がいくつか考えられる。

まずひとつは、時代である。

この頃、日本は日中戦争から太平洋戦争へと、戦火を広げつつあり、出版界全体が質、量ともに下降線をたどっていた。軍部の検閲も厳しく紙も不足がちになり、特に『新青年』が看板にかかげてきた「モダニズム」は排除の対象となっていた。また、探偵小説という娯楽を楽しむゆとり自体、日本にはなくなっていた。そのような時代背景の中で『新青年』も内容を変えていく。殺人事件の謎解きや幻想譚という耽美的な傾向は少なくなり、日本軍が進出し始めた国々の珍しい見聞記などを載せるようになった。内容の変化に合わせて茂田井も画風を変えたのであろう。

出版が廃《すた》れていく中、茂田井は挿絵だけを描いていられなくなり、一時軍報道部の嘱託となり、広東《かんとん》に赴いて、宣伝ビラを作り、現地の児童や青年への美術指導、兵隊たちの美術展の準備などに携わった。この広東での印象は「無精画帳」という肉筆画帳にまとめられ、本書掲載の「退屈画帳」とともに、小栗家に贈呈されたことを書き添えておきたい。

新たな画風を確立し、童画の世界へ

一九四一〜一九五六（昭和一六〜三一）年、三三〜四八歳

茂田井の画風の変化をうながしたもう一つの要因は、童画を描き始めたことであろう。

挿絵の仕事が少なくなる中、仲間からは成人向けの挿絵ばかりではなく幼児絵本もやってみないかとしきりに勧められていたが、「自分の中にあるデカダンなものを子どもに見せたくない」と拒み続けた茂田井であった。しかしいよいよ生活が窮迫する中、先に絵本を手掛けていた清水崑《しみずこん》の世話で本格的に取り組むことになった。

茂田井が最初に児童向けの仕事をしたのは、一九四一（昭和一六）年の『ナニナニ絵本』だとされている。当初は気がすすまなかった絵本の仕事だが、続けているうちに、茂田井は自分自身の中にある「子どもの心」に気づき、その心のままに描けば良い作品ができると自信を持つようになった。

昭和16年に撮影された茂田井武

一九四五（昭和二〇）年に終戦を迎えた後、日本の出版が徐々に復活するにつれて、茂田井の童画の仕事は急激に増えていった。童画を描くようになってからは、『新青年』や『モダン日本』など大人向けの雑誌に描く挿絵も、丸みを帯びた可愛らしいものになり、陰鬱な影は薄くなっていく。前述の小栗とみ氏が「その後、茂田井さんの画集の批評が新聞に出た時、絵ものっていましたが、とっても明るくなっているんでびっくりしました」（小栗とみ「退屈画帳」のころ、『月刊絵本』一九七六年一〇月号、すばる書房）と画風の変化に驚いたことを語っている。

時代の変化や、絵の対象が大人から子どもに変わったこと、茂田井の絵を劇的に変えたものはそればかりではなかったと思う。もうひとつ彼を決定的に変えた生活の変化があったのだ。いったい何があったのか?……彼は結婚したのである。

一九四二(昭和一七)年一〇月、老父の切なる願いを入れて、鵜飼政子《うがいまさこ》と結婚。同時に放浪生活に別れを告げ、絵本、童画に本格的に取り組もうと猛勉強を始めた。幼稚園図画展覧会、全国小学校児童図画習字手工展覧会を見て研究し、翌年になると、井の頭《いのがしら》公園に動物のスケッチに通うようになった。

そして結婚満一年の記念には「オシドリ」の絵を描いたというエピソードからは、夫婦仲の良かったこと、そして茂田井がそのことに喜びを感じていた様子がうかがえる。

結婚の翌年となる一九四三年には長女・真弓が誕生。一九四七年には長男・泉《いずみ》、一九四九年には次女・暦《こよみ》が生まれ、その頃になるともはや彼は探偵小説の挿絵画家ではなく、童画家とみなされるようになっていた。『こどもペン』や『赤とんぼ』など多くの児童雑誌に、無心に遊ぶ子どもの姿、無邪気な表情の動物たちを次々と描いた。彼が描く子どもたちのモデルになったのは、言うまでもなく彼自身の愛児たちである。そのことはこれまでも語られてきたことで、異論はない。もし子宝に恵まれなかったら、彼が童画家としてあそこまでの境地に達せたかどうか、疑問であろう。しかし、童画家としての大成をもたらした功労者がもうひとりいると、私は思う。それは妻となった政子夫人である。

茂田井芸術における政子夫人の存在

政子夫人に言及した文が、これまでほとんどないことが、私には不思議であった。『新青年』時代の挿絵は、迷い多き心を反映したかのように鬱屈した暗さを漂わせ、それが探偵小説の怪奇性とマッチし、魅力となっていた。童画を描くようになってからも、彼の作品はけっして陽気なものではなく、どこか心の裡《うち》を見つめているような密やかさがあり、生きることの悲しみを唄っているような哀愁があり、そこが彼の魅力である。

けれど、結婚してからの茂田井の絵には、以前の絵にあった、慄くような不安の影はなくなり、心の安定が感じられるのである。長いこと押し込められていた暗がりから抜け出したような、伸びやかさが感じられるのである。彼に心の安定をもたらし、明るさをもたらしたのは、愛児たちより前に、その母となった女性ではないかと、私は思った。

そこで、サンフランシスコ在住の長男・泉氏に、メールで政子夫人について伺ってみた。いただいた返信からは、茂田井家の人々が政子夫人を中心として、ひとつに寄り添っていた様子が感じられた。

さらに長女・真弓氏にもお会いして、話を伺うことができた（泉氏からいただいたメールの返信や、真弓氏からの聞き書きは、後続の『挿絵叢書　茂田井武（二）』に収録する）。そして得られたのは、や

は り政子夫人が茂田井芸術の重要人物だったという確信である。

泉氏の回想の中で、茂田井がせっかく買ったカメラを、友人から申し込まれた借金がわりに譲ってしまったときのエピソードが紹介されている。金銭的に楽ではない生活に耐えてきた政子夫人であったが、この時ばかりは堪忍袋の緒が切れたように家を飛び出して行った。あとに残された家族の狼狽《ろうばい》を泉氏は描写し「父もオドオドしていた記憶がある」と回想している。この「オドオド」という表現からは、愛児たちと同様に茂田井までもが、母を失ったかのような不安に陥った様子が伝わってくる。

茂田井は、一七歳の時に実母を亡くしてから実家には寄り付かず、知人宅を渡り歩き、放浪の旅に出るなどして、一定の場所に落ち着くことのない暮らしを送ってきた。小栗家にいた時も、度々放浪癖を発揮して姿をくらました。

それが結婚してからは、酒場で酔いつぶれるようなことはあったものの、家から出奔《しゅっぽん》することはなかったようだ。家庭は、茂田井がそれまで求めて得られなかった安住の場となったのだ。なぜならそこには、母親代わりに彼を受け止めてくれる妻がいたからに相違ない。

政子夫人は深川《ふかがわ》で商売をしていた鵜飼金之助《きんのすけ》氏の長女に生まれ、兄弟三人、妹が一人いたが、しっかり者で責任感が強かったという。独立精神の持ち主で、結婚はせずに生きていくつもりでいたという。生年は茂田井と同じ一九〇八年で、二人は同じ年齢だったわけであるが、「子どものような一面があった」という茂田井と、「しっかり者だった」という政子氏とは、おそらく精神年齢のうえでは政子夫人

1953年撮影

のほうが上で、茂田井は妻を何かと頼りにしていたのではないだろうか。

茂田井家の全員を映した一九五三年の写真が残されており、政子夫人はさわやかな笑顔を見せている。整った顔だちの愛らしい女性で、素朴な人柄が感じられ、華美なところはない。それは茂田井の童画に通じるものであり、いかにも似合いの夫婦である。二人は見合いで知り合ったというが、彼は夫人に初めて会った時、「探していた女《ひと》に、とうとう出会えた」と思ったのではないだろうか。

結婚し、デカダンな生活と放浪から足を洗った三四歳の茂田井は、新たな境地を開拓した。その童画の世界で彼の名はひとつの伝説となった。『月夜とめがね』、『セロひきのゴーシュ』など、童画における彼の代表作は、同時に日本の童画史における代表作でもある。しかし、この稿の任は彼の童画について語ることではないので、ここまでとする。

茂田井はヨーロッパ放浪時からすでに始まっていた喘息《ぜんそく》をこじらせて、一九五六（昭和三一）年、四八歳で帰らぬ人となった。あとには夫人と長女・真弓氏一三歳を筆頭に三人の愛児が残された。一家の大黒柱を失ったシングルマザー・政子未亡人がいかに苦労したかは、『茂田井武（二）』に掲載する真弓氏の談話を読んでいただくことになる。困窮はしても、「お父さんの絵は大事なものだから一枚たりとも売ってはいけない」と政子氏が子どもたちに言い続け、実行した話は感動的だ。彼女の強い信念によって、茂田井作品は今日、ちひろ美術館に大切に保管されている。

どんなにすばらしい画家であっても、作品がなければ、語り継がれずに忘れられてしまう。相当の量が残されている茂田井作品は、これからも幾多の画集となり、展覧会となって、末永く人々に紹介されていくであろう。

茂田井は早逝した。しかし政子夫人の信念は、茂田井芸術に永遠の命を与えたのである。

経歴については、『茂田井武画集1946→1948』別冊「星と夢の万華鏡ふたたび」（山口卓三　ＪＵＬＡ出版局、一九九一年）を参照した。

暗い幻想とエキゾティシズム

末永昭二（大衆小説研究家）

挿絵画家時代を鳥瞰する

総合メンズマガジンとしてビジュアル面にも力を入れていた『新青年』は、多くの新人画家・漫画家を発掘し、誌面に新しい風を送り続けた。本叢書でこれまで扱った竹中英太郎《たけなかえいたろう》、横山隆一《よこやまりゅういち》、高井貞二《たかいていじ》らと同様に、茂田井武《もたいたけし》の出発点もまた『新青年』だった。

本叢書では、戦後に活躍した童画家として今も多くのファンを持つ茂田井の戦前・戦中を中心とした画業の精髄をテーマ別に二巻刊行する。本巻『茂田井武（一）幻想・エキゾチカ』では、幻想味の強い変格探偵小説と海外に材を取った作品、続巻『茂田井武（二）推理・ＳＦ』では、当時のいわゆる本格探偵小説を中心に、科学小説の挿絵を収載する。各巻の作品は発表順に配置し、画風の変化（成長）が感じ取れるようにした。

デビューの謎

■横溝正史「かいやぐら物語」

『新青年』昭和十一年一月号（第十七巻第一号）掲載。

鬼怒川温泉の旅館の番頭として働いていた茂田井が『新青年』編集部の依頼によって最初に描いた挿絵が、横溝正史《よこみぞせいし》の本作である。茂田井が晩年まで親交を結んだ三芳悌吉《みよしていきち》は茂田井の追悼記事である「酒と喘息」（『大衆文芸』昭和三十二年三月号）で茂田井の直話として、フランスで描きためた絵を小栗虫太郎《おぐりむしたろう》（ではないかと三芳は推定する：末永註）が、当時の『新青年』編集長の水谷準《みずたにじゅん》に見せたのが、茂田井が挿絵を描き始めたきっかけとしているが、デビューの経緯には諸説あり、はっきりしない。

横溝正史は、戦後の金田一耕助ものの本格探偵小説がよく知られているが、戦前にはもっと軽い作風のユーモアやペーソスを折り込んだ作品や、幻想味の強いものが多くの比率を占めていたことは周知の通り。蜃気楼、そしてこの世のものではない者との交流というテーマで、本作と対になるのが江戸川乱《えどがわらん》歩《ぽ》の「押絵と旅する男」（『新青年』昭和四年六月号）だろう。スランプに陥って各地を放浪していた乱歩は「押絵と旅する男」の初稿を書いたものの、当時の『新青年』編集長であった正史に見せる直前に、自己嫌悪から原稿を後架に捨ててしまい、正史を悔しがらせるという「事件」があった。「押絵と旅する男」の竹中英太郎の挿絵も傑作とされている。両作の比較をお薦めする。

茂田井武と小栗虫太郎

「かいやぐら物語」で挿絵画家としてデビューした茂田井の画力と人柄を高く買った水谷準は、大作「黒死館殺人事件」でその地位を確立した小栗虫太郎とコンビを組んだ売り出しを図る。後述するが、『新青年』では、作家と挿絵画家とをセットで売り出す傾向があった。本叢書ですでに扱った画家としては、竹中英太郎と夢野《ゆめの》久作《きゅうさく》あるいは江戸川乱歩、横山隆一と木々《きぎ》高太郎《たかたろう》、高井貞二と森下《もりした》雨村《うそん》というように。茂田井は戦後にいたるまで『新青年』に描き続けているので、小栗虫太郎を皮切りに、渡辺《わたなべ》啓助《けいすけ》、桜田《さくらだ》十九郎《とくろう》や立川《たちかわ》賢《けん》といった作家とタッグを組んでいる。

小栗もまた茂田井の画と人柄を愛した。もともと放浪癖を持っており、欧州からの帰国後も、職と住まいを転々としていた茂田井は、小栗との最初の組み合わせとなった長編「二十世紀鉄仮面」（『茂田井武（二）推理・SF』に収録予定）が連載された昭和十一年後半、小栗家に腰を落ち着ける。

鮎川《あゆかわ》哲也《てつや》によるインタビュー「幻の探偵作家を求めて・番外編　子育てに『黒死館』創作の秘密を見た　小栗虫太郎の巻」（『鮎川哲也と13の謎'90』平成二年、東京創元社）での、小栗虫太郎三男、小栗宣《せん》治《じ》へのインタビューによると、小栗家では「（茂田井が）挿絵をやりたいっていうんで、博文館に行ったらしいんですね。水谷（準）さんが、きみの画なら小栗さんのところへ行ったらいいじゃないか、ってんでうちに来たんですね」とある。

当時の小栗家は裕福ではなかったが、家族でない誰かが、常に家族とともに食卓を囲むという状態で、茂田井もそんな食客の一人であった。「仕事で父と争いをおこすと、二、三日は何処ともなく消えてしまって、やがて澄まして帰ってくる。「かえります」の一言で飛び出すのだが、帰る所はない筈だった。「奥さん、腹が減った――スミマセン」と茶漬か何かをかっこむのである。母に通り一ぺんの意見をされ、平然と居候。父も同様に平然と――。いい人であった」（小栗宣治「小伝・小栗虫太郎」、小栗虫太郎『紅殻駱駝《べにがらくだ》の秘密』、昭和四十五年、桃源社に収録）。茂田井と小栗家の交流は虫太郎歿後も続き、小栗光《みつ》氏（宣治夫人）によると、宣治を含め「物心ともに茂田井さんにすごくお世話になったんです。言葉には言い尽くせないほど」と言う（「小栗家の戦中と戦後」『『新青年』趣味』第十八号、平成二十九年）。

このころの生活を後に描いたのが「退屈画帳」（茂田井によって「昭和十五年五月巻了」と記されている）である。

■小栗栄子「おばけ峠」

当時の小栗家には、虫太郎ととみ夫人、そして三人の姉弟がいた。長女栄子《えいこ》（大正十一年生まれ）が、

昭和11年の小栗家。左から宣治（三男）、一彌（長男）、虫太郎、栄子（『ぷろふいる』昭和11年7月号掲載）

東洋音楽学校普通科二年に在学中に文集『わかば』第四集（昭和十一年七月発行）に発表したのが本作である。東洋音楽学校は現在の東京音楽大学で、普通科は現在でいう附属中学に相当する。

栄子は長く肺結核で闘病しており、病は関節炎（カリエス）にまで延長し、満十五歳の昭和十二年八月に歿した。冒頭に闘病中の栄子（E嬢）を描き、最終ページには栄子の位牌（皎月凉誉昭栄信女）と線香と月を描いた「退屈画帳」は、闘病する栄子に対して何もしてやれなかったという茂田井の悔恨の情に満ち、全体を「死」のイメージが覆っている。

小栗宣治が「父母に似ない静かな童女で、音楽学校に通学していたが、詩を好み、童

小栗栄子（『東洋音楽学校普通科第１回卒業記念写真帳』昭和11年３月）

話を作る文学少女であった。（中略）美人で、やさしくて、思い遣りの深い天女のような」という栄子の童謡「おばけ（お化け）峠」の存在は知られていたが、初出以来公表されることがなかった。

とみ夫人の聞き書きに「栄子は童話や詩を書くのが好きで、それを茂田井さんに読んでもらったんでしょうね。さし絵を描いてくれています」（「『退屈画帳』のころ」、『月刊絵本』昭和五十一年十月号）とあるが、これが本作であろう。

本書刊行に当たって、ご遺族である虫太郎四女の川舩通子《かわふねみちこ》氏のご厚意により、本作を収載することができた。「退屈画帳」は、昭和十五年の南支（広東《カントン》）派遣の体験を描いた「無精画帳」とともに虫太郎に呈された。虫太郎は戦災によって蔵書をほぼ失い、さらに原稿などの資料を入れたトランク二個を長野県中野市への疎開時に上野駅で盗まれている。これらの災厄を奇跡的にまぬがれ、童謡「おばけ峠」と茂田井によるイメージ画が、初めて「本文」と「挿絵」という形となった。

「退屈画帳」の「おばけ峠」のページの下部には茂田井による「大意」が書き込まれている。巻頭カラーページではやや読みにくいので、以下にその全文を記す。ルビは末永が補った。

E嬢作童謡（お化峠《ママ》）
（お化達に手紙を配達する郵便配達夫の歌へる）

（大意）

昔支那に桃源と云ふ処があつて人の知らぬ山奥で世の転変をよそに長閑《のどか》に暮す村人が居たと言ふが丁度それとは反対に今、都の風に吹き散らされたお化け共は深山の隅つこに世をしのびつゝ辛《から》くも其日《そのひ》を送つて居る。ところでどうしたはずみか其処《そこ》へも時々手紙がゆく。お化け共は解りもしないのに互ひにとり合ふばかりにしてひつくり返して読む真似をしそしてさも嬉しさうに放笑する。


「おばけ峠」を見ると、「支那の桃源」といった設定はない。原作を基に、茂田井が想像を拡げていったことが読み取れる。

虫太郎の孫である江波戸泰子《えばとやすこ》氏によると、泰子氏は幼少のころ、「退屈画帳」を見ながら、とみ夫人による「おばけ峠」の朗読を聞いたという。数十年前に亡くなった娘の詩を孫に読み聞かせることについて、泰子氏は「伯母（栄子）は家族の中の星のような存在、家を底から照らす光だったのかもしれません」（末永への私信）としている。

現在の小栗家に伝わる栄子のイメージは「童女」という言葉に集約される。「闘病中の童女」が直接作品化されているのは「童女、童子を見たり」（『エスエス』昭和十三年十一月号）くらいだが、その他の作品に登場する女性に、いくつか栄子の面影を見ることができそうだ。

■小栗虫太郎「極東」

『サンデー毎日』（昭和十三年十一月一日号、第十七年第五十三号）掲載。本号は同誌恒例の「新作大衆文芸号」である。

法水麟太郎《のりみずりんたろう》探偵を主人公とする本格期、「新伝奇小説」期を過ぎた虫太郎が秘境冒険小説に転じた時期の作品であり、緊張する国際関係に材を取っている。

「海螺斉《べえさい》沿海州先占記」（『文藝春秋』昭和十六年十、十一月号）や「人は死にインドは生れる」（『家の光』昭和十七年十一月号）などの作品に見られる「人は死に版図《はんと》は生まれる」は虫太郎の好むフレーズだが典拠は不明。「紅はこべ」はフランス革命で死刑になる貴族たちを救う謎の集団「紅はこべ団」を描いた、バロネス・オルツィの小説 *The Scarlet Pimpernel*（戯曲版の初演は一九〇三年）である。海外を舞台にした虫太郎作品に茂田井の起用は当然で、特にシベリア鉄道による渡欧を経験した茂田井は最適任だろう。

校訂について。作中の暗号は初出誌掲載のままでは正しく解読できないので、作中の説明に沿って一部改めた。また、第三章「魔窟」の末尾部分には文が途切れて意味が通らない箇所があったが、組版上の誤りと判断して修正した。これは本作が収録された唯一の単行本（その後の刊本は紙型流用とその復刻）であった桃源社版『成吉思汗《ゼナーナ・ジンギスカン》の後宮』（昭和四十四年）でもそのままになっていた。ご諒解いただきたい。

リアルな海外描写

■桜田十九郎「髑髏笛」

『新青年』昭和十四年十二月号（第二十巻第十六号）掲載。

昭和十四年から次第に『新青年』の「いわゆる探偵小説」は減少し、その代わりに軍事読物や海洋小説、航空小説、山岳小説、動物小説などが数を増す。中でも急激に伸びるのが秘境・冒険小説だ。これは『新青年』だけではない。『譚海』や『新少年』といった少年向け雑誌とは特に親和性が高く、次第にその比率を増している。玉井徳太郎《たまいとくたろう》らに伍してこの分野で活躍したのが茂田井である。小栗虫太郎や中野美与子《なかのみよこ》らに加えて、特に桜田十九郎とは強力なタッグを組んでいる。

桜田の作品は発表当時単行本になっておらず、入手が困難だったが、横井司《よこいつかさ》が編んだ『論争ミステリ叢書75　桜田十九郎探偵小説選』（平成二十六年、論創社）によって、浮世夢平あるいは浮世夢介名義の非探偵小説まで網羅された。

桜田は、本格的なデビュー作「燃えるモロッコ」(『モダン日本』昭和十三年十月臨時増刊号)以来、モロッコ、アマゾン、マレー半島といった海外を舞台にした冒険小説を発表していた。戦後は消息不明とされていたが、鮎川哲也による取材(「新・幻の探偵作家を求めて　文士村長のジレンマ・桜田十九郎」、『EQ』平成六年一月号)によって、戦後は、愛知県宝飯《ほい》郡塩津《しおつ》村(現在は蒲郡市の一部)の村長を務め、作品執筆はしていないことなどが明らかになった。

闇を描く

茂田井の初期作品には、後の童画とはかけ離れた暗いイメージの作品がある。本書では、幻想味あふれる小説とその挿絵を選んだ。

■渡辺啓助「血蝙蝠」

『新青年』昭和十二年二月号(第十八巻第二号)掲載。校訂には作者生前の最終テキスト『聖悪魔』(平成四年、国書刊行会)所収のテキストを一部使用した。

小栗虫太郎とともに、初期茂田井作品でその作品を飾ったのは渡辺啓助《わたなべけいすけ》である。渡辺のデビューは早い(昭和四年)が、兼業作家であったため作品は少なかった。その渡辺が専業作家として立つに当たっての「試練」であり「餞《はなむけ》」が、『新青年』名物である「連続短編」だ。

渡辺の連続短編は、昭和十二年一月号から毎月「聖悪魔」、「血蝙蝠」(本作)、「屍くづれ」、「タンタラスの呪い皿」、「決闘記」、「殺人液の話」の六作(通し番号が振られているが、それぞれ独立した作品である)で、いずれも渡辺の初期を代表する力作揃いであり、茂田井の挿絵にも力がこもっている。

「解剖できない対象への憧憬」(奥木幹男《おくぎみきお》、前出『聖悪魔』解説)を描く本作に見られる「無邪気さ」と「恐ろしさ」と結末の「救い」。本作の結末は、渡辺が教員であったことと無関係ではあるまい。この「無邪気さ」と、登場する動物の扱いに、童画へと進む茂田井の未来が見えてくる。

■西尾正「月下の亡霊」

『新青年』昭和十三年七月号(第十九巻第十号)掲載。

西尾正《にしおただし》は『ぷろふいる』出身の作家で、本作のような怪奇幻想小説にあたる小説を得意としたが、昭和二十四年に病歿した。経歴などについては鮎川哲也の「凩《こがらし》を抱く怪奇派・西尾正」(『幻の探偵作家を求めて』昭和六十年、晶文社)に詳しい。

非『新青年』系作家たち

茂田井のホームグラウンドである『新青年』に小説を発表した文藝春秋色の強い作家として、橘外男《たちばなそとお》と高橋鉄《たかはしてつ》を挙げよう。

■「生不動」橘外男

『新青年』昭和十二年十月号（第十八巻第十三号）掲載。

橘外男は、大正期にキリスト教色の強い書き下ろし単行本でデビューし、ある程度の成功を見たようだが本業（広告代理業）に専念し、『文藝春秋』が募集した実話に投じた「酒場《バー》ルーレット紛擾記《トラブル》」（昭和十一年五月号）で「実話作家」として再デビューした。虚実入り交じった自伝小説と、海外を舞台にした猟奇的なシチュエーションのフィクションを「橘外男訳」として発表するという手法に加え、独特な冗舌体の文章で注目され、インドの小国の王子と「ミスター・タチバナ」の奇妙で感動的な交流を描いた「ナリン殿下への回想」（『文藝春秋』昭和十三年二月号）によって第七回直木賞を受賞する。

戦中は満洲に渡り、戦後の帰還後も精力的に作家活動を行うが、突然、『私は前科者である』（単行本は昭和三十年、新潮社）で、自ら刑余者であることを告白する。青年時代に北海道で国鉄に勤務していた橋は、公金を拐帯して芸者とともに逃亡し、逮捕された（と橋はいうが、事件自体は確認できない）。その逃避行の間に見たものが本作となったようだ。橋には国際色あふれ、ときにユーモアの色濃い実話小説とは別に、「逗子物語」（『新青年』昭和十二年八月号）や「蒲団」（『オール読物』昭和十二年九月号）といった日本的な怪談がある。本作は、この怪談と実話小説との中間に位置する作品で、実際に体験した（であろう）悲惨な出来事をただ淡々と、実話小説に顕著な饒舌体を抑えて描いている。「のっぺらぽう」が間違いではないのは、都筑道夫《つづきみちお》の読者であればおなじみだろう。

■高橋鉄「滝夜叉」憑霊

『新青年』昭和十三年七月号（第十九巻十一号）掲載。

高橋鉄はベストセラー『あるす・あまとりあ』（昭和二十五年、あまとりあ社）などで性風俗研究家として著名だが、戦前の一時期、探偵小説に分類される小説を残している。作品は近年、日下三蔵《くさかさんぞう》編『ミステリ珍本全集5 世界神秘境』（平成二十六年、戎光祥出版）にまとめられて入手が容易になったが、それまでは入手が困難で、全貌が見渡しにくい作家の一人だった。

高橋の小説家としてのデビューは、『オール読物』昭和十二年十一月号に掲載された「怪船『人魚号』」であり、作品の多くは同誌に発表されていることから、文藝春秋系の小説家ということができ、長子が菊池寛《きくちかん》によって、「文春《ふみはる》」と名付けられるほど、その関係は深かった。その高橋が『オール読物』以外で最も多く小説を寄せたのが『新青年』であり、ペアとなった挿絵画家が茂田井であった。

本作以外の高橋作品では、「孤島の瞳人」（昭和十四年一月号）、「空に臥《ね》る女」（同年三月号）、「幻のモーターボート」（同年八月号）で、茂田井は挿絵を担当している。いずれも力作で、「孤島の瞳人」、「空に臥る女」には二色刷りのページまで設けられているが、本書では一色印刷になるので収録を見送り、本作を採った。

高橋は大正期に、マルキシズムとフロイディズムに傾倒しており、精神医学の知識が本作のベースとなっている。

ありえない場所へ

幻想の街、それも猫にまつわる作品二編。

■江戸川乱歩「猫町」

『小説の泉』第四集（昭和二十三年九月）に掲載され、後に単行本『幻影城』（昭和年二十六年、岩谷書店）の「怪談入門」の一部として組み入れられている。初出版と『幻影城』版には、いくつかの語句の変更と句読点の異同がある。本書では、語句は初出版をもとに、『幻影城』版によって句読点を補っている。

本作で扱われているアルジャーノン・ブラックウッド（Algernon Blackwood）の「古き魔術」の原題は Ancient Sorceries で、初刊は一九〇八年。「いにしえの魔術」、「アーサー・ヴェジンの奇怪な経験」、「微睡みの街」といったタイトルで邦訳されている。

『小説の泉』は矢貴書店が発行していた小説誌で、不定期刊行であった。

茂田井のタイルカットのレンガ壁と猫は、作中でも言及されている萩原朔太郎《はぎわらさくたろう》の『猫町』（昭和十年、版画荘）の川上澄生《かわかみすみお》による装画を意識したものだろう。

■林耕三「猫島物語」
『新青年』昭和二十五年四月号（第三十一巻第四号）掲載。

林耕三《はやしこうぞう》は、『新青年』最末期に登場した作家のひとりで、昭和二十五年一月号に、林房雄《はやしふさお》推薦作「御たぬき様」（挿絵は市川禎男《いちかわさだお》）でデビューした。『新青年』ではほかに、同年六月号に「蚤殺人事件」（挿絵は茂田井）を発表したが同誌が休刊となった。一方、『新青年』デビューとまったく同時に、『探偵実話』昭和二十五年一月号でも「ケープハーツの小平事件」でデビューしており、こちらでは十作以上の作品があるようだ。

林の経歴などは一切不明。ユーモアのある作風から、『新青年』でデビューし、同誌で信濃夢作《しなのゆめさく》といった変名を使っていた三橋一夫《みつはしかずお》の別名義の一つではないかと言われたようだが、アンソロジー『戦後初期日本SFベスト集成2』（昭和五十三年、徳間書店）に本作が収録された際、編者の横田順彌《よこたじゅんや》は、存命中だった三橋本人に問い合わせて、自分ではないとの証言を得ている（同書解説）。ありえない世界を描くことは共通しているが、本作は戦後の社会批判や風刺が目的であり、三橋の幻想小説とはベクトルが違う印象だ。

文筆家・創作家としての茂田井

海外経験が豊富な茂田井には、戦前戦後を通じて海外での生活などを描いたエッセイがいくつかある。ここでは、昭和十五年五月から翌年一月まで、南支派遣軍報道部の嘱託として広東に赴いた折の体験を綴ったエッセイと、戦後に描かれた創作絵物語を収録した。

■茂田井武「広東珍探記　骨董迷路」

『新青年』昭和十六年四月号（第二十二巻四号掲載）。

■茂田井武「広東珍食記　竜虎大会」

『新青年』昭和十六年四月号（第二十二巻四号掲載）。

両作は二回シリーズのような形で掲載された。普通、このようなエッセイ類は、雑誌の中盤以降のページに掲載されることが多いのだが、両方とも、ほぼ巻頭といえるほどの位置（前者は一八ページ、後者は二二ページ）に掲載されており、大陸への関心が高まりつつある時局が透けて見える。「竜虎大会」ではさまざまな悪食が語られる。茂田井はもともと酒好きだったが、広東では体を壊して入院までするほど酒を飲んだという（前掲三芳による）。

■茂田井武「国際骨牌師」

『モダン日本』昭和二十一年八月号（第十七巻第六号）掲載。

『新青年』出身である茂田井は、挿絵画家時代、あまり多くの雑誌に描いてはいないが、『モダン日本』は、昭和十一年十一、十二月号の小栗虫太郎「倶利伽羅《くりから》信号」以来、決戦下の『新太陽』への改題期も通じて、戦後まで関わっている数少ない雑誌だ。

前出の三芳悌吉による追悼文では、茂田井に童画を描かせたのは、後に『新青年』最後の編集長となる高森栄次《たかもりえいじ》（三芳は複数の文で「栄三」と誤記している）であったとしている。『ナニナニ絵本』（昭和十六年、博文館）を皮切りに童画へと進出する茂田井だが、戦後、児童雑誌で売れっ子となったにもかかわらず、『新青年』や『モダン日本』、そして『ぷろふいる』(第二期)など、探偵文壇と関わりのある雑誌には多くの挿絵を残している。本作は、中でも変わり種の絵物語である。

初出一覧

退屈画帳	自家版（安曇野ちひろ美術館所蔵）、一九三七—一九四〇年頃
童謡　おばけ峠	『わかば』第四集、昭和十一年七月十八日
かひやぐら物語	『新青年』昭和十一年一月号
血蝙蝠	『新青年』昭和十二年二月号
生不動	『新青年』昭和十二年十月号
「滝夜叉」憑霊	『新青年』昭和十三年七月増刊
月下の亡霊	『新青年』昭和十三年七月号
極東	『サンデー毎日』昭和十三年十一月一日号
髑髏笛	『新青年』昭和十四年十二月号
広東珍探記　骨董迷路	『新青年』昭和十六年四月号
広東珍食記　竜虎大会	『新青年』昭和十六年五月号
国際骨牌師	『モダン日本』昭和二十一年八月号
猫町	『小説の泉』第四集、昭和二十三年九月
猫島物語	『新青年』昭和二十五年四月号

本文中、今日では差別表現につながりかねない表記がありますが、作品が描かれた時代背景、作品の文学性と芸術性、そして著者が差別的意図で使用していないことなどを考慮し、底本のままといたしました。

◆編者紹介◆

中村圭子（ナカムラ・ケイコ）

1956年生まれ。中央大学文学部哲学科心理学専攻卒業。1984年より弥生美術館の学芸員となり、現在に至る。主に大正末期から昭和初期の挿絵を展示。展覧会に併せて出版した本に、『昭和美少年手帖』『魔性の女挿絵集』『橘小夢画集』『橘小夢』『谷崎潤一郎文学の着物を見る』『命みじかし恋せよ乙女』（すべて河出書房新社より刊行）などがある。

協　　力	茂田井真弓	小栗光
	茂田井泉	川船通子
	後藤五郎	江波戸泰子
	ちひろ美術館	宮川洋一（小栗虫太郎記念文庫）
編集協力	末永昭二	

挿絵叢書6　茂田井武（一）　幻想・エキゾチカ

2018年4月10日　初版発行
定価　3000円＋税

編　者　中村圭子
カバーデザイン　小林義郎

発行所　株式会社 皓星社
発行者　晴山生菜
編　集　谷川　茂
〒101-0051　東京都千代田区神田神保町3-10
電話 03-6272-9330　FAX 03-6272-9921
URL http://www.libro-koseisha.co.jp/
E-mail info@libro-koseisha.co.jp

組版　米村緑（アジュール）
印刷・製本　精文堂印刷株式会社

ISBN 978-4-7744-0655-8 C0093

挿絵叢書の好評既刊

挿絵叢書 1

末永昭二編『竹中英太郎(一) 怪奇』

竹中英太郎が描いた珠玉の挿絵とともに、
昭和初期の怪奇小説を読む。

46 判、並製、240 頁、定価1800円+税
ISBN 978-4-7744-0613-8 C0093

挿絵叢書 2

末永昭二編『竹中英太郎(二) 推理』

貴重な『探偵趣味』の表紙を巻頭カラーで紹
介。100枚以上の挿絵とともに推理小説を読む。

46 判、並製、300 頁、定価2300円+税
ISBN 978-4-7744-0616-9 C0093

挿絵叢書 3

末永昭二編『竹中英太郎(三) エロ・グロ・ナンセンス』

「あの作家のこの作品で竹中が挿絵を?」と思
うような小説を集め、竹中の新たな魅力に迫る。

46 判、並製、256 頁、定価1800円+税
ISBN 978-4-7744-0624-4 C0093

挿絵叢書 4

末永昭二編『横山隆一』

「フクちゃん」だけじゃない!
挿絵の横山ワールド、再発見の旅へ!!

46判、仮フランス装、270頁、定価2800円+税
ISBN 978-4-7744-0640-4 C0093

挿絵叢書 5

末永昭二編『高井貞二』

メカニカルかつシュールな作風のモダニズム
作家が、若き日に残した挿絵の数々!

46判、仮フランス装、264頁、定価2800円+税
ISBN 978-4-7744-0650-3 C0093